조선 위항인의 문학과 풍류

안영길

북코리아

머 리 말

　역사가 특정 사람만으로 전개되지 않았음에도 우리의 과거사
는 소수의 사람들을 영웅시하여 그들의 것이 되었다. 소위 권력
자 또는 지배자 중심의 역사 전개는 당대의 여건에 따라 어쩔 수
없다고 하더라도 앞으로의 역사는 저마다의 존재적 가치를 부여
하고 대등한 입장에서 함께 자리할 때 세상은 더욱 공평하고 살
만 할 것이다. 우리 문학사도 그간 사대부 중심으로 논의되어 온
것이 사실이다. 물론 당대의 지배 계층으로 상당한 지적 체계를
구축하고 역사의 발전에 기여한 점은 인정하지만 오늘날의 고도
의 전문직에 해당하는 중인층에 대한 이해와 배려는 너무 인색했
다. 그들은 생존을 위해 전문적 지식을 습득하고 그것을 누대의
가업으로 삼아 남달리 구축한 세계가 있었음에도 당대의 사회 구
조 때문에 홀대받은 그들에 대해 때늦었지만 그들에 대한 사랑을
풍만하게 던져야 한다. 그리하여 역사에 대한 온전한 이해를 갖
추어야 한다. 이런 사유와 행동이 충만할 때 지금과 앞으로의 세
상도 더욱 살만할 것이다.
　역관은 오늘날 외교관이요, 산관은 공인회계사요, 복관은 일정
기획관이요, 의관은 의사요, 또 각양의 전문 기술관은 오늘날 과
학자이며 기술 분야 중소기업가요, 도화서의 화공은 오늘날의 미
술가요, 악공은 음악가이다. 어찌 이들이라 해서 삶에 대한 정감

을 문학으로 노래하지 않았겠는가? 오히려 당대 구조 속에 신분적 한계를 일찍 절감하고 문학과 예술로써 그들의 삶을 자락(自樂)하고 아름답게 승화했으리라. 또 신분상승이라는 획일적 가치와 삶의 틀에서 벗어나 타고난 기질을 아름답게 승화하고 우주를 살피고 자연과 교감하며 하나의 생명체로서 존재적 의미를 탐색하는 희열도 맛보았으리라. 그리하여 그들의 노래는 맑다. 현학과 교만이 없고 순수하고 소박한 삶을 노래했다.

오늘날 우리가 성공이란 명분 속에 얼마나 소박한 가치를 쉽게 내동댕이쳤는가? 인정이나 따뜻한 정감을 희생시키고 얻은 것이 무엇이 그리 위대하고 대단하던가? 사실 그것은 일시적인 자기기만이다. 결국 살아가는 환경과 사회적 여건이 다르다고 해도 그 속에 존재적 의미와 기쁨이 충만할 때 살만한 것이다. 21C 자본주의라는 체제 속에 얼마나 많은 소박한 가치를 희생시키며 돈이라는 가치로 모든 것을 획일화시켰던가? 아마 어느 시점에는 지금 세기가 진행시킨 많은 것들에 대한 반성의 시간이 있을 것이다. 마치 필자가 18C 중인들에게 애정을 갖고 그들의 존재적 가치를 재정립하듯이 말이다.

기록은 위대하다. 그 중에서도 문학은 당대 사람들의 정감을 담아내고 삶의 빛깔을 음미할 수 있게 한다. 중인(中人)이 비록 당대에 지배 계층은 아니었지만 그들은 전문적 지식과 정서를 바탕으로 소박한 삶과 정취를 노래했다. 이런 노래를 통해 그들은 중인이라는 삶을 사랑하고 음미할 수 있었다. 삶의 조건이 만족스럽지

않더라도 그것을 탓하지 않고 오히려 청초한 빛으로 한 세상을
깔끔하게 살아간 그들의 자취는 향기롭고 멋스럽다.

절벽 모퉁이에 외롭게 핀 야생화가 뭇 꽃과 향기를 다투랴!
몇 줌의 흙과 이슬을 머금어 고결하게 하늘거리네.
왜 절벽에 뿌리를 내렸는지를 가슴에 묻고
멀리서 백화방초를 그저 바라볼 뿐이네.
가파른 절벽이라 사람들의 손이 멀어
천수를 누릴 수 있고,
흙이 없는 암벽이라 더 무성하게
형세를 펼 필요가 없네.
탐욕은 재앙의 근원임을 알기에
그 자리에 정갈하게 한 세상을 살았네.

이 글은 그간 소외되어온 조선 중인의 문학의 향기를 음미하
고 그 자태를 감상한 것이다. 살아서 서러웠는데 죽어서까지 홀
대받아야 되겠는가? 삶이 위대하든 그렇지 않든 세상에 아름답
게 피었다면 그것만으로도 존재적 가치가 있는 것이다. 위대한가
아닌가는 상대적 관점이기 때문에 달라질 수 있다. 여기서는 다
만 그 삶의 향기와 빛깔에 의미를 두어 조선 중인의 지배적인 문
학관을 분석하고 문학작품을 감상할 것이다. 동시에 중인이란
말은 너무 포괄적이어서 위항(委巷 : 꼬불꼬불한 골목에 옹기종기
모여 사는 서민들의 동네)이란 용어로 전개하겠다.

6

소동파의 적벽부는 만고의 명문장이지만 실제 절차탁마의 소산이다. 위항인에 대한 애정과 관여는 변하지 않은 내 열정이며 학문의 하나의 축에 서 있다. 그들의 순수성과 고매함을 사랑한다.

책은 집필하기도 어렵지만 출판하기는 더욱 어려운 듯 하다. 그럼에도 선뜻 졸고를 받아주신 이찬규 사장님께 다시금 깊은 감사를 드립니다. 그리고 이 책을 통하여 읽는 분이 즐겁고 지경이 넓어졌다면 저자의 큰 보람으로 삼겠습니다.

저 자

차 례

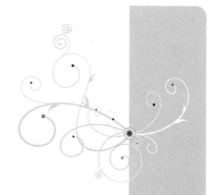

제1부
위항인의 향기와 멋

제 1 장 가파른 절벽에 한 송이 꽃이 되어

I. 여는말

1. 위항 문학의 형성

위항 문학의 기틀을 열었던 사람으로 선조조(宣祖朝)의 유희경(劉希慶: 1545 ~ 1636), 백대붕(白大鵬: ? ~ 1592), 최기남(崔奇男: 1586 ~ 1669) 등을 들 수 있다. 사대부들이 시문을 입신의 방편으로 활용한 경우가 일반적이지만 위항인들에게 있어 시문은 그야말로 스스로를 닦고 자락(自樂)했기에 순수 예술성이 짙다. 나아가 이들은 위항인이라는 신분적 한계에도 시문으로 사대부들과 교유하였고, 이들의 시작 활동은 후일 위항시집의 효시로 꼽히는 『육가잡영(六家雜詠)』(현종 1년 1660)을 탄생시키는 밑거름이 되었다. 이에 힘입어 위항인들의 애환이 담긴 『해동유주(海東遺珠)』(숙종 38년 1712), 『소대풍요(昭代風謠)』(1737), 『풍요속선(風謠續選)』(1797), 『풍요삼선(風謠三選)』(1857) 등이 출간될 수 있었다.

　비록 양반문화가 절대적 힘을 가졌던 시기에도 위항인들은 스스로 그들의 시를 수집하여 문집을 만들고 나름대로의 문학세계를 구축하여 독특한 문학적 성과를 일구었다. 또 '풍월향도(風月香徒)', '삼청시사(三淸詩社)', '낙사(洛社)', '옥계사(玉溪社)', '금서사(錦西社)', '비연시사(斐然詩社)', '서원시사(西園詩社)', '직하시사(稷下詩社)', '칠송정시사(七松亭詩社)', '육교시사(六橋詩社)' 등 실로 다양한 시사(詩社)를 통해 그들의 시재(詩才)와 창작 욕구를 표출하였다. 조선 선조(宣祖) 때에 맹아하여 개화기까지 약 300여 년 이어진 위항문학은 이들이 이룩한 문학적 분량과 특성을 간과할 수 없을 만큼 문학사에서 언급되어야 할 필연성을 갖는다. 비록 지배적인 이데올로기는 사대부에 의해 전개되었지만, 그 사회의 그늘진 면에서 천민도 아니고 양반도 아닌, 모호한 신분적 한계에서 시문은 그들에게는 양반과 대등할 수 있다는 스스로의 위안이자 현실적 모순을 표출하는 수단이었을 것이다.

　이런 위항문학에 대한 주목은 일찍이 거론되어 일련의 성과를 거두었지만,[1] 아직도 그들이 남긴 문학적 성과나 분량 그리고 후기 문학사에 끼친 위상을 고려한다면 지속적인 고찰이 필요하다. 이 원고 역시 이런 맥락에서 전개한다.

2. 위항문학론의 연원

17세기 말엽 새로운 시를 쓰려는 일군의 움직임이 있었다. 이들은 인왕산과 북악산 사이에 시단을 만들어 백악시단(白嶽詩壇)이라 명명하고 진시운동(眞詩運動)을 펼쳤다. 이런 움직임은 김창협(金昌協), 김창흡(金昌翕) 형제가 선도하고 이병연(李秉淵), 이하곤(李夏坤), 김시민(金時敏), 유척기(兪拓基), 홍세태(洪世泰) 등이 뒤를 이어 후기 시단에 참신한 변화를 주도했다. 이들은 당시에 정치 참여세력과 일정한 거리를 유지하고 인위적인 작의(作意)를 배제하였으며 사회적 신분과 계층을 초월했기 때문에 홍세태와 같은 위항시인들도 참여시켰다.[2] 이런 문학정신은 홍세태를 통해 정래교 형제에게 전해졌고, 이어 많은 위항인들에게 시작(詩作)의 이론적 토대를 제시한 셈이다.

---

1) 정후수, 『조선 후기 중인문학연구』(깊은샘, 1990).
   허경진, 『조선 위항문학사』(태학사, 1997).
   윤재민, 『조선 후기 중인층 한문학의 연구』(고려대 민족문화연구원, 1999).
2) 민병수, 「조선 후기 한시사(漢詩史)의 흐름에 대하여」, 『조선후기한시작가론 I』(이화문화사, 1998), 19쪽 참조.

이처럼 위항문학이 나름대로 독자적 형태를 구축할 수 있었던 것도 단순히 위항인의 수적(數的)인 확산에만 있지 않고 그들이 추구하는 문학의 이론이 있었기 때문에 가능했던 것이다. 이런 이론적 토대를 기반으로 그들의 문학이 확산되었는데 이들의 이론적 토대를 열어준 사람이 바로 앞에서 지적한 농암 김창협과 그의 아우 삼연 김창흡이다. 이들 형제는 거듭되는 환국정치(換局政治)에서 부친이 사사(賜死)되고 가계가 몰락하는 비운을 겪으면서 관료를 단념하고 초야에 묻혀 학문과 유람으로 일생을 보냈다. 형인 김창협은 율곡계열의 학통을 가진 학자였음에도 퇴계의 이론을 수용하고 절충하여 나름대로의 학문적 성과를 이룬 성리학의 대가였다. 아우 김창흡 역시 뛰어난 시재(詩才)로 당대에 명성을 날렸다. 이들은 계층이나 신분을 떠나 시문으로 교유했기 때문에 따르는 문도도 많았고, 그 중에는 홍세태와 같은 위항인도 있었다. 이들 형제가 강조한 것은 문학에서 신분과 사회적 여건에 관계없이 진실성을 구현하는 성정지진(性情之眞)의 천기론(天機論)이다. 사대부이든 위항인이든 자신에게 주어진 성정지진을 시문으로 구현해 내는 것이다. 따라서 문학에서는 계급적 질서가 필요치 않다는 것이다. 위항인에게는 이 얼마나 큰 위로이고 양반과 대등할 수 있는 논리인가! 문학은 신분을 뛰어넘을 수 있다. 문학은 순수할 때 그 빛깔이 더욱 아름답다. 사실 신분이란 것도 삶의 과정에서 만들어진 인습적 틀일 뿐이다. 그러나 문학은 그 틀 이전의 본질적인 정감의 문제이다. 그렇다면 문학은 신분을 초월할 수 있다. 어쩌면 가장 근원적인 정감을 노래할 때 인간은 가장 진실할 수도 있고 공유의 폭도 클 수 있기 때문일 것이다. 이런 맥락에서 문학은 위항인들에게는 신분적 한계를 뛰어 넘을 수 있는 더없이 좋은 위안물이었을 것이다. 다른 한편으로는 사대부와 대등한 대접을 바라던 내면적 욕망의 표출이었을 것이다.

명문가의 사대부이면서도 시문을 통해 소탈하게 위항인을 대하는 농암의 교유는, 많은 위항인들에게 존경의 대상이 되었다. 홍세태는 이런 김창협 형제에게 글을 배웠고 농암의 천기론을 후일 위항문학의 중심적 이론으로 활용했다.

참고로 김창협 형제의 문학론이 계승된 과정을 도표로 나타내 보았다.

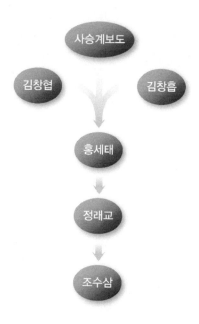

Ⅱ. 위항문학론의 특징

1. 천기론(天機論)

　홍세태(洪世泰), 임준원(林俊元), 정래교(鄭來僑), 조수삼(趙秀三) 등
의 위항인들은 한결같이 시를 천기(天機)의 발로로 간주했다. 그들에
게 자주 거론되던 천기는 당시 대다수 위항인들의 문학의식이었고,
이런 의식은 17세기 천기론을 계승한 것이다. 그렇다면 먼저 17세기

천기론이 어떤 것인지를 검토한 다음에 위항인의 천기를 살피는 것이 논의 순서에 맞을 것이다. 원래 천기론은 조선 중엽에 기존 문학의 경직성에서 탈피하려는 문학의식의 일환이었다. 즉 조선은 고려의 문풍을 그대로 이어서 조선초(朝鮮初)부터 소동파를 모범으로 하는 송시풍이 중종, 명종 때까지 이어졌다. 그리고 성리학을 숭상하는 학풍이 더욱 확산되면서 문장에서 주소체, 어록체가 일반화 되었다. 그러나 선조 때 이르러서는 '두시언해'의 잦은 인행(印行)에 따른 두시(杜詩)에 대한 호감도가 높아지고 '문필진한 시필성당(文必秦漢 詩必盛唐)'의 복고(復古)를 주창하던 명(明)의 전후칠자(前後七子)와 당송파, 공안파, 경릉파 등의 이론이 수용되면서 관념적이고 이치적인 것 보다는 진솔하고 자연스러운 것, 그리고 정감의 시문이 더욱 호소력을 얻는다. 천기론도 이런 시대상에서 형성된 시작(詩作)의 본질론의 하나이다. 이(理)보다는 정(情)을 중시한 관점, 인위성보다는 자연스러운 유로(流露), 관념의 표백보다는 천성의 발랄함이 더욱 돋보인 관점이었다.

　이런 천기에 대한 언급은 신흠(申欽: 1566~1628)에게서도 찾아 볼 수 있는데, 그는 천기를 도기(道機)와 연결시키고 있다.

　　지나간 마흔 아홉이 허사였어!
　　천기(天機)가 곧 도기(道機)인 것을 이제야 알았네.
　　세상 인연 다 털고 얽힌 것 다 없애고 나니
　　산마다 붉고 푸르니 사립문 닫고 있네.

行年四十九年非 행년사십구년비　始覺天機是道機 시각천기시도기

脫盡世緣消盡累 탈진세연소진루　萬山紅綠掩重扉 만산홍록엄중비[3]

－『題壁二首 제벽이수』－

49세에 김포(金浦)로 방축되었을 때 읊은 시이다. 천기와 도기를 동일 선상에 두고 자연 속에서 찾고자 했다. 그는 이 천기를 청기(淸氣)로 표현해 좀 더 구체적으로 제시하고 있다. 기(氣)는 완전하고 소리가 맑으며 색깔로 치면 담담하고 예스러웠고 지닌 뜻은 고상하고 법이 있다. 아! 하늘에서 타고났던 모양이었다. 시는 천득(天得)이 아니면 시라고 말할 수 없다.[4]

그 시는 선(禪)에 함영(涵泳)하는 것인지, 아니면 천기(天機)가 저절로 발현해서인지 고인에 견주지 않아도 닮았고, 새겨 꾸미지 않아도 공교롭게 되었다.[5]

기(氣)의 특징은 맑고 자연스럽다. 그리하여 하늘로부터 부여받은 천기(天機)란 것이다. 이런 신흠의 문학적 특징을 두고 강왈광(姜曰廣)은 천기(天機)의 자명(自鳴)으로 보았다. 이 때문에 신흠은 두보의 연마적인 시보다 천기가 분출한 이백의 시를 더 좋아하였다고 했다. 김

---

3) 신흠(申欽), 「제벽이수(題壁二首)」 기일(其一), 『상촌고(象村稿)』, 『한국문집총간』 권71 (민족문화추진회, 2000), 498쪽.

4) 신흠, 「백옥봉시집서(白玉峯詩集序)」, 『상촌고(象村稿)』, 『한국문집총간』 권71 (민족문화추진회 2000), 8쪽. "其氣完 其聲淸 其色淡而古 其旨雅而則 噫 其得於天者 也 詩非天得 不可謂之詩".

5) 전게서, 姜曰廣 「신상국상촌고서(申相國象村稿敍)」. "其詩也而涵泳于禪乎 其禪也 而遊戱于詩乎 抑天機之自鳴 無事比擬而肖 彫刻而工乎".

주백은 신흠의 이런 문학관이 위항 문인이었던 유희경(劉希慶: 1545~
1636), 최기남(崔奇男: 1586~1669) 등에게 영향을 끼쳤다[6]고 보았다.
또 필자의 생각으로는 최기남의 경우 신흠의 아들인 신익성(申翊聖:
1588~1644)에게서 글을 배웠으며 또 신흠에게 인정을 받아 사대부들
에게 널리 알려졌다는 점을 고려한다면 이런 문학적 성향을 수용한
것으로 이해해도 무리가 되지 않을 것 같다. 하지만 천기에 대한 개
념 정의가 논자마다 나름대로의 당위성을 확보하려는 과정에서 그 의
미가 달라져 이에 대한 객관성을 찾으려는 시도도 있었다.[7] 이 연구
에 따르면 '천기(天機)'라는 용어는 16세기의 문학에서부터 자주 거론
되기 시작한 것으로 '천지 조화의 심오(深奧)한 비밀' 또는 '천성 본래
의 진성(眞性)'을 가리킨다. 또는 '도덕성마저 배제된 천연 그대로의
마음의 상태', '자연 상태에서 저절로 흥기되는 느낌', '가식이 없는
자연 그대로의 천성', '생래적인 본래의 진정' 등 여러 가지로 나누어
분석하고 있다. 그러나 천기를 위항문학과 관련시켜 보면 '천성의 자
연적인 유로(流露)'로 압축할 수 있다. 즉 여기서 '천성의 유로'는 위
항문학의 목적이 될 수 있고, '자연스럽다'는 표현 방법을 가리킬 수
있기 때문이다. 위항인에게 절대적 영향을 끼쳤던 김창협의 이론이
이런 선상에 서 있다. 그럼 김창협의 천기론을 살펴보자.

---

6) 김주백, 「상촌 신흠의 시문학 연구」, 단국대 박사논문, 1997, 77쪽.

7) 김혜숙, 「한국한시론에 있어서 천기에 대한 고찰(1)」, 『한국한시연구2』(태학사,
    1994).

시는 성정이 드러난 것이며 천기의 움직임이다. 당인(唐人)은 이것을 얻었기에 초성중만(初盛中晚)을 막론하고 대체로 자연스러움에 가까울 수 있었다.8)

시는 성정을 토대로 천기를 표현해야 한다는 것이다. 당인(唐人)의 시는 여기에 토대 했기 때문에 자연스러울 수 있다는 지적이다. 따라서 시는 천기로 써야 한다는 주장이다. 위항인의 문학론이 이를 수용하여 천기를 드러내는 것을 시작(詩作) 활동의 본령으로 삼고 있다.

한편 홍세태(1653~1725)에게 교유를 허락하고 위항인에게 절대적 영향을 끼쳤던 김창흡이 죽자, 구심을 잃은 위항인들의 심정을 정래교가 다음과 같이 서술하고 있다.

우리들의 도를 누구에게 맡길 것인가?
이제 울음도 목소리마저 나오질 않네.
훌륭하신 영혼은 응당 저 세상에 있으려니
나를 보고 웃던 모습 잊을 수 없는 마음일세.

吾道終誰託 오도종수탁   今來哭失聲 금래곡실성
明靈應在上 명령응재상   笑我未忘情 소아미망정9)
－「石郊哭三淵先生 석교곡삼연선생」－

---

8) 김창협(金昌協), 「잡지(雜識)」, 『농암집(農巖集)』, 595쪽. "詩者 性情之發而天機之動也 唐人詩有得於此 故無論初盛中晚 大抵皆近自然".

9) 정래교(鄭來僑), 「석교곡삼연선생(石郊哭三淵先生)」, 『완암집(浣巖集)』 권1, 『한국문집총간』 권197(민족문화추진회, 2000), 497쪽.

　　이처럼 김창협 형제의 문학 이론은 절대적이었다. 바꾸어 말하면 위항인의 문학론은 17세기 변혁을 추구했던 지식인들의 이론10)을 계승하여 위항인이라는 독특한 정서로 표출하고 있다. 그러나 위항의 시는 사대부의 시론과 같이 '천기를 바탕으로 한 시'를 쓰자는 주장과 '개성이 존중되는 참된 시(眞詩)'의 창작에 동조했지만 그들이 걸었던 길은 달랐다. 즉, 사대부들은 송시풍(宋詩風)을, 위항인들은 당시풍(唐詩風)을 지향했다. 이들이 서로 다른 유형의 시풍을 창작한 것은 사회적 신분이 달랐고 정서적 지향성이 달랐기 때문이다. 홍세태의 경우 당시풍(唐詩風)이 두드러졌는데, 그의 호쾌한 기질도 당시풍과 유사성이 있지만 불우한 환경 속에서 울적한 마음을 달래기에는 당시풍이 더 적합했을 것이다. 이런 홍세태는 위항시의 창작 경향에 지대한 영향을 끼쳤는데 그의 가식없는 감정의 표출은 현실에 대한 불만을 직서하고 일상의 모습을 여과없이 담아내고 있다. 이와 같은 시작(詩作)의 경향은 후대 위항인의 창작 방향으로 굳어지게 한다. 이런 18세기의 위항인을 두고 이규상(李奎象)은 다음과 같이 개괄적으로 논의하고 있다.

　　여항의 시는 국조 이래 마땅히 유하(柳下) 홍세태를 우두머리로 삼고 정래교가 그와 선후를 다툰다. 홍세태는 충담왕양(沖淡汪洋)한 점이 뛰어났고 정래교는 호방고고(豪放高古) 한 점이 뛰어나다.11)

---

10) 안영길, 『조선 변혁기의 문학 연구』(이화출판문화사, 2002)에서 16세기의 사림파 문학과 18세기의 실학파 문학의 가운데에 있는 17세기를 '변혁기의 문학'으로 나름대로 규정했다.

18세기의 대표적인 위항시인인 홍세태, 정래교를 두고 그들의 시적 특징을 지적했다. 특히 홍세태는 당대의 시단에 지대한 영향을 끼친 김창흡과의 교유를 통해 천기의 이론을 더욱 위항인에게 확산시킨다. 김창흡이 사대부의 시단과 위항인에게 영향을 끼쳤다면 이 위항인과의 매개 역할을 홍세태가 한 셈이다. 홍세태는 2000여 편의 시를 통해 호방하고 격정적인 시를 많이 지었는데, 그의 시풍은 불우하고 비분한 삶에서 기인한다. 재능에 비해 관직이 지나치게 낮고 생활이 궁핍하여 비장, 울분 등의 감정을 처량한 시어의 지나친 반복을 통해 드러내고 있다. 이런 그가 인식한 시의 창작관은 천부적인 재능을 중시했다. 다음이 그런 입장을 보여주고 있다.

시는 성정에서 나와 소리로써 드러난다. 읊조려 자연스럽게 정신이 움직이고 천성이 따라가는 묘미가 있는 것, 이것이 시가 도달해야 할 경지이다. 만약 기이하고 교묘함에 힘써 험난하고 고삽한 말을 지어내어 남들이 이해하기 어려운 작품을 만들고, 이것을 잘된 작품이라고 간주한다면 시를 아는 자가 아니다.[12]

대중의 정서를 담아낼 수 있는 시, 그러기 위해 쉽고 자연스러울 필요가 있다. 이것이 홍세태가 갖는 시에 대한 신념이자 당대의 위항시가 지향했던 보편성이었다. 한마디로 앞서 설명한 위항시의 특징을

---

11) 이규상(李奎象), 『문원록(文苑錄)』, 『병세재언록(并世才彦錄)』 47장, 『한산세고(韓山世稿)』 권29.

12) 홍세태(洪世泰), 「자서(自序)」, 『유하집(柳下集)』, 『한국문집총간』 권167(민족문화추진회, 2000). "詩者 出於性情 達乎聲音 諷之 自然有神動天隨之妙者 斯爲至矣 若夫務奇巧 爲險澁語 以人所難解爲工非知詩者也".

압축하고 있다. 하지만 17세기말 18세기 시단을 이끌었던 두 시인의 차이는 크다. 김창흡과 홍세태는 동갑이다. 물론 김창흡은 명문가의 후손이고, 홍세태는 가난한 역관이었고 동시에 김창흡에게서 시를 배웠다. 하지만 김창흡이 위진(魏晉)의 시에 관심을 갖고 사색적이며 경발기건(驚拔奇健)한 시풍을 일구었다면 홍세태는 성당시에 매력을 갖고 청화수걸(淸華秀傑)한 시풍을 일구었다.13) 김창흡이 여행을 통해 얻은 견문과 정감을 「벽계잡영(碧溪雜詠)」, 「갈역잡영(葛驛雜詠)」 등에서 호방하고 독특하게 고상한 시를 창작해서 문학의 경지를 고양했다면, 홍세태는 감정의 토로에 치우쳐 시의 맛을 승화시키지 못했다. 홍세태의 이런 모습을 두고 이사질(李思質)은 "아름다운 여인이지만 규방의 숙녀는 아니다"14)라고 하여 시적 한계를 지적하고 있다.

한편 홍세태의 시풍을 이은 정래교(鄭來僑) 역시 "천기를 얻은 시야 말로 좋은 시가 될 수 있다"15)고 했다. 위항인에게 천기론은 시작(詩作)의 근거가 되었다. 특히 정래교는 천기를 신분의 문제로 수용하면서 소극적인 천기론에 머물렀던 스승 홍세태와는 달리 편안하고 배부르면 문학이 연마될 수 없으며 결국 천기가 유발될 수 없다고 했다.

---

13) 이하곤(李夏坤), 「홍창랑시집서(洪滄浪詩集序)」, 『두타초(頭陀草)』下54~55쪽. "三淵則原本於牧李曹謝 滄浪則根極乎王孟岑高 而及恥爲粗氣浮響則一也 是故三淵之詩驚拔奇健 而主于骨力 滄浪之詩 淸華秀傑 而主于風神".

14) 이사질(李思質), 「흡재고(翕齋稿)」, 「잡저(雜著)」, 「산언(散言)」, 『한산세고(韓山世稿)』 권11. "洪世泰詩 閭巷美色 非閨房淑女".

15) 정래교(鄭來僑), 「창랑홍공묘지명(滄浪洪公墓誌銘)」, 『완암집(浣巖集)』, 『한국문집총간』 권197, (민족문화추진회, 2000) 566쪽. "天機流出 音調氣格 駸駸乎唐正宗大家".

그러면서 명분과 의(義)를 생각하는 삶의 태도와 그것을 반영하는 실
(實)의 문학을 성취함으로써 위항문인들과 사대부까지도 천기를 인정
하며 문학을 해나가도록 하는 것을 문학론의 중요한 과제로 삼았다.
그는 위항 시인들이 전부터 가지고 있었던 사대부 문학과 중인 문학
사이에서 보이는 보수적 성향을 넘어 적극적 낭만주의와 현실주의적
성격으로 발전해 나가는 모습을 보인다[16]고 했다. 다음의 시가 이런
특징을 잘 드러내고 있다.

> 노 젓는 소리는 삐걱삐걱 들리고
> 차츰 차츰 고깃배를 띄워본다.
> 새벽빛은 꾀꼬리를 노래하게 하고
> 봄날의 소리는 갈매기를 어지럽게 날리게 한다.
> 강이 맑아 항상 일찍 일어나고
> 사는 곳이 외진 까닭에 느릿하다.
> 시험 삼아 여기가 세상 안쪽인가를 물어보고
> 아! 누가 이처럼 놀 수 있겠는가?

鳴榔起蘋來 명랑기빈래   **稍稍放魚舟** 초초방어주
曙色催黃鳥 서색최황조   **春聲亂白鷗** 춘성난백구
江淸常早起 강청상조기   **地僻故遲流** 지벽고지류
試問紅塵內 시문홍진내   **誰能爲此遊** 수능위차유[17]

－「江村 강촌」－

---

16) 손병국, 「완암 정래교론」, 『조선후기 한시 작가론 1』(이회, 1998) 433～434쪽.

17) 정래교(鄭來僑), 「강촌(江村)」, 『완암집(浣巖集)』, 「한국문집총간」 권197(민족문화
   추진회, 2000), 490쪽.

평이한 시어, 다양한 색감, 자연스러운 느낌의 유로, 바로 이런 것이 천기인 것이다. 그리고 심오한 이념보다는 일상의 모습을 소박하게 담는 것, 이것이 위항인이 천기를 토대로 펼친 문학세계이다. 따라서 위항시는 서경에 치중하여 회화성이 짙은 것이 일반적이다. 또 그들이 사회를 비판하는 시를 지을 경우에도 사회 현상과 대상에 대해 충분히 설명하거나 묘사함으로써 시가 자칫 갖기 쉬운 난해성에서 다소 자유로울 수 있었다. 다음 역시 천기(天機)에 근거한 미학(美學)을 살펴본다.

사는 곳이 본디 산기슭이니
길은 취미(翠微)를 지난다네.
하늘 높은 가을이니 나무와 이슬이 쌓이고
골짜기 시내는 마르고 꽃도 드물구나.
외로운 학은 사람 같이 서 있고
한가로운 구름 나그네 앞으로 돌아가네.
일상에 땔감을 하고 짐승 치는 일
나아가고 들어오는 것이 각각 천기라네.

所住元山足　소주원산족　　經行一翠微　경행일취미
高秋樵露重　고추초로중　　空谷澗花稀　공곡간화희
獨鶴如人立　독학여인립　　閑雲先客歸　한운선객귀
尋常樵牧事　심상초목사　　出入各天機　출입각천기[18]
ー「晚眺 만조」ー

18) 홍세태(洪世泰), 「만조(晚眺)」, 『유하집(柳下集)』, 『한국문집총간』 권167(민족문화추진회, 2000), 358쪽.

16세기의 시가 주로 재도론(載道論)에 근거하여 창작되었다면 17세기 이후의 시들은 일상의 모습을 자연스럽게 유로(流露)하는 경향을 띤다. 좀 더 구체적으로 말하면 이것이 이른바 시에서 말하는 천기론(天機論)이다. 홍세태의 지적처럼 너무나 평범한 일상의 모습을 사실적 묘사를 통해 드러내는 것이 자연스러움이고 이것이 천기론의 시작(詩作)인 것이다. 이런 모습은 현실의 명리를 벗어던지고 삶의 본연적 모습을 담거나 순수한 정감을 노래하는 것이다. 이 때문에 강호의 모습이 더욱 청초하고 사실적으로 그려지고 무욕의 경지를 읊조리거나 잔잔한 완상에서 오는 희열을 서술하고 있다.

2. 진시론(眞詩論)

천기론이 사대부의 시론을 계승한 것이라면 위항인들이 사대부의 이론에 그들 나름대로의 시론을 덧씌워 강조한 것이 진시론이다. 한마디로 각 개개인의 개성을 중시한 시론이다. 즉 소재에서 그리고 시가 펼친 세계관에서 사대부와 차별성을 갖는 독특한 양상이 바로 진시론이다. 이 때문에 어떤 측면에서는 사대부의 시에서 거의 다루지 않는 시재(詩材)를 위항인들의 시에서는 오히려 소중히 다룬 것을 볼 수 있다. 먼저 위항인의 대표적인 시인 홍세태의 말을 빌어보자.

사경(寫景)이 청원(淸圓)한 것은 봄새와 같고 서정(抒情)이 비절(悲

切)한 것은 가을 벌레와 같다. 느낀 바가 있어 울리는 것은 천기(天機) 중에 자연스럽게 유출되는 것이니 이것이 이른바 진시(眞詩)이다.[19]

이런 위항문학의 특성을 두고 민병수는 성정(性情)의 발로에 따라 시를 써야 한다는 유가(儒家)의 상식을 뛰어 넘어 이들은 그들 주변에 있는 자연, 인물, 풍속을 그대로 표현했다고 주장했다. 때문에 이들에게는 대상 그 자체가 중요할 뿐, 계획된 의도나 꾸밈과 같은 것은 고려하지 않았으며 형(形)과 신(神)이 하나로 어우러지는 시세계를 이상적인 경지로 생각했다. 이들의 노력은 이때까지의 속상(俗尙)을 거부하고 진정한 조선시가 어떤 것인가를 훌륭하게 실험하고 있었으므로 그 성과 역시 중요하게 평가받아야 한다고 주장했는데[20] 이에 공감한다. 따라서 이들의 이런 시작활동은 17세기 이후 사대부들의 당시풍에서 송시풍으로의 회귀와는 다른 것으로 보아야 할 것이다. 사대부의 시와 구별되는 진시(眞詩)에 대해 홍세태가 더욱 자세하게 설명하고 있다.

비록 그들(여항의 시인)이 배운 것이 넓지 않고 시재(詩材)를 취한 것이 심원하지는 못하지만 하늘에서 얻은 것이기에 절로 빼어나서 풍격과 격조는 당시(唐詩)에 가깝다. 풍경의 묘사가 맑고 원만한 것은 봄날의 새일 것이다. 서정이 슬프고 절실한 것은 가을 벌레일 것이다.

19) 홍세태(洪世泰), 상게서, 권6, 해동유주서(海東遺珠序)』. "若夫寫景之淸圓者 其春鳥乎 而抒情之悲切者 其秋蟲乎 惟其所以爲感而鳴之者 無非天機中自然流出 則此所謂眞詩也".

20) 민병수, 『한국한시사(韓國漢詩史)』(태학사, 1997), 366~367쪽 참조.

사람들을 느껴 울리는 까닭은 이들이 천기 속에서 자연히 유출되어 나와서 그런 것이니 이것이야말로 바로 참된 시이다.[21]

사대부의 시가 전고(典故)를 즐겨 쓰고 송, 당의 의경을 닮고자 했다면 위항인의 시는 현실의 실경(實景)에 느낀 정감을 충실히 담아내고, 애써 고매함을 추구하거나 각고의 노력을 통한 심오한 경지를 이룩하려고 하지 않았기에 쉽고 사실적일 수 있었다. 이것이 진시론(眞詩論)이다. 그리하여 일상의 친숙한 소재가 등장하고 사실적 묘사를 통해 회화성이 두드러졌기 때문에 공유의 폭이 클 수 있었다.

한편 홍세태는 그의 진시론(眞詩論)에 의거하여 시를 짓고 이것이 바로 진시(眞詩)라고 구체적으로 가리킨 것이 있다. 다음을 본다.

> 비로소 서류를 정리하고 나니
> 몸 한가로워 흥취를 알겠네.
> 시냇가 지붕 위에 연기 피어나고
> 빗속 나뭇가지로 참새가 모이네.
> 인생 말로가 바둑알 쌓은 듯 위태롭고
> 부명(浮名)은 한 바탕의 꿈일세.
> 인연 따라 즐겁기도 슬프기도 하니
> 그대로 그려내면 곧 진시(眞詩)일세.

---

21) 홍세태(洪世泰), 상게서, 『해동유주서(海東遺珠序)』권9, 장8〜9. "雖其爲學不博取資不遠 而其所得於天者 故自超絶 瀏瀏乎風調近唐 若夫瀉景之淸圓者 其春鳥乎 而抒情之悲切者 其秋蟲乎 惟其所以爲感而鳴之者 無非天機中自然流出 則此所謂眞詩也".

始輟咨文草　시철자문초　　身閑趣可知　신한취가지
烟生溪上屋　연생계상옥　　雀聚雨中枝　작취우중지
末路看菉累　말로간기루　　浮名覺黍炊　부명각서취
隨緣有憂樂　수연유우락　　寫出卽眞詩　사출즉진시22)
－「呈南隣 정남린」－

이 시의 제재는 일상의 모습을 소담스럽게 그려냈을 뿐이다. 그리
고 여기서 '인연'이란 시적 대상을 가리킨다. 그리하여 대상에 따라
정감이 바뀌어지고 이를 그대로 서술하는 것이 곧 참된 시(眞詩)라는
것이다. 따라서 중국의 고사나 경전의 구절을 차용할 필요가 없다.
그들의 보편적 일과를 통해 나름대로의 생활에서 깨달음을 잔잔하게
노래했을 뿐이다. 이런 것이 바로 '진시(眞詩)'라고 홍세태가 자신의
시를 통해 나타냈다. 특히 인위적인 구성을 배제하고 인연에 따라 그
대로 그려 낼 것을 강조했다. 이 때문에 이후 위항인들의 시가 더욱
주변적인 정경을 사실적으로 그려내고 있다. 위항시의 이런 특성을
두고 이종찬은 시경의 정신을 잇고 있다고 평했다.23) 위항인들은 관
념적인 시보다는 체득적인 것을 주로 서술했다. 이 때문에 매우 사실
적이고 쉽게 와 닿는다. 홍세태의 제자로 시명(詩名)을 떨쳤던 정래교
의 「동양서재(東陽書齋)」를 본다.

---

22) 홍세태(洪世泰), 상게서, 『정남린(呈南隣)』 권11, 518쪽.

23) 이종찬, 「조선 후기 중인(中人)의 문학론에 대하여」, 『조선 후기 한시 작가론』 (이
회, 1998) 49〜54쪽 참조.

늙을수록 나는 병이 많아지는데
어째서 해서(海西)에만 머물겠나.
문을 여니 나무마다의 갖은 빛깔
베개를 세우니 한결같은 꾀꼬리 소리.
술통 비우고서 누웠으니
서첩(書籤)은 흐트러져 어지럽네.
나그네 근심에다 이별의 한 마저 겹쳐
저물어 가는 구름 아래에서 자꾸만 고개를 떨구네.

垂老吾多病 수로오다병	胡爲滯海西 호위체해서
開門千樹色 개문천수색	高枕一鶯啼 고침일앵제
酒榼空仍臥 주합공잉와	書籤散不齊 서첨산부제
羈愁兼別恨 기수겸별한	故故暮雲低 고고모운저[24]

－「東陽書齋 동양서재」－

마치 이야기하듯 주변의 나무, 꾀꼬리, 서재, 술통 등을 회화적으
로 처리했다. 그리고 병이 들어가는 자신의 몸과 근심이 많은 자신의
심경을 그려낼 뿐, 사대부 시에서 보이는 호기나 현학성도 없다. 그
렇다면 위항인의 시는 일상생활을 노래한 일기적(日記的)인 시라고 할
수 있다. 1786년부터 1820년까지 존속했던 위항인의 '송석원(松石
園)'이란 시사(詩社)를 살피면 서대문 밖 인왕산 옥계 자락에 추사 김
정희(秋史 金正喜)의 글씨로 편액을 걸고 삼사십 명에서 백여 명 씩 모

---

24) 정래교(鄭來僑), 상게서, 『동양서재(東陽書齋)』, 512쪽.

여서 시를 읊었다는 사실을 알 수 있는데, 이처럼 조선 후기 위항문학은 활동면에서도 왕성하였을 뿐만 아니라 분명 한문학사에서 짚고 넘어가야 할 부분이다. 이들은 스스로 사대부의 문학과 구별해서 '경외(境外)의 사림(詞林)'이라 일컬었고25) 이 시기의 가장 대표적인 위항 시인으로는 조수삼을 꼽을 수 있다. 그는 정래교의 제자로 8권에 이르는 방대한 분량의 『추재집(秋齋集)』을 남기기도 했다. 또 위항시인 중에는 고대(古代)에서 명말(明末)까지의 시를 선별하여 『시종(詩宗)』을 편찬한 장혼(張混: 1759 영조 35년~1828 순조 28년)은 사대부 시인에서 찾아보기 어려운 사언시(四言詩), 육언시(六言詩)를 짓고 세상을 의식하지 않고 자신의 방식대로 문학을 향유하고 '문학지교(文學之交)'만이 영세(永世)할 수 있다고 까지 하여 그가 문학에 대한 열정이 어떠했는지를 짐작할 만하다. 그의 시를 본다.

아, 어떤 사람이여
장가들지 않고 벼슬도 하지 않네.
비록 고생하고 가난하지만
마음만은 편안하네.
마음껏 즐기고
간간이 악기를 타고 읊조려 보네.
사물은 각기 제 나름대로 나아가는 것.
붕새는 메추라기를 비웃지 않네.

---

25) 민병수, 『한국한시사(韓國漢詩史)』(태학사, 1997), 402~403쪽 참조.

羌有人兮 강유인혜   **不娶不官** 불취불관
雖則苦貧 수칙고빈   **其心則晏** 기심칙안
樂之嘐嘐 낙지교교   **彈詠以間** 탄영이간
物各自適 물각자적   **鵬無笑鷃** 붕무소안[26]

     -「**君善偶至效陶禮** 군선우지효도례」-

   지우(知友) 천수경(千壽慶)을 맞아 도잠의 사언시(四言詩) 형식으로 안분지족의 삶을 노래했다. 이처럼 이들은 애써 사대부를 닮지 않으려 하였고, 주어진 운명대로 자적(自適)하는 경지를 개척하였다. 이런 시가 바로 굳이 문학 이론서를 전개하지 않았지만 작품을 통해 담담하게 흐르는 위항인의 문학론이었다. 기존 사대부의 보편적 시론을 답습하지 않고 그들대로의 정감과 형식으로 빚어나간 시론, 이것이 바로 '진시론'이다. 그러기에 그들은 시경체에서나 볼 수 있었던 '사언시(四言詩)'를 짓고 '육언시(六言詩)'도 창작할 수 있었던 것이다. 이런 측면에서 위항인의 문학론은 순수 예술성이 짙고 독특한 삶의 향기가 피어난다.

---

26) 장혼(張混), 「군선우지효도례(君善偶至效陶禮)」, 『이엄집(已广集)』, 『한국문집총간』 권270 (민족문화추진회, 2000), 400쪽.

3. 성령론(性靈論)

초기 천기론을 중심으로 한 김창협과 김창흡 형제의 문학 이론이 홍세태를 통해 널리 확산되면서 위항 특유의 문학론이 형성되었다. 그러다가 18세기 중반에 와서는 당대에 다양하게 전개되던 문학론 중에 위항인의 창작 욕구에 적합했던 성령론을 받아들여 그들의 문학을 더욱 풍성하게 했다. 원래 성령론은 명말(明末) 청초(淸初), 이지(李贄: 1527~1602)의 동심설(童心說)에 토대로 둔 것인데 조선에서는 추사(秋史) 김정희(金正喜: 1786~1856)에 의해 본격적으로 거론된 이론이었다.

17세기 말 18세기 초에 위항의 문학론이 천기론과 진시론을 중심으로 활발하게 전개되었다면 18세기 중엽의 사대부들은 주로 성령과 격조, 의론과 직치(直致) 그리고 신운(神韻)과 실경(實景) 등을 중심으로 다양한 논의를 전개하였는데 위항인은 이 중에서 성령론을 상당히 수용하여 그들의 문학 활동에 활용하였다. 이때 성령론을 주장한 대표적인 위항인으로는 정지윤, 장지완, 최성환 등이 있다.

원래 성령론은 명말 청초의 전후칠자(前後七子)를 중심으로 한 복고주의 문학에 대항하여 만력 연간의 삼원(三袁)[원종도(袁宗道), 원굉도(袁宏道), 원중도(袁中道)]이 청신(淸新)을 기치로 문학에서 개성을 강조한 문학론이다. 명 중엽 이후부터 의고파에 대항하여 당송파, 공안파, 경릉파 등 일군의 작가군이 형성되면서 문학에 대한 나름대로의

참신한 관점을 제시하였다. 이들은 좀 더 전실한 문학을 위해 다양한
변화를 시도하였다.

그 중에서도 공안파 문학은 왕양명학파 등에 영향을 받아 '변(變)'의
우주관에서 문학을 이해하여 시대의 변화에 따라 문학도 변해야 한다
는 시의성(時宜性)의 이론을 강조했는데, 이런 문학론은 18세기 조선
의 문학적 향방에 큰 영향을 미쳤다. 특히, 원굉도는 "성(性)은 편안한
것이어서 아마도 억지로 할 수 없다. 다만 성(性)을 따라서 행하여야
'진인(眞人)'이 될 수 있다"[27]하여 맹목적인 복고를 반대하고 각자의
독자적인 성령의 전개를 통해 개성적인 문학에 영향을 미쳤고, 강세황
(姜世晃)과 같은 경우에는 시뿐만 아니라 단편의 산문에까지 이런 이론
으로 창작하였다.[28] 즉 이때의 문학은 그간의 재도론의 틀을 벗어나
개인의 소탈한 감정과 일상의 생활을 자유롭게 그려내었으며 분위기
에서도 발랄하게 전개하였다. 이를 통해 진실된 정감과 일상의 모습을
사실적으로 담아내려고 했다. 조선 후기 이용휴와 같이 명망있는 사대
부가 위항문인인 이언진(李彦瑱) 문집 「송목관집서(松穆館集序)」에서
'종기기견(從己起見)'[29]이라 하며 '이고위신(離古爲神)'론을 펼쳤는데,

---

27) 원굉도(袁宏道), 「식장유우잠명후(識張幼于箴銘後)」, "性之所安 殆不可强 率性而
    行 是謂眞人".

28) 강세황(姜世晃), 「송석가재이치대태길유금강산서(送夕可齋李稚大泰吉遊金剛山序),
    『표암유고(豹菴遺稿)』, (한국정신문화연구원, 1979년 영인본). "吾友夕可翁閱袁中
    郎遊記 語其子曰 此人比諸姜豹菴短篇 殆有不及者 何足觀也".

29) 이언진(李彦瑱), 「송목관집서(松穆館集序)」, 『송목관신여고(松穆館燼餘稿)』, 『한국
    문집총간』 권252(민족문화추진회, 2000), 487쪽, "詩文有從人起見者 有從己起見
    者 從人起見者 鄙毋論 卽從己起見者毋或雜之固與偏 乃爲眞見 又必須眞才而輔之

이것은 이런 공안파의 논리와 일치하는 것을 잘 보여주고 있다.

이처럼 성령론의 문학이란 내용면으로는 진정(眞情)의 표출이며, 표현면에서는 평이하고 간결한 표현을 통해 신실한 삶의 모습과 소박한 정감을 담으려 했다. 적용면에서는 구어와 이속어 및 일상의 사소한 것도 소재로 선용했다.

이와 같이 16세기 명의 공안파(公安派) 문학론은 조선에서는 18세기에 이르러 널리 확산되어 이용휴, 박지원, 이덕무, 박제가, 이옥 등과 같은 양반뿐만이 아니라 앞에서 말한 정지윤, 장지완, 최성환, 이언진 등과 같은 위항문인에게까지 문학론으로 활용되었다.

먼저 성령론의 대표적인 위항인인 정지윤의 시를 살펴본다.

가장 영롱한 곳에 성령 있으니
깊은 공을 들이지 않으면 쉽게 말 못하네.
묘한 곳에 들어가려면 호랑이 굴 찾듯이 하고
기이한 것 내놓으려면 용문산 뚫듯이 해야 하지.
금당의 훤한 꽃은 실체가 없고
옥전 맑은 밤 달에는 혼이 서렸네.
그윽한 길을 때로는 혼자서도 잘 할 수 있으니
권하나니 대가의 울타리에 기대지 마오.

最玲龍處性靈存 최령룡처성령존   不下深功不易言 불하심공불이언
入妙應經探虎穴 입묘응경탐호혈   山奇何減鑿龍門 산기하감착용문

然後乃有成焉".

金塘融日花無質 금당융일화무질   玉殿淸宵月有魂 옥전청소월유혼

幽徑只堪時獨往 유경지감시독왕   勸君莫寄大家藩 권군막기대가번30)

−「作詩有感 작시유감 1」−

그윽한 곳에 있는 것, 이것이 바로 '성령'인 것이다. 그리하여 성령에 충실하면 대가의 시문에 기댈 필요가 없다고 했다. 그러나 이런 성령을 얻으려면 호랑이 굴 찾듯 용문산 뚫듯 엄청난 노력이 필요하다는 것을 밝히고 있다. 그리고 여기서 말한 성령을 두고 정후수는 "성령이란 도덕적 본성이나 천리가 아니라 정(情)을 포함한 인욕을 긍정적으로 받아들이는 살아있는 '마음'으로 규정짓고, 이는 「정미랍월(丁未臘月)」의 '성령일부토호첨 불수시신경고섬'(性靈一付兎毫尖 不遂時新競巧纖: 성령이 한 번 붓 끝에 붙으면, 새로움이나 공교로움을 다투지 않는다)에서 확인할 수 있다"고 했다. 곧 옛 법에 얽매이거나 사회관습에 얽매여서 자기의 성령을 자기가 움직이지 못하면 진실한 시는 나올 수 없다고 주장하였는데, 이런 사고는 이미 철저한 주자학의 관례를 탈피한 것이라고까지 단언했다.31) 위항인의 성령론을 나름대로 분석한 탁견이라 하겠다.

한편, 그 당시 정지윤의 성령을 두고 최성환은 다음과 같이 압축해서 설명했다.

---

30) 정지윤(鄭芝潤), 「작시유감 1(作詩有感 1)」, 『하원집(夏園集)』, 『이조후기 여항문학총서』 권5(여강출판사, 1986), 4쪽.

31) 정후수, 『조선후기 중인문학연구』(깊은샘, 1990), 207~208쪽 참조.

그의 시는 옛 법을 따르지 않았지만 옛 법을 버리지 않았고, 옛 것을 보았지만 새 것을 만드는 데는 손으로 따르고 마음으로 응수해서 옛 것일수록 더욱 새로워서 기이한 기운이 자유자재로 나타난다.[32]

위항인의 문학을 두고 '학고창신(學古創新)'이란 말을 사용한다면 이 말 중에서도 '창신(創新)'에 무게를 둘 수 있다. 즉 새로운 작품 창작을 중심으로 두었지만 옛 법도를 버리지 않았다는 것이다. 따라서 새롭다고 해서 그렇게 생경한 것만은 아닌 것이 바로 위항문학의 특징인 것이다. 정지윤의 성령론도 이런 맥락에서 이해할 필요가 있다. 그러면 이런 특징을 담은 그의 작품을 감상해 본다.

> 날씨는 쓸쓸한데 어떤 생각을 하는지
> 높은 소리로 초성을 부르기가 쉽네.
> 요즘 새 글귀는 국화를 많이 읊조리고
> 솜옷이 베옷보다 낫다고 말하지 못 하리.
> 술 있는 곳이라면 모두가 천국이지만
> 한 걸음만 나서면 곧 풍파뿐일세.
> 옛 사람이 어찌 정을 다 드러냈던가
> 새장과 그물이 두려울 뿐이라네.

天氣蕭蕭意若何 천기소소의약하　　楚聲容易入高歌 초성용이입고가
看來新句多吟菊 간래신구다음국　　難道寒衣尚製羅 난도한의상제라

---

32) 최성환(崔瑆煥), 「제사(題辭)」, 『하원시초(夏園詩鈔)』, 22쪽. "其爲詩也 不泥古法 而亦不遺古法 攬舊作新手隨心應愈舊 而愈新奇氣橫逸".

有酒千場皆樂國　유주천장개락국　　出門一步卽風波　출문일보즉풍파
古人豈盡亡情者　고인기진망정자　　紙畏樊籠與網羅　지외번롱여망라33)
　ㅡ「秋日獨居 추일독거」ㅡ

　자신의 일상을 적나라하게 피력했다. 그러나 세상의 천대와 속박을
두려워했던 정지윤의 솔직한 심정을 드러냈다. 이런 정지윤의 문학에
대한 평가는 대략 다음과 같이 정리할 수 있다. 그의 문학은 성령설
에 근거한다. 그것은 거리낌 없는 자기표현이다. 이런 그의 문학적
신념은 그의 일생을 통해 일치되어 나타난다. 그러나 성령설을 중시
한 문학의 전개라면 경우에 따라서는 가벼움을 면할 수 없다. 하지만
중인들에 의해 정지윤의 대표작이라고 일컫는 것을 살펴보면 용사(用
事)가 뜻밖에 많고 내용이 깊고 미묘한 맛까지도 느낄 수 있다. 오히
려 통속적인 가치를 던져버림으로써 진정한 자유를 누리고 숭고한 자
연을 느꼈으리라. 어떤 측면에서 사대부가 상승된 신분의 보장이라는
굴레를 갖고 살았기에 제도적 틀을 벗어나 진정한 자유를 향유할 기
회를 놓치거나 편견적 안목을 쉽게 벗어날 수 없었는지도 모른다. 사
람은 자기 빛깔로 살아갈 때 더욱 눈부시고 아름다운 것이지 제게 맞
지 않는 옷을 씌우고 틀 속에 살아간들 그 진실된 의미가 퇴색될 수
있기 때문이다. 위항문학 역시 이런 측면에서 자유롭고 솔직한 정감
의 유로(流露)였다.

---

33) 정지윤(鄭芝潤), 상게서, 5쪽.

정지윤과 비슷한 시기를 살았던 장지완(張之琬: 1806~1858) 역시 다음과 같은 성령론을 제시했다.

시는 성정에서 나온다. 세상에 성정이 없는 사람은 없다. 그런데 성정은 하늘에서 받아 기질의 청탁에 구분이 있으며, 시는 성률과 체재 등 취향과 풍미(風味)가 마치 사람의 얼굴이 제각기 다른 것과 같다.[34]

개성을 중시한 시관이다. 같은 사람이 없듯이 시도 또한 달라야 한다는 것이다. 그리하여 그는 나아가 "시자 도사성령(詩者 陶寫性靈)"이라고까지 하였다. 그는 시를 물에 비유하기도 하였는데 물이 사물의 모양에 따라 흐름이 다르듯 훌륭한 시란 독특한 '기'(奇: 개성)'를 그려내야 한다고 했다. 다음을 살펴본다.

시는 물과 같다. 물의 성질은 아래로 흘러가거나 광양하거나 그 형세를 따라 물결지는 것이다. 돌을 만나면 격해지고 바람을 만나면 날리기도 한다. … 중략 … 시는 성(性)에서 나왔는데 성(性)은 본래 고요하다. 하지만 물(物)에 감응하여 희노가 생겨 비로소 기이함이 있게 되었다. 본래의 기이함이 없이 기이함을 지었다면 그 폐단은 병나지 않았는데 신음하니 슬프지 않는 것과 같다. 억지로 울어 읊조리는 것도 진정한 마음이 아니며 울음도 그 정상적인 것을 잃고서 상심한 것

---

34) 장지완(張之琬), 「서자암화도소집(書自庵和陶邵集)」, 『침우당집(枕雨堂集)』, 『이조후기 여항문학총서』 권5(여강출판사, 1986). 70쪽. "詩出性情 世無性情之人 故無無詩之人 然性情受之天而氣質有淸濁之分 詩有 聲律體裁裁而趨向風味 有栽然如人面之不同".

이 아니다. … 중략 … 하물며 글자를 두어도 드물고 치우쳐 고원하지
못하다. 구두(句讀)도 힐굴(詰屈)하여 예스럽지 않다. 따라서 이런 것
으로 기(奇) 삼았다는 것을 들어보지 못했다.[35]

여기서 '기(奇)'란 각각의 작가에 의해 전개되는 개성을 말하며 시는
궁극적으로 '진정(眞情)'을 노래해야 한다는 것이다. 역시 당대의 성령
론에 입각한 문학론을 살필 수 있다. 이런 성령론을 최성환에게서도
살필 수 있는데 그 역시 성령론이야말로 시를 짓는 바탕으로 믿고 중
국 역대의 시를 선집하고 편찬하면서 다음과 같이 설명하고 있다.

"이 시집은 오로지 성령을 주로 해서 엮었다. 그래서 격조를 뒤로
하고 기백을 아예 버렸다. 이는 참으로 내 성품과 서로 가깝기 때문
에 바로 내 시집이 될 수 있었다. 이 시집을 보는 자가 격조가 갖추어
지지 못했다고 나무라면 이 시집을 지은 까닭을 모르는 것이며, 어의
(語意)가 날카로운 것이 많다고 한다면 이 시집의 본래의 뜻을 알지
못하는 것이다"[36]

---

35) 장지완(張之琬), 「논시일칙(論詩一則)」, 『침우당집(枕雨堂集)』, 『이조후기 여항문학
   총서』 권5(여강출판사, 1986), 90쪽, "詩猶水也 水性下或汪洋惑汨瀰隨其勢也 遇
   石則激 遇風則揚 … 중략 … 詩出於性 性本靜也 感物而喜怒生始有奇焉 無奇而作
   奇 其斃至於不病而呻吟不悲 而强哭吟者不情 哭者不傷失其常也 … 중략 … 況下
   字稀僻非高也 句讀詰屈非高也 以此爲奇非所聞也".

36) 최성환(崔瑆煥), 「성령집서(性靈集序)」, 『성령집(性靈集)』, "是集也 主性靈而後
   格調捨氣鬼專 是固我之性 有所相近者也 是固我之詩集也 覽是集者 以名體之
   未備爲責 則非是集之制度也 以語意之多璘爲言 則非是集之本旨也".

자신의 문학론인 성령의 관점에서 선집하다 보니 중국 역대의 시를 성령 중심으로 설명했다. 그리고 이런 시가 갖는 날카롭고 생경한 것 역시 성령론에 대한 무지의 소치로 돌리고 있다. 여기서 적어도 성령 론은 조선 후기 위항인들에게는 시를 이해하는 중요한 기준이였던 것 을 알 수 있을 것이다.

성령론에 입각한 문학활동의 전개는 기존의 자연 정경을 흡수하고 나아가 일상의 사소한 모습까지도 담는 영역의 확대를 가져왔다. 나 아가 경직된 재도관(載道觀)에서 벗어나 각자의 개성을 자유롭게 표출 하고 타고난 진정(眞情)의 구현을 기치로 했기에 사대부 문학과 다른 독특한 문학을 이룰 수 있었으며, 문학에 대해 쉽고 자유롭게 접근하 여 문학의 대중화에 기여할 수 있었다.

Ⅲ. 맺는말

　어떤 문학적 특징이 지속적으로 이어질 수 있었던 것은 그 문학에 공감하는 작가군과 이론이 있었기 때문이다. 바로 조선 후기 위항 문학이 그 나름대로의 문학론을 구축하고 문학사적 의미를 갖는 것도 이런 위항인이 많았기 때문이다. 그리고 이 위항인의 문학론을 대별하여 천기론과 진시론 그리고 성령론으로 나누어 규명해 보았다.

　천기론은 17세기 변혁을 추구하던 김창협 형제의 이론을 계승한 것인데, 관념의 표백보다는 천성의 발랄함에 무게를 두고 표현상에 자연스러운 유로(流露)를 강조했다. 이 때문에 이(理)보다는 정(情)을 중시하였고, 대표적인 위항 문인인 홍세태는 정녕 김창흡에게 천기론을 배웠지만 김창흡이 나중에는 사색적이고 고매한 송시풍을 일구었는데 반해 울분의 정감이 용출하는 낭만적인 당시풍을 선호했다. 그는 위항인이라는 독특한 삶의 형태와 울분에 찬 기질로 당대 사대부와는 다른 시풍을 구가했다. 이 천기론은 정래교를 통해 더욱 확산되고 조수삼 등에게 이어진다. 이 천기론은 난해성을 배제하고 자연스러운 유로를 강조했기 때문에 표현상에서 쉽고 사실적 묘사가 뛰어나 공감대를 넓힐 수 있었다. 그러나 깊은 사색을 통한 이지적인 통찰이나 또 감정을 절제하여 승화시키는 숭고미를 이룩하지는 못했다. 이런 한계성은 당대 이사질에게도 비판을 받고 있다.

한편 사대부 시에서 선택하지 않는 일상생활의 시어들이 위항인들에게는 중요한 소재로 등장한다. 그러기에 시가 일상의 특정한 모습을 집약한 일기와 같은 느낌을 준다. 동시에 의성어, 의태어, 지시어, 감탄사, 정경을 묘사한 다양한 빛깔의 시어들이 사실적 묘사에 충실하고 있다. 그런 배경 속에 깔린 잔잔한 느낌을 담아내는 것이 바로 진시라는 것이다. 때문에 이들의 시에서는 현학적인 과시나 난해성의 인용이 드물다. 반면에 회화성이 짙고 단순한 일상의 정감이 가볍게 그려졌기 때문에 이해가 쉽고 공감이 빠르다. 따라서 대중성이 있다. 결과적으로 격식에서 다소 자유로울 수 있었기에 장혼 같은 위항 시인은 시경체의 사언시(四言詩)를 짓기도 했다.

　성령론을 세분화시켜 보면 내용면에서는 진정(眞情)의 표출이며, 표현면에서는 평이하고 간결한 표현을 통해 신실한 삶의 모습과 소박한 정감을 담으려 했다. 적용면에서는 구어와 이속어 및 일상의 사소한 것도 소재로 선용했다. 이것은 주로 정지윤, 장지완, 최성환 등에 의해 설명되었다. 이런 문학론을 통해 '기(奇: 개성)'를 강조하였고 기존의 자연세계를 소재로 흡수할 뿐만 아니라 나아가 일상의 사소한 모습까지도 담는 영역의 확대를 가져왔다. 그리하여 그간의 사대부 중심 문학에서 벗어나 위항인 각자의 개성을 자유롭게 표출하고 타고난 진정(眞情)의 구현을 기치로 했기에 사대부 문학과 다른 독특한 문학을 이룰 수 있었다. 이처럼 위항문학론은 시대에 따라 문학이 갖는 가변적 가능성과 시의성을 보여 준 것이며 문학에 대해 좀 더 쉽고 자유로운 접근을 통해 문학의 대중화에 기틀을 만들었다.

이런 자유롭고 순수한 문학 정신은, 문학이 양반에서 평민으로 확산
되는 과도기적인 형태의 모습이며 내용면에서도 조선 후기 문학을 더
욱 풍성하게 하였고, 개화 과정에서는 문학의 대중화에 기여했다고 볼
수 있다.

제 2 장 서럽고 사무친 정한을 넘어

Ⅰ. 위항 작가와 작품의 이해

1. 태생적 한계에 대한 비가(悲歌)

위항인은 중인이고 동시에 양반이 되는 것은 거의 불가능했다. 물론 간혹 유희경과 같은 특수한 경우가 있기는 하나 그것은 임진왜란

이라는 특수한 시대상에서 권력자들에게 사랑과 인정을 받아 신분이 상승한 극히 드문 사례였다. 그러나 정작 유희경은 그의 당대에는 실질적인 신분상승이 어려웠고, 그의 손자 대에 이르러 비로소 사대부의 반열에 오를 수 있었다. 따라서 대부분의 위항인은 신분적 한계에 대한 통한의 비애를 맛보아야 했고, 개화기에 이르기까지 이런 상황이 지속되었다. 이 때문에 그들의 작품에서 일관되게 나타나는 대표적인 주제 중에 하나가 바로 태생적 한계에 대한 통한의 비가(悲歌)이다. 대부분의 위항인이 태생적 한계에 따른 비감(悲感)이 공통적인 정서였지만 그 중에서도 홍세태(洪世泰: 1653~1725)의 경우 이런 것이 두드러진다. 그럼 먼저 홍세태를 통해 위항인의 비감을 알아본다.

(1) 홍세태의 생애와 문학 활동

홍세태(洪世泰)의 자(字)는 도장(道長)이고 호(號)는 창랑(滄浪) 또는 유하(柳下)로 불린다. 그의 본관은 남양(南陽)으로 부친 익하(翼夏)와 모친 강릉 유씨(江陵 柳氏) 사이에서 장남으로 태어났다.

그는 어려서부터 재능(才能)이 뛰어나 5살 때에 글을 읽을 줄 알았으며 장성하면서는 경사 외(經史 外)에도 제자백가(諸子百家)를 두루 섭렵하여 막힘이 없었다고 한다. 어려서부터 학문에 재능이 있었던 홍세태는 23세 때인 1675년 숙종(肅宗) 1년 을묘(乙卯) 식년시(式年試) 잡과(雜科)에 응시 합격하여 이문학관(吏文學官)이 되었다. 그러나 현직에 부임을 받지 못하다가 그의 나이 46세에 비로소 이문학관(吏文學

官)에 부임하게 되었다. 이후에 승문원 제술관(承文院製述官)으로 승진하였고, 둔전장(屯田長)·통예원 인의(通禮院 引儀) 등에 임명되기도 하였다. 그러나 그의 탁월한 재능에 비해 중인(中人)이라는 신분적 한계 때문에 더 이상 승진할 수 없었다.

64세에 의영고주부(義盈庫主簿)에 임명되었는데 곧바로 탄핵을 받아 파직되었다. 그 후 여러 벼슬을 거쳤지만, 그의 일생은 대체로 궁핍했다. 관직도 46세에 처음 임명되었고 그 자신도 제세구민(濟世救民)에 뜻을 두고서 처세했기 때문에 재력과는 거리가 멀었다. 또한 김창협(金昌協), 김창흡(金昌翕) 형제와의 교우관계로 기이환국(己巳換局: 1689)때 이들이 화(禍)를 입어 홍세태 자신도 간접적이나마 화(禍)를 당하였다. 이런 가난은 점점 심해져 49세 때에는 선친(先親)께 제사지낼 수 없을 정도로 어려워 아내의 비녀를 팔아 겨우 제사를 지냈다고 한다.

그는 인생의 많은 시간을 방랑객으로 보냈다. 관직에 있을 때를 제외하고는 거의 여행으로 일생을 보냈다. 이러한 여행을 통하여 자신의 태생적 한계에 대한 통한을 삭이고 또 민초의 궁핍한 모습과 그들에 대한 애정을 생생하게 그려내었다. 그에게 가장 비극적인 슬픔 중에 하나가 절손(絕孫)이다. 처음에는 그에게도 8남 3녀의 자식을 두었으나 모두 자신보다 세상을 먼저 떠나는 고통을 맛보게 된다.

이토록 불우하고 박복한 일생을 보냈던 그의 삶은 그의 시(詩)의 밑바닥에 깔린 비애의 정감이 때로는 극단적인 분노로, 때로는 걷잡을 수 없는 절망으로 그려진다. 그러나 그런 와중에서도 본래의 청초한 시인으로 살고자 했던 그의 자세와 노력은 시를 통해 승화하고 있다.

그는 만년에 노쇠하고 병이 깊어 두문불출(杜門不出)하고 상자 속에 있던 시고(詩稿)를 손수 정리하여 평생의 뜻을 서술한 다음 원고(原稿)를 부인에게 맡기고 1725년 1월 15일 눈을 감았다. 그렇게 홍세태는 세상을 떠났다. 지질이도 박복하고 한 많은 인생이었지만 그가 남긴 청초하고 울격한 시풍은 후학들에게 많은 감동을 주고 있다.

■ 문학의식

자신의 뜻과 현실과의 괴리 속에서 방황하며 불우한 심정을 토로했던 홍세태의 시는 내용 갈래상 크게 세 가지로 나누어 볼 수 있다. 그 첫째가 태생적 한계에 따른 통한과 평등사상이며 둘째가 모순된 사회에 대한 비판이다. 그리고 셋째는 천기를 근거로 유로된 시적 미학에 있다.

홍세태는 비록 중인이었지만 항상 자신을 일반적인 사대부처럼 '사(士)'로 인식하여 유학의 정신에 따라 '제세구민(濟世救民)'에 뜻을 두었다. 이런 현실과 괴리된 그의 처세는 어느 때는 선비로서 때를 기다리는 자세를 보여 주기도 하고, 또 어느 때는 현실 도피적인 삶을 보여 주기도 한다. 그러나 1697년 자신의 절친한 삶의 지우(知友)였던 유찬홍(庾纘洪)과 임준원(林俊元)이 죽으면서 홍세태의 시세계는 소극적 현실의식에서 적극적인 사회비판을 하기 시작한다. 다음 시는 잠을 이룰 수 없는 겨울밤 외롭게 등불은 빛나는데 벽에 걸린 칼을 잡아보고 느낀 정감을 적은 시이다.

밤에 홀로 등불 앞의 칼을
어루만지며 한바탕 노래 부른다.
누가 절세의 보검임을 알겠는가?
천하에 많지 않음을.

獨夜燈前儉 독야등전검   摩挲一方歌 마사일방가
誰知絶世寶 수지절세보   天下不曾多 천하부증다[37)
－「寒夜無眠孤燈耿耿見壁上掛儉取視之感歎爲詩」
   한야무면고등경경견벽상괘검취시지감탄위시」－

   자신의 능력이 제대로 쓰이지 않는 현실에 대해 비감을 토로하면서
세상에 흔치 않은 보검으로 자신을 비유했다. 위항 시인들이 현실을
인식하는 유형은 크게 두 가지로 나누어 볼 수 있는데 하나는 비록 그
들이 사대부는 아니지만 자신을 '사(士)'로서 인식하고 처세하는 경우
가 있고, 다른 하나는 철저하게 자신을 중인내지 하층민으로 인식하
여 처세하는 경우이다. 전자의 경우 홍세태, 정래교(鄭來僑), 김상채
(金尙彩) 등이 있고, 후자의 경우 유희경, 백대붕 등이 있다. 위의 시
에서 살피듯 홍세태 자신도 자신을 '사(士)'로서 인식하고 게다가 세
상에 흔치 않는 능력을 가졌다고 처세함으로써 나름대로의 자긍심이
강했던 것을 알 수 있다.

---

37) 홍세태(洪世泰), 「한야무면고등경경견벽상괘검취시지감탄위시(寒夜無眠孤燈耿耿見
   壁上掛儉取視之感歎爲詩)」, 『한국문집총간』 권167(민족문화추진회, 2000), 442쪽.

우연히 둔전[38]장(屯田長)이 되었으나
처음부터 하소옹(荷篠翁)이 아니었네.
슬픈 노래 부르며 바다에 다다르니
짧은 머리 가을 바람에 휘날리네.
늘그막에 무슨 능력으로
쓸쓸하게 이런 일에 공들이랴.
두보(杜甫)는 직필(直筆)한 것이 많은데
시사(詩史)[39]가 된 것 또한 고충(孤忠)이였네.

偶作屯田長	우작둔전장	初非荷篠翁	초비하소옹
悲歌臨海水	비가임해수	短髮送秋風	단발송추풍
遲暮何才力	지모하재력	蕭條此事功	소조차사공
杜陵多直筆	두릉다직필	詩史亦孤忠	시사역고충[40]

－「遣興 견흥」－

하소옹(荷篠翁)이란 글자 그대로 화살을 만드는 중인으로 중인 중에
서도 하층에 속했다. 이 천한 하소옹을 겨우 면하고 둔전장이 되었지만
이 역시 그가 생각했던 기대치만큼을 충족시킬 수 없었다. 홍세태의 시
에서 비애감이나 절망감이 깊은 것은 유희경처럼 중인이라는 현실을
충실하게 받아들이지 않았기 때문에 더욱 그러했을 것이다. 위의 시에
서 결국 자신을 두보와 비유하는 자위적 욕망 해소를 읽을 수 있다.

---

38) 둔전(屯田): 군대가 머물러 수비하면서 농사를 짓다.
39) 시사(詩史): 시로써 시사(時事)를 읊은 시편. 두보(杜甫)가 백성들의 삶의 고통을
    사실적으로 묘사하여 후세에 '시사(詩史)'라는 이름을 얻었다.
40) 홍세태(洪世泰), 상게서, 372쪽.

나그네 어떤 나그네여 그대의 자는 도장으로
스스로 평생 동안 강개한 뜻 지녔다지만
독서 만권을 한들 무슨 소용이 있나!
늙으니 웅대한 포부 풀 더미 속에 떨어졌네.
누가 천리마에게 소금 수레 끌게 했던가
태행산이 높아서 올라 갈 수 없구나.
아아, 한번 노래를 부르려 하니
눈부신 태양이 뜬구름에 가리었구나.

有客有客字道長 유객유객자도장 　 自謂平生志慨忼 자위평생지개강
讀書萬卷何所用 독서만권하소용 　 遲暮雄圖落草莽 지모웅도락초망
誰敎騏驥伏鹽車 수교기기복염거 　 太行山高不可上 태행산고불가상
嗚呼一歌兮歌欲發 오호일가혜가욕발 　 白日浮雲忽陰結 백일부운홀음결41)
－「鹽谷七歌 염곡칠가」－

　자신의 능력을 천리마에 빗대지만 현재 처한 상황은 소금 수레를 끄는 보잘 것 없는 말에 지나지 않다는 것을 통해 현실을 통탄하고 있다. 능력으로는 사대부들에게 조금도 뒤질 것이 없건만 중인이라는 태생적 한계는 이들에게 울분을 간직하며 살아가게 한다. 어떤 측면에서 그의 능력이 실상 뛰어났다고 하더라도 중인이라는 태생적 현실을 받아들이고 그런 가운데 자신의 직분에 따른 충실한 정감을 다듬었다면 홍세태의 시의 전개도 달라졌을 것이다. 이것이 재기(才氣)를

---

41) 홍세태(洪世泰), 상게서, 539쪽.

타고난 홍세태의 처세적 능력과 한계를 동시에 보여 주고 있다.

(2) 정래교의 생애와 문학 활동

정래교(鄭來僑: 1681~1759)의 자는 윤경(潤卿)이고, 호는 완암(浣巖)
이다. 역시 홍세태에게서 시를 배웠다. 스승 못지않게 태생적 한계에
대한 비애를 토로했다. 그러나 그는 스승 홍세태와 달리 격정적이지
않고 비분강개한 기풍이 있지만 현실에 굴복하고 경우에 따라서는 체
념으로 스스로의 눈물을 씻고 있다. 그의 출신이 매우 한미하여 족보
조차도 남아 있지 않았다고 한다. 그는 1717년 생원진사시에 2등으
로 합격했지만 예순이 넘어서야 벼슬길에 오를 수 있었다. 그가 벼슬
길에 나서기 전에는 여항의 아이들을 모아서 가르쳤는데, 그들이 글
을 배우고 돌아가는 모습이 마치 큰 물이 한 골짜기로 흐르는 것처럼
보일 정도였다고 한다. 홍세태(洪世泰)가 늘그막에 백련봉 아래에다
유하정(柳河亭)을 짓고 살 때에 많은 시인들이 모였는데 정래교(鄭來
僑)도 그의 나이 22살에 홍세태를 만났다. 그리하여 정래교는 홍세태
를 통하여 낙사(洛社)[42]의 동인들과 어울렸다. 그는 비록 출신은 한미
한 사인(士人)이였으나 뛰어난 시문(詩文)으로 당대 사대부들의 사랑
을 받았다.

---

42) 낙사(洛社):「서울의 모임」이라는 뜻으로 서울에서 이름난 평민시인들이 모여서
   시단을 이루었으며 서울에서 재주가 좀 있다고 이름난 사람이 그 모임에 끼지 못하
   면 부끄럽게 여겼다. 이 모임은 1680년경에 절정을 이루었다.

그의 시문(詩文)은 홍세태의 계통을 이은 것으로, 그의 시는 호탕하고 넓어서 시인의 태도가 있었으며 비분강개한 성조의 기질이 많았다.[43] 또한 그는 시(詩)뿐만 아니라 문장에도 뛰어났다. 그래서 시(詩)와 문장은 하나같이 천기(天機)에서 나온 것 같은 품격을 지녔다는 평을 듣는다.[44] 그것은 아마도 그가 위항에서 나고 자랐기에 자연스럽게 위항에 관한 글을 남길 수 있었을 것이다.

그가 남긴 시(詩)들에서는 서민들의 정서를 그대로 표현한 서민 정취와 풍속을 볼 수 있으며, 다른 위항인들과 마찬가지로 사회제도상 신분적 제약으로 말미암은 현실 비판적인 시각과 당시 민중이 고통 받던 모습을 그려내기도 하였다. 그리고 자연에 귀의하여 초연하게 살아감으로써 현실적 모순에서 벗어나고자 하는 모습을 보이기도 한다.

또한 그가 남긴 6개의 전(傳)들은 위항인들을 모델로 하여 양반 사대부들의 가치관 혹은 윤리관이라 할 수 있는 예(禮)와 효(孝), 의리(義理), 절개(節槪) 등을 이야기하고 있다.

즉, 완암은 조선 후기 위항시인으로서 당시 일반 서민들의 삶과 애환을 자신이 직접 체험한 사실을 바탕으로 비판적인 시각에서 시(詩)와 전(傳)들을 남겼다고 할 수 있다.

그의 문집에는 사대부(士大夫)나 여항인(閭巷人)과의 교류(交流) 등을 연대순(年代順)으로 기술(記述)했는데 그의 문집(文集)인 완암집(浣巖集: 여강출판사(麗江出版社), 여항문학총서(閭巷文學叢書) 권(卷)1에는

---

43) 민족문화 대백과에 그에 대한 개괄적 평가를 참조하여 서술했다.
44) 이형주, 「완암 정래교의 문학연구」 (공주대학교 대학원 석사논문, 1994) 참조.

약 600여 수의 시(詩)가 실려 있다. 저서로는 『완암집(浣巖集)』 2책 4권이 전한다.

■ 문학의식

그가 지닌 문학에 대한 의식은 완암집 서문에 잘 나타난다. 먼저 그의 서문을 살펴본다.

무릇 시라는 것은 천기이다. 천기가 사람에게 부여되는 것은 일찍이 그 처지를 가리지 아니하고 사물의 얽매임에 담담한 자라야 능히 그것(천기)을 얻을 수 있다. 위항의 선비는 오로지 궁핍하고 천하다. 그러므로 세상의 이른바 '공명영리로 그 밖을 흔들리는 바가 없고, 그 마음을 다스리는 것이 쉽다'라 하였는데, 천기를 온전히 하여서 그 업한 것에서 좋아해야 하고, 그러할 때 또 그 형세를 온전히 할 수 있을 것이다.

근세의 시인은 창랑 홍도장 같은 사람이 바로 그러한 사람이고, 도장을 이어 또 완암 정윤경이라는 자가 있었는데 이름은 래교이다. 당시의 학사대부가 그와 더불어 서로 친하게 지내서, 이름을 부르지 않고 자를 불렀다. 혹은 그를 집으로 이르게 하여 그 자제들을 가르치게 했다.

그 사람됨이 맑고 닦여져서 말쑥한 학과도 같았다. 그의 용모를 바라보면 가히 시인됨을 알 수 있다. 그러나 몹시 가난하여 집에는 다만 사방이 바람이었다. 시사의 여러 벗들은 좋은 술이 있으면 반드시 그를 불렀다. 윤경은 실컷 마시고 그 주량을 다했다. 원기가 넘치고,

술이 거하게 취한 뒤에 비로소 운을 내어 높은데 걸터앉아 먼저 부르
니 그것이 시가 되었다. (그의 시는) 호탕하고, 연양하여 시인의 태도
를 얻었다.[45)

위에서 살피듯이 그의 문학의식은 '천기(天機)'를 중심으로 전개했
다. 즉 하늘로부터 부여받은 성정(性情)을 온전히 시(詩)에 드러내었
다. 또한 호방한 기질을 지녔지만 동시에 학(鶴)과 같이 단아한 모습
을 함께 가진 것을 살필 수 있다. 다음 시는 구름을 바라보다 생각에
잠겨 쓴 것이다.

> 시서(詩書)를 부지런히 해도 끝내 무슨 공(功)을 이루리요
> 비바람 싸늘한데 한 해가 또 저물어 가네.
> 수양버들 어지럽게 날리며 물가에 잎을 드리우고
> 국화는 추위에 다 떨어져 울타리에 있네.
> 외로운 구름 한 조각 먼 바다에 걸려 있고
> 기러기는 슬피 울며 먼 하늘로 날아가네.
> 자식이 되어 까마귀 효도함을 오히려 부끄러워하니
> 늙은 부모 오랫동안 길에서 계신다네.

---

45) 정래교(鄭來僑), 「완암집서(浣巖集序)」, 『완암집(浣巖集)』, 『여항문학총서』 권1(여
강출판사, 1986), 401쪽. "夫詩者天機也. 天機之寓於人未嘗擇其地而瀉於物果者
能得之. 委巷之士惟其窮而賤焉. 故世所謂功名榮利 無所撓其外 而汨其中易乎 全
其天而於所業嗜而且專其勢然也. 近世詩人 如滄浪洪道長卽其人 而繼道長又有浣
巖鄭潤卿者名來僑 當世之學士大夫與之交狎 不名而字之 或致之家訓其子弟. 其
爲人淸修如癯鶴 望其眉宇미知爲詩人而甚貧窶家徒四壁. 詩社諸君有佳釀則必邀
之潤卿 痛飮盡其量淋漓酣暢 然後始出韻高踞先唱其爲詩也. 疎宕演漾得詩人之態
度而往往聲調慷慨有".

詩書矻矻竟何功	시서골골경하공	風雨凄其歲又窮	풍우처기세우궁
楊柳亂飛垂水葉	양유란비수수엽	菊花寒盡傍籬藩	국화한진방리번
孤雲一片臨遙海	고운일편림요해	哀雁三聲落遠空	애안삼성락원공
爲子尙慚烏鳥報	위자상참오조보	老親長在道途中	노친장재도도중46)

- 「望雲有思 망운유사」 -

노력해도 될 수 없는 현실적 상황에서 시는 더 이상 출세의 도구가
아니다. 차라리 자신의 울적한 마음을 달래고 자락하는 도구이다. 위
항인의 미학성은 어떤 측면에서는 이런 순수성에 있다. '애이불상(哀
而不傷)'의 경지에서 우러나오는 위항인의 삭인 정감이 사대부의 긍지
에 찬 시와는 근본적으로 그 맛이 다르다. 비애를 삭인 다음에 우러
나오는 인간 본연의 순수미나 또는 성숙미야 말로 위항시가 갖는 미
학이다.

어설프고 또 어설프니
내 도(道)가 궁핍함을 나는 아노라.
뱃속에 비록 제자백가(諸子百家) 있지만
주머니는 한 푼 없이 비었네.
모습은 마을에서 웃음거리지만
성명(姓名)은 조정(朝廷)에서 귀하게 통하네.
남을 따라 높은 분 알현(謁見)하기를 배우지만
늙으신 어머니는 집안에 계시네.

疎闊復疎闊　소활부소활　　吾知吾道窮　오지오도궁
腹雖百家有　복수백가유　　囊自一錢空　낭자일전공
形貌里閭笑　형모리려소　　姓名朝貴通　성명조귀통
隨人學干謁　수인학간알　　親老在堂中　친로재당중[47]
－「疎闊 소활」－

　그래도 웬만큼은 읽고 이해하여 견식이 있건만 현실은 하층민의 모습을 벗어날 수 없었다. 즉 능력에 비해 부당한 현실적 상황에 따른 괴리감을 극복하지 못하고 있다. 이것이 정래교 한 개인의 비애이자 위항인의 보편적 고뇌였다. 다음은 아우에게 보내는 시이다.

　　사람들은 모두 새벽 닭 울 때 일어나
　　오직 이익 때문에 열심이구나.
　　나 혼자 등불 태우며
　　부지런히 공부하고 있네.
　　각자 그 뜻을 따라서
　　배부름과 배고픔을 달리할 뿐이지.
　　나는 가난을 싫어하지 않는 자이니
　　거친 음식도 달갑게 여기네.
　　다만 생각하나니 이룬 바가 없어
　　끝내 너의 도가 어그러질까 하는 것이지.

---

47) 정래교(鄭來僑), 상게서, 494쪽.

衆皆鷄鳴起 중개계명기　　惟利是孶孶 유리시자자

我獨焚膏油 아독분고유　　矻矻在書詩 골골재서시

各自從其志 각자종기지　　所以異飽飢 소이이포기

吾非惡貧者 오비악빈자　　藜藿寔甘之 여곽식감지

但念無所成 단념무소성　　終然子道虧 종연자도휴48)

－「示兩弟 시양제 1」－

　　사대부도 아닌 사람이 사대부처럼 살고자 했기에 문제가 생긴 것이 위항인의 노래이다. 차라리 무지한 종놈으로 살았더라면 이런 고뇌에 찬 시어는 짓지 않았을 것이다. 비록 종놈의 모습을 했지만 차마 종놈으로 살기에는 그들의 견식이 너무 많은 것을 알았기에 그들만의 독특한 삶을 살 수밖에 없는 것이 위항인의 비가(悲歌)이다. 위의 시가 그런 입장을 잘 서술해 주고 있다. 다음 시는 정래교가 노년에 자신의 신세를 늙은 소에 비겨 태생적 한계와 신분상승에 대한 절실한 심정을 읊조렸다.

　　힘을 다해 산밭 갈고 나서

　　들판의 나무 밑에서 외롭게 우네.

　　어찌해야 개갈49)을 만나서

　　네 마음속의 말을 이야기 해볼까.

---

48) 정래교(鄭來僑), 상게서, 493쪽.

49) 춘추시대(春秋時代) 개(介)나라의 임금.

盡力山田後　진력산전후　　孤鳴野樹根　고명야수근
何由逢介葛　하유봉개갈　　道汝腹中言　도여복중언50)
－「老牛 노우」－

　자신을 늙은 소에 비유해서 늙고 보잘 것 없는 처지를 드러냈다. 하지만 춘추시대(春秋時代) 개(介)나라의 성군이었던 개갈같은 분을 만나 자신의 능력을 발휘하고 싶은 중인들의 신분상승에 대한 욕구의 일단을 살필 수 있다.

　한편 정래교의 타도(打稻)에서는 서민의 소박한 정취를 잘 살펴 볼 수 있다.

　　농가(農家)는 가을 추수 뒤에 더 많이 바빠지니
　　노인과 어린아이도 새벽에 일어나 이미 타작거리를 쌓고 있네.
　　말을 몰아 마을을 나서는데 하늘은 아득하고
　　소를 풀어 물을 먹일 때에 해는 어둑어둑
　　산승(山僧)은 자루를 여는데 송료가 희고
　　아녀자가 광주리 당기니 밥 냄새가 가득
　　살피건대 농사일 끝내도 돌아가 할 일 있으니
　　창가에 불 밝히고 오랫동안 시(詩) 외워야지

　　田家秋後轉多忙　전가추후전다망　　老小晨興已築場　노소신흥이축장
　　跨馬出村天漠漠　과마출촌천막막　　放牛臨水日荒荒　방우임수일황황

---

50) 정래교(鄭來僑), 상게서, 496쪽.

山僧開橐松醪白 산승개탁송료백　　村女携筐稻飯香 촌여휴광도반향
看穫暮歸還有事 간확모귀환유사　　紙窓燈火誦詩長 지창등화송시장[51]
－「타도 打稻」－

　가을날 농촌의 정경을 사실적으로 그려내고 있다. 말을 몰고 마을
을 나서는 모습이나 아녀자의 광주리에 담긴 밥 냄새나는 정경은 근
대의 농촌의 소박한 모습과 흡사하다. 그러나 농사철이 끝나고서 불
밝혀 시를 읽는 소박한 중인의 정감이 아름답다. 이런 일상이 비록
중인이었지만 정래교가 바라던 소박한 삶이고 행복이었다.

(3) 최기남의 생애와 문학 활동

　귀곡 최기남(龜谷 崔奇男: 1586∼1669) 역시 17세기 초, 중엽 위항
문학을 개척한 시인으로 자는 영숙(英叔)이며, 호는 귀곡(龜谷) 또는
졸옹(拙翁)으로 부른다. 그의 조상은 대대로 서울에 살았는데 선조(宣
祖) 19년(1586년)에 태어나 서리를 지냈다. 그의 아들 승태(承太), 승
윤(承潤), 승주(承冑) 등의 시가 『소대풍요(昭代風謠)』, 『풍요속선(風謠
續選)』 등에 수록된 것으로 보아 비록 한미한 집안이었지만 시재(詩
才)가 있는 집안이었다. 그러나 가난 때문에 신흠의 아들 신익성(申翊
聖)의 집안에 궁노로 들어갔으나 시재를 인정받아 그의 문하에서 글
을 배웠고, 특히 그의 뛰어난 재주는 신흠에서 발탁되어 사대부에게

---

51) 정래교(鄭來僑), 상게서, 413쪽.

널리 알려지게 되었다. 후에 서리를 지낸 것으로 보아 궁노에서 사면 된 것을 알 수 있다.

그에 관한 기록은 『이향견문록(異鄕見聞錄)』과 『일사유사(逸事遺事)』 등에 단편적인 자료만 전할 뿐이어서 행장이나 묘지명이 없다. 이 때 문에 『귀곡집(龜谷集)』의 시문을 통해 겨우 개략을 알 뿐이다.

■ 문학의식

그간 최기남의 문학을 두고 정후수는 중인문학에서 자주 등장하는 현실비판의 공리적 문학 이념이 보이질 않는 점과 새로운 자아의식에 서 비롯된 문학사상의 변모를 아직까지 인식하지 못했다는 점을 지적 하여 그의 문학의식은 분화되지 못했다고 했다.[52] 반면에 피정희는 그가 현실적으로 벼슬을 할 수 없는 처지이므로 세속적인 것을 무가 치하게 여기며 자유로운 삶을 추구하는 노장사상에 경도되어, 노장사 상에서의 '졸(拙)'의 의미를 수용하여 문학세계를 전개했다고 했다. 최기남의 「졸옹전(拙翁傳)」은 이런 그의 모습을 구체적으로 보여주었 고, '천기(天機)', '묘오(妙悟)'를 시에 있어서 극치로 표현하는 등 홍세 태에 제기된 천기론의 단서를 최기남의 문학관에서 찾아 볼 수 있다 고[53] 했다. 전자의 경우 최기남의 작품에서 뚜렷한 문학관이 피력되 지 않은 점을 지적한 관점이고, 후자의 경우 작품을 통한 유추적 문

52) 정후수, 『조선후기 중인문학연구』(깊은샘, 1990), 228~230쪽 참조.
53) 피정희, 「귀곡 최기남(龜谷 崔奇男)의 시세계 연구」, 성신여대 대학원 박사학위 논 문, 1993. 54쪽, 63쪽 참조.

학관인데 홍세태에 앞서 최기남을 천기론의 시초로 보는 것은 논리적 비약이 앞선 셈이다. 여기서는 기존의 연구 성과를 염두해 두고 최기남의 작품을 통해 그의 문학의식과 세계를 탐색해 보자.

　최기남의 시는 절실하고 애틋한 모습이 자주 비치는데 다음 시가 그러하다.

　　　　아가 아가 단지 어린 아가
　　　　애미도 없어 네가 일찍 죽을까 두렵다.
　　　　재주가 있든 없든 말할 것도 없고
　　　　다만 장성해서 어리석음만 깨우치길 빈다.
　　　　애비가 추위와 배고픔도 못 면해주니
　　　　생각하면 더 더욱 근심스럽기만 하다.
　　　　네 번씩 부른 노래에 목이 메어
　　　　참담하여 주위에서 아무도 말이 없다.

　　　　有子有子各稚小　유자유자각치소　　念汝無母恐致夭　염여무모공치요
　　　　才與不才那可論　재여부재나가론　　只祈成長期昏曉　지기성장기혼효
　　　　爲父不能免寒餒　위부불능면한뇌　　思支令我憂悄悄　사지령아우초초
　　　　嗚呼四歌兮歌聲咽　오호사가혜가성인　左右無言慘不悅　좌우무언참불열[54]
　　　　 －「久滯溫泉擬杜工部同谷七歌 구체온천의두공부동곡칠가」 －

---

54) 최기남(崔奇男), 『구곡집(龜谷集)』, 85쪽.

그는 아내가 죽자 재취하지 않고 혼자서 어린 자식을 키웠다. 이 작품은 바로 이런 모습을 여실히 보여주고 있는데, 애비된 자로 가난을 대물림 해주는 심정, 아이에 대한 걱정 등이 애절하게 그려졌다.

최기남과 교유한 문인들은『귀곡집(龜谷集)』에 대략 60여명이 등장하는데 그 중에서도 같은 중인이었던 최대립(崔大立), 김충렬(金忠烈), 정예남(鄭禮男) 등과 증시(贈詩), 송시(送詩), 차운시(次韻詩) 등이 여러 편 있던 것으로 보아 각별한 지인이었던 것을 살필 수 있다.

훗날 그는 후학을 많이 배출한 시인으로도 널리 알려졌는데 그의 문하에는 최승대(崔承大: ?~1684), 이득원(李得元: 1638~1682), 임준원(林俊元: ?~1697), 유찬홍(庾纘洪: 1629~1694) 등의 위항시인을 배출하였고 이들이 결성한 시사(詩社)가 바로 낙사(洛社)이다.

그의 문학의식은 몇 가지 단평을 통해 살필 수 있는데 먼저 최기남의 시를 두고 신익성은 "고체(古體)는 육조(六朝)의 시와 매우 비슷하고, 가행(歌行)은 당나라의 여러 시인의 경지를 넘나들며, 특히 율시는 장경(長慶: 백거이와 원진(元禎)의 시를 장경체라고 한다) 이전의 말을 본받았다"고 했다.

백헌 이경석(李景奭: 1595~1671)이 쓴『육가잡영서문(六家雜詠序文)』에 "신익성에게 최기남의 이름을 들었고 그가 옛 것을 좋아하여 기특하게 여긴 것을 보았다"[55]라는 사실에서 아마도 신익성이 최기남을 많이 칭찬하고 자랑해서 사대부들 사이에 널리 알려진 것을 알 수 있다.

---

55)『육가잡영(六家雜詠)』, 「서(序)」 "崔者 東淮都尉在詩 爲余言之 亦嘗因之而心奇 其慕古者也".

그리고 이경석(李景奭)은 최기남의 시집 서문에 다음과 같이 평하였다.

"그의 학문은 경전을 널리 종합한 것이며, 그 중에서도 『주역』에 터득한 바가 있어 직접 베끼고 즐겨 보았다. 글의 숲에서 근원을 찾고 오묘한 곳을 캐어, 고체는 『문선(文選)』을 따르고 율시는 두보를 주로 배웠으니, 바른 소리와 맑은 운이 낭랑해서 외워볼 만하다"고 했다.

위의 자료를 살펴보면 박학했던 사실과 특히 율시에 뛰어났던 것을 알 수 있다. 다음 최기남의 시 역시 태생적 한계에 따른 아픔과 신분 상승에 대한 소망을 담고 있다.

매서운 바람 계곡에서 부니 온갖 풀들 병들고
푸른 바다 일렁이고 서쪽의 해는 옅어 간다.
굽어보고 우러러 홀로 서 있나니 마음이 어긋나고
미인을 만나지 못하니 눈물만 흐르누나.
어떻게 하면 미인과 서로 만나서
구슬을 풀어놓고 좋은 노래할까.
구름 낀 산은 아득하고 물결은 널리 펼쳐졌는데
고니는 짝을 잃고 안개 낀 섬을 맴도는구나.

嚴飈振壑兮百卉腓 엄표진학혜백훼비　　碧海漫漫兮西日微 벽해만만혜서일미
俯仰獨立兮心有違 부앙독립혜심유위　　美人不見兮涕霏霏 미인불견혜체비비
安得與美人相遇兮 안득여미인상우혜　　解瑤佩奏金徽 해요패주금휘

雲山蒼蒼兮水浩浩 운산창창혜수호호　黃鵠失侶兮趆烟島 황곡실려혜교연도56)
-「擬古 의고」-

　자신이 처한 현실을 고니에 비겨 서술했다. 동시에 미인은 자신을 알아 줄 관리를 가리킨다. 벼슬세계에 대한 강한 집착이 울분을 깔고서 울려 나온다. 사실 그 현실에 처해서 그런 대접을 맛보지 않으면 이들의 신분상승에 대한 처절한 노력과 열망을 이해할 수 없을 것이다. 그러기에 그들의 문학은 현실 참여적 성격이 강하다.

　다음은 유람과정에서 느낀 흥취를 적은 것이다.

　　소년 시절에는 뜻이 커서
　　속된 일 버리고 깊은 진리를 찾았네.
　　산을 유람하며 오악산에 갈 것을 기약하고
　　물가에 놀며 십주에 갈 것을 기약했네.
　　누가 이런 일이 마침내 어그러진 것이 될 줄 알았던가?
　　몸을 티끌 세상에 맡겼더니 흰머리만 되었네.
　　인생은 문득 몸이 노예가 되는데 얽매이고
　　세사의 많은 일에 자유롭지 못하네.
　　늙어 천리 길 타향으로 떠나서
　　먼 길에 말을 몰았지만 쉬지 못하네.
　　빨리 달리는 것은 무엇 때문인가?

---

56) 최기남(崔奇男), 상게서, 85쪽.

마음 돌려 생각하면 진실로 부끄럽네.

눈비 어지럽게 날리고 겨울바람마저 차가운데

내 말이 슬피 울 때 종들마저 근심에 젖네.

저물면 고갯마루 아랫마을에서 자고

아침이면 강가 누각에 올라본다.

걷고 걸어 서성으로 들어가니

푸른 솔이 길을 이어 두루 펼쳐 있네.

수륙을 건너 올라가도 피곤을 알지 못하고

다리 밑 변방길이 막히어 아득하네.

장대한 풍광이 비록 세상 밖의 모습은 아니지만

강산은 진실로 아름다워 함께 비길 만한 것이 없네.

펄펄한 회포 아직 삭히지 못하고

좋은 경치 만날 적마다 자주 머문다네.

손수 상자를 꺼내어 종이와 붓을 찾아

내가 충청도에 노닌 것을 한번 휘갈겨 쓰노라.

小年志豁落 소년지활락	排俗追冥搜 배속추명수
山遊期五嶽 산유기오악	水遊期十州 수유기십주
誰料此事竟差池 수료차사경차지	委身塵寰成白頭 위신진환성백두
人生動輒拘形役 인생동첩구형역	世事多端不自由 세사다단부자유
暮年千里出湖關 모년천리출호관	跋馬長途行未休 발마장도행미유
揖揖奔馳爲何事 읍읍분치위하사	顧余初心良可羞 고여초심량가수
雨雪霏霏北風凉 우설비비북풍량	我馬悲鳴我僕愁 아마비명아복수
暮宿嶺下村 모숙령하촌	朝登江上樓 조등강상루
行行入瑞城 행행입서성	蒼松連道周 창송련도주

登陟水陸不知疲	등척수륙부지피	脚底關河窮阻修	각저관하궁조수
壯觀雖非八荒外	장관수비팔황외	江山信美難與儔	강산신미난여주
翩翩廣懷尙未除	편편광회상미제	每逢形勝多淹留	매봉형승다엄류
手撥行箱覓紙筆	수발행상멱지필	一揮記余湖中遊	일휘기여호중유57)

－「瑞城米寸走筆撥悶 서성미촌주필발민」－

충청도 서성지방을 유람할 때 쓴 시이다. 젊은 날을 회고하고 노쇠한 자신의 현재를 탄식하고 있다. 동시에 현실적 한계와 허탈감을 자연의 유람을 통해 삭히고 있다. 자연은 영원한 안식처이자 정신을 가다듬는 안식의 힘을 준다.

하지만 위항인 중에는 철저하게 중인과 천민이라는 자신의 신분을 인식하고 현실에 순응하는 사람도 있다. 그리고 비록 그네들이 양반은 아니었지만 열악한 상항에서도 문학 그 자체의 순수성을 사랑한 사람도 적지 않다. 바로 백대붕(白大鵬)이 그러하다. 그의 이름이 가리키는 것처럼 얽매이지 않는 자유로움을 추구한 사람이었기에 그의 자(字)마저 만리(萬里)로 지었다. 그의 생몰연대는 정확하지 않지만 유희경, 정치와 교유한 것으로 보아 1550년 전후에 태어나 임난 때 장군 이일을 따라 상주에서 싸우다가 전사하였다. 아버지 연근(蓮根)은 철성 이공(鐵成 李公)의 종이었고 어머니가 전함사(典艦司)의 종이었기에 모계를 따라 전함사의 종이 되었다고 한다. 그는 신분에 걸맞지 않게 시를

57) 최기남(崔奇男), 『귀곡시고(龜谷詩稿)』, 『여항문학총서』 권1(여강출판사, 1986) 87쪽.

잘 지었고 성품이 굳세고 열협(烈俠)의 풍모를 지녔기에 기품이 맞는 사대부와 교분이 두터웠다. 유몽인의 「유희경전」에 허균의 큰형 허성과의 교분을 기록하고 있다.

선조임금의 유교(遺敎)를 받아 고명칠신(顧命七臣)으로 불리는 허성 (1548~1612)이 유희경을 특히 아꼈는데, 그가 일본으로 사신을 가게 되자 백대붕과 유희경을 함께 데려 가려고 했다. 그러나 유희경은 노모를 모시기 때문에 사양했기에 백대붕과 가게 되었다.

임난에 순변사 이일(巡邊使 李鎰)이 "백대붕이 왜놈의 실태를 잘 안다"고 우겨 데리고 나갔는데, 대붕은 싸움터에서 그만 죽고 말았다.[58]

유희경과 백대붕은 비록 중인이었지만 사대부 못지않게 시로써 명성을 얻어 유(劉), 백(白)으로 널리 알려졌다. 『희조질사』에는 그의 시와 성품에 대해 다음과 같이 기록했다.

> 술에 취해 산수유 꽃을 꽂고 혼자서 즐기다가
> 산은 밝은 달빛으로 가득한데 빈 술병 베고 누웠다.
> 주위 사람들아 무엇 하는 놈이냐고 묻지 마소
> 티끌 세상에 머리카락 다 센 전함사 종놈이라오.

> 醉揷茱萸獨自娛　취삽수유독자오　　滿山明月枕空壺　만산명월침공호
> 傍人莫問何爲者　방인막문하위자　　白首風塵典艦奴　백수풍진전함노[59]
> ―「碩齋稿 석재고」―

---

58) 허경진, 『조선위항문학사』(태학사, 1997), 66~68쪽 참조.
59) 이경민(李慶民), 「석재고(碩齋稿)」, 『희조질사(熙祖軼事)』.

백대붕의 태생적 한계에 대한 시는 자신의 직분을 정확히 인식하고 동시에 이에 따른 아픔이 강하게 울려 나온다. 그저 술을 즐기고 취한 가운데에서도 늙은 종놈이라고 자신을 말할 뿐이다. 이들의 이런 표현은 동정을 뛰어넘어 처연한 자락의 경지를 이루었다.

유희경(劉希慶: 1545~1636)은 천민에서 사대부로 신분을 상승한 대표적 인물이다. 그것은 순전히 그의 타고난 재질과 노력 그리고 시대적 상황이 그를 변모 시켰다. 이 때문에 유희경(劉希慶)을 일찍 주목하여 연구한 논문이 있을 정도였다.[60]

2. 사회비판정신(社會批判精神)

위항인은 민초의 삶과 유사하다. 사회 계층상으로는 중인이었지만 실생활은 평민과 별반 다를 게 없다. 물론 그들 중에 역관이나 의관 등이 일부 경제적으로 윤택한 생활을 했다고 하나 어디까지나 특수한 경우이고 일반적으로는 평민의 생활과 비슷하였다. 이 때문에 그들은 사대부 시에서처럼 관념적이고 치자(治者)의 입장에서 동정적인 관점이 아니라, 실생활에서 고통 받는 하층민의 모습을 실감나게 그려내고 또 부당한 현실을 뼈저리게 느꼈기 때문에 사회비판의식이 강하게

---

60) 박천규, 「촌은 유희경(村隱 劉希慶)의 시세계」, 『학문학논집 제6집』(단국한문학회, 1988), 91쪽.

배어있다. 그리하여 그들의 시에서는 오늘날 서민의 모습과 유사한
점이 나타난다. 그들의 시는 사실적이며 당대의 모습을 구체적으로
지적하고 있으며 개선을 열망하고 있다. 때문에 그들의 사회 비판은
사대부들의 피상적이고 치자의 입장에서 시혜적 차원의 적절한 조치
와는 근본적으로 다르다. 공개적으로 직언을 할 수 없던 처지인 그들
이기에 가슴속으로는 통렬하게 이야기하고 싶지만 위항인이란 현실
적 한계에서 현실을 아예 외면하거나 또는 조심스럽게 조금씩 비판을
적어내었다. 그 중에서도 홍세태의 경우 비판의 정도가 비교적 높다.
특히 그는 시적 비중에서 통렬한 현실 비판의 시를 통해 제도 개선을
강렬하게 외쳤다.

> 동쪽 이웃 선비는 헛되이 머리가 세었고
> 문 닫고 책 읽으며 편안함을 스스로 지키네.
> 마음속에 만고의 일이 답답하게 쌓여 있어
> 밤마다 일어나 방황하며 북두성을 바라보네.
> 섣달 추위에 땅은 얼어 갈라지고
> 거센 바람 매섭게 불어 눈발이 휘몰아치네.
> 권문세가의 집엔 술과 고기 흙더미 같으며
> 담비 갖옷 입고 숯불 화롯가에 앉아 더워하네.
> 길옆에 굶어 죽은 시체 있는 줄을 어찌 알겠는가?
> 내 힘이 없어 저들 살리지 못하는 것이 안타까워라.

東隣布衣空白首	동린포의공백수	閉戶讀書甘自守	폐호독서감자수
心中鬱律萬古事	심중울률만고사	夜起彷徨看北斗	야기방황간북두
歲暮天寒地凍裂	세모천한지동렬	嚴風烈烈吹飛雪	엄풍열열취비설
朱門酒肉爛如土	주문주육란여토	貂裘豹炭坐生熱	초구표탄좌생열
焉知路傍有餓莩	언지로방유아부	惜我無力能汝活	석아무력능여활61)

－「苦寒行 其三 고한행 기삼」－

권문세가의 술과 고기가 넘치는 풍요로움과 길가에 굶어 죽은 시체를 대조적으로 서술하여 처참한 민초의 생활고를 고발하고 있다. 이런 현실 속에 무력한 중인의 신분이 한탄스럽다. 특히 답답한 현실에 겨울 밤 잠에서 깨어 북두성을 바라보며 방황하는 지식인의 고뇌를 살필 수 있다. 그러나 이 작품의 궁극적 목적이 민초의 참담한 실상을 고발한다고 전제했을 때 고발의 참상은 구체적이고, 동시에 중인일지라도 어떤 제도나 방법을 모색할 필요가 있었다. 하지만 탄식하고 애처로워만 하는 한계성을 보여줄 뿐이다.

그는 비록 낮은 둔전관의 자리지만 할 수 있다면 곡식을 풀어 유랑민에게 나누어 주고 싶은 심정을 서술했다.

필부는 의를 좋아하면서도 두 손으로
천금을 돌처럼 던지지 못함을 한스럽게 여긴다네.
금년에 우연히 한 둔전관 자리를 얻었는데

---

61) 홍세태(洪世泰), 「유하집 (柳下集)」, 「이조후기 여항문학총서」 권1(여강출판사, 1986), 176쪽.

눈앞에 높이 쌓인 곡식 보았네.

문득 흩어서 은혜를 베풀어

유랑민과 어려운 백성들을 편안히 살게 하고 싶어라.

어찌 급암[62]처럼 창고를 열고 싶은 마음 없겠는가마는

다만 상사의 책망 피하기 어려운 게 두렵네.

상사의 법은 무겁고 둔전관은 약한 존재이니

아! 나는 옛 사람만 못하구나.

匹夫好義雙手迹	필부호의쌍수적	恨不千金擲如石	한불천금척여석
今年偶得一屯官	금년우득일둔관	眼前突兀看蓄積	안전돌올간축적
更欲散之爲我惠	경욕산지위아혜	坐使流難各安宅	좌사류난각안택
豈無汲黯發倉心	기무급암발창심	直恐難逃上司責	직공난도상사책
上司法重屯官弱	상사법중둔관약	嗚呼古人吾不若	오호고인오불약[63]

－「屯官行 둔관행」－

급암처럼 직언을 하고 실천하지 못하는 자신의 처지를 탄식하고 상
사를 두려워할 수밖에 없는 현실에 자탄하고 있다. 자신의 생각으로
는 전대나 환곡 형식으로 곡식을 풀어 백성을 살피고 싶지만 윗사람
의 생각과 달라 어쩔 수 없는 현실적 한계에 씁쓸할 뿐이다. 비록 그

---

62) 급암(汲黯): 곡식을 풀어 선정(善政)을 한 사례로 한대(漢代)의 간신(諫臣)이었던
　　급암을 끌어 썼다. 그의 자(字)는 장유(長孺)이고 복양(濮陽)사람이다. 경제(景帝)때
　　의 태자세마(太子洗馬)가 되고 무제(武帝)때에 동해(東海)의 태수(太守)를 거쳐 구
　　경(九卿)의 반열(班列)에 올랐다. 성정(性情)이 심히 엄격하여 직간(直諫)을 잘하여
　　무제(武帝)로부터 옛날의 사직(社稷)의 신하(臣下)에 가깝다는 평을 들었다.
63) 홍세태(洪世泰), 상게서, 208쪽.

가 사대부처럼 실권을 행할 힘은 없었지만 그는 양식있는 사대부처럼 민초의 고통을 자아의 고통으로 동일시해서 실천하려는 마음을 간직하고 있었다. 이것이 위항시인 홍세태의 인간미였다.

관가에서 해마다 병사를 보충할 것을 재촉하고
상사의 명령서는 질풍같이 집행하네.
고을이 작아서 충당할 백성 없건마는
항통을 밀봉하여 한정에게 던져주네.
힘없는 늙은이의 어린 아이 강보에 있으니
아이를 안고 아전 향해 소리를 삼키며 눈물만 흘리네.
아아! 강보에 싸인 어린아이야 울지 마라
뱃속에 있을 때 벌써 이름 지어 있었단다.
교활한 관리들 권력 잡고 돈이나 탐내니
동쪽 마을 일이 없으면 서쪽 마을을 놀라게 하네.

官家歲抄催補兵 관가세초최보병   上司符牒如風行 상사부첩여풍행
縣小無民可充額 현소무민가충액   缿通密封投閑丁 항통밀봉투한정
阿翁生兒在襁褓 아옹생아재강보   抱向官前泣吞聲 포향관전읍탄성
吁嗟襁褓爾莫訴 우차강보이막소   有在服中先作名 유재복중선작명
猾吏操權坐索錢 활리조권좌색전   東村無事西村驚 동촌무사서촌경[64]
－「抄丁行 초정행」－

---

64) 홍세태(洪世泰), 상게서, 208쪽.

항통(缿通)은 원래 비밀문서나 밀고할 때 사용하는 대나무로 만든 투서함이다. 힘없는 민초를 가렴주구하는 은밀한 계획들이 집행되는 실상을 고발하고 있다.

중인의 눈에 비친 조선 영, 정조 때의 시대상은 태평성대만은 아니었다. 박지원의 「허생전」에서 그려진 도둑의 무리들은 사실 유랑민이고, 서해의 섬에다 이들을 정착시키고 농사를 짓게 한 것은 유랑민에 대한 대책을 제시한 것이다. 이런 점으로 미루어 보더라도 역시 같은 시대를 살았던 홍세태의 시에서 나타나듯이 헐벗은 유랑민이 상당히 많았다는 것을 유추할 수 있다.

위의 시들은 홍세태(洪世泰)가 현실 사회의 모순을 지적하며 민초의 입장에서 사회적 개선을 갈망한 것들이었다. 두보(杜甫)가 민초의 아픔을 자신의 아픔으로 동일시하고 그들의 입장에서 노래했듯이 홍세태 역시 민초의 입장에서 그 시대상을 통렬하게 그려내었다. 일종의 '시사(詩史)'와 같다. 이런 까닭에 중인의 시는 사회시의 성향이 다분히 짙다.

홍세태의 제자이자 위항문학의 대표적 전수자인 정래교 역시 사회를 비판한 시가 적지 않다. 특히, 그는 스승과 달리 격정적이기보다는 차분한 어조로 당대가 갖는 모순의 실상을 또박또박 집어내고 있다. 먼저 그의 현실 비판을 살펴본다.

완암(浣巖)은 가난했던 자기 자신의 처지(處地)를 시(詩)로써 표현하는데 그치지 아니하고 당시(當時) 고통에 찬 백성(百姓)들의 삶을 자신의 처지(處地)로 연계시켜 그들의 아픔까지도 자신의 것으로 받아들이

고 있다. 나아가 민초가 겪는 고통(苦痛)을 고발하는 가운데 집권층의
과실을 낱낱이 게재하고 있다.

아, 가겟집 노인이여!
사는 것이 진실로 보잘 것 없네.
오막살이에 해는 보이지 않고
헌 누더기 옷에는 이가 많네.
더벅머리와 때묻은 얼굴
부엌을 나왔다 들어갔다 하네.
바쁘게 맞이하고 또 보내며
한 순간 쉴 틈도 얻지 못하네.
손님이 많아 돈 또한 따르니
응당 접대하고 피곤하다 말하지 말아야지.
끝나고 그 번 것을 계산해 보면
돈 몇 푼에 지나지 않네.
어렵도다 그대의 일거리
어느 때 흡족할 것인지?

嗟爾店舍翁	차이점사옹	爲生良獨拙	위생양독졸
苗茨不見日	묘자불견일	襤褸足蟣蝨	남루족기슬
蓬頭與垢顔	봉두여구안	出沒煬灶間	출몰양조간
勞勞迎且送	노로영차송	未得一息閒	미득일식한
客多錢亦隨	객다전역수	應接不言疲	응접불언피
終然計其囊	종연계기낭	不過錐刀微	불과추도미
艱哉爾所業	간재이소업	快足在何時	쾌족재하시[65]

-「成歡店 성환점」-

열심히 일해도 노동의 대가가 없는 빈곤한 가게집 늙은이의 고단한 삶을 그려내고 있다. 손님이 많아 정신없이 일을 해도 몇 푼밖에 남지 않는 당대의 실상은 희망 없는 하층민의 악순환적인 삶의 일상이었다. 이 때문에 언제 이 고단함을 벗어날 수 있는지를 가슴 아파한다. 바꾸어 말하면 가난을 벗어날 가능성이 빈약한 시대상을 가게집 노인을 통해 토로한 것이다. 완암의 내면세계에는 이런 부당한 현실에 분노가 깔려 있다.

> 여름날 김매고 서리 내리면 거두는데
> 장마와 가뭄이 남았으니 얼마나 수확하는지
> 등불 아래 실을 내어 닭 울 때까지 짜는데
> 소리 내며 종일토록 베 짜도 몇 자 일뿐.
> 세금으로 거둬 가면 내 몸에 걸칠 옷도 없고
> 관가 곡식 바친 후엔 쌀독이 비네.
> 거센 바람에 지붕 날리고 산 속에 눈 깊어 가는데
> 술지게미와 쌀겨도 배불리 못 먹고 거적이나 덮고 자야한다네.

赤日鋤禾霜天穫	적일서화상천확	水旱之餘能幾獲	수한지여능기획
燈下繅絲鷄鳴織	등하소사계명직	戛戛終日綷數尺	알알종일재수척
稅布輸來身無褐	세포수래신무갈	官糶畢後缾無粟	관적필후병무속
惡風捲苗山雪深	악풍권묘산설심	糟糠不飽牛衣宿	조강불포우의숙[66]

－「農家歎 농가탄 1」－

65) 정래교(鄭來僑), 상게서, 410쪽.
66) 정래교(鄭來僑), 상게서, 411쪽.

가렴주구의 일면을 사실적으로 그려내고 있다. 가난의 악순환 속에서 살아가는 민초의 참담한 생활상을 거침없이 고발했다. 옷가지와 먹거리가 부족한 삶 그리고 그 원인이 모두 가혹한 세금에 기인한다는 정래교의 지적은 정조대왕의 시대가 결코 태평성대만이 아니었다는것을 여실히 입증하고 있다.

　　백골(白骨)에 까지 세금 거두니 어찌도 참혹한지
　　한 마을 온 가족이 횡액을 당했네.
　　채찍을 들고 아침저녁으로 무섭게 재촉하니
　　앞마을에서 사람 도망가 숨으면 뒷마을에서 통곡하네.
　　닭과 개를 팔아도 다 갚기에는 부족한데
　　사나운 아전들은 돈을 찾지만 돈을 어디서 얻을 것인가.
　　부모 자식 형제들이 서로 보살피지 못하고
　　가죽과 뼈만 앙상한 채 차가운 감옥으로 가네.

白骨之徵何慘毒	백골지징하참독	同隣一族橫罹厄	동린일족횡리액
鞭撻朝暮嚴科督	편달조모엄과독	前村走匿後村哭	전촌주닉후촌곡
鷄狗賣盡償不足	계구매진상부족	悍吏索錢錢何得	한리색전전하득
父子兄弟不相保	부자형제불상보	皮骨半死就東獄	피골반사취동옥67)

　－「農家歎 농가탄 2」－

67) 정래교(鄭來僑), 상게서, 411쪽.

우리가 역사를 이해할 때 당시의 집권층의 입장에서 서술된 사료 (史料)에서 다소 자유로워야 한다. 이를테면 영·정조 시대는 일반적으로 태평성대로 서술되고 있지만 정작 그 시대의 하층민과 중인들 입장에서는 태평성대만은 아니었다. 특히 위의 시에서처럼 실무를 담당했던 중인들의 증언은 실상을 이해하는데 생생한 증언이 될 수 있기 때문이다.

　　가혹한 세금으로 결국 옥살이를 하는 민초의 피폐한 삶을 고발했다. 권력자들의 수탈에 피멍이 든 민초의 삶이 처참하다. 공익을 위해 만든 조세제도는 오히려 그들의 삶을 옥죄고 처참하게 만드는 수단으로 전락한 현실을 비분에 찬 어조로 고발하고 있다. 다음은 중흥동에서 본 것을 기록한 것이다.

　　　앞에서 부르고 뒤에서 답하며 물이 흐르듯 몰려가네
　　　세 사람이 환자쌀 싣고 소 한 마리 함께 몰고 간다네.
　　　오늘 저녁 돌아가면 응당 배불리 먹겠지만
　　　가을이 되면 소까지 팔게 될까봐 그게 걱정이네.

　　　前呼後應去如流　전호후응거여류　　載糶三人共一牛　재조삼인공일우
　　　歸去今宵應飽食　귀거금소응포식　　秋來恐有賣牛愁　추래공유매우수[68]
　　　─「重興洞記所見 중흥동기소견」─

---

68) 정래교(鄭來僑), 상게서, 407쪽.

환자쌀을 꾸어 먹는 농민의 가난한 삶을 이야기하고 동시에 가을이 되면 빚에 몰릴 그들에 대해 염려하고 있다. 그가 비록 중인이지만 민초에 대한 애민정신은 양식 있는 사대부와 다를 바가 없다. 다음 시 역시 길을 걷다 본 것을 서술한 것이다.

관가(官家)의 문(門)은 한결같이 어찌 깊은지
지키는 자가 엄하게 소리치네.
가까운 친척도 오히려 막히지만
지체 높은 선비는 서로들 지날 수 있네.
함께 치술을 강론하지 않고
다만 인색한 이름을 많이 듣네.
내가 아는 훌륭한 관리는
나그네 오면 그 식구처럼 대한다고 하던데.

官門一何深 관문일하심　　守者嚴禁訶 수자엄금가
至親猶見阻 지친유견조　　高士肯相過 고사긍상과
無與講治術 무여강치술　　祈得吝名多 기득린명다
吾觀善治者 오관선치자　　客至如其家 객지여기가[69]
－「記沿途所見 기연도소견 1」－

---

69) 정래교(鄭來僑), 상게서.

관청의 위세는 높아 마음대로 드나들 수 없고, 다만 지체 높은 선비만 드나든다. 그러나 정작 그들은 치술(治術)을 논하지 않고 사람만 가려 만나는 인색함으로 이름이 날뿐이다. 위 시의 정황으로 보아 작자가 관청을 찾았을 때 박대를 당한 것이 틀림없다. 하지만 어쩌랴 중인 처지에 어찌할 수도 없고 다만 선치자(善治者)를 빌어 서운한 심정을 이야기할 뿐이다. 다음 시는 앞의 시의 상황을 이어 쓴 것이다.

읍에는 고깃집 두어
제사(祭祀)와 봉양(奉養)에 넉넉히 쓰려하네.
싼값에 고기 거두는 일이 많으니
백정(白丁)이 달아나는 것이 서로 계속 되네.
다만 고기 맛이 좋음을 알 뿐이요
백정이 통곡(痛哭)함을 듣지 못하네.
가까운 데에서도 오히려 이와 같으니
백성(百姓)이 병든 것을 어찌해야 밝히겠는가.

邑之置屠販 읍지치도판   端爲祭養足 단위제양족
廉價徵肉多 염가징육다   屠者走相續 도자주상속
但知肉味好 단지육미호   不聞屠者哭 불문도자곡
咫尺猶如此 지척유여차   民瘼焉能燭 민막언능촉[70]
―「記沿途所見 기연도소견 2」―

---

70) 정래교(鄭來僑), 상게서.

부조리한 현실을 또 꼬집고 있다. 관청에서 싼값에 고기를 거두니 수지가 맞지 않는 백정은 자꾸만 달아날 뿐이다. 관리들은 고기 맛만 알뿐이지 백정의 손해를 헤아리지 않는다. 읍내가 이렇다면 조그만 고을이야 오죽하랴. 안쓰러운 현실을 정교래는 시로써 토로하고 있다.

어제 오늘 바람 불고 천둥소리 요란한데
하늘이 어두워지고 눈은 창문을 두드리네.
이월도 반은 지났는데 아직도 갖옷을 입고
땅에 들어간 몇 자의 얼음 또한 두껍네.
날아가는 앵무새, 둥지의 제비도 아무런 소리를 못 내고
산 속의 꽃과 시냇가 버들 어지러이 뒤덮혔네.
하물며 떠돌던 백성들이 길 위에 널브러졌단 얘기 들었던가?
형이 아우를 보살피지 못하고 아이는 어미를 잃었네.
늙은 애비 밥을 놓고도 감히 먹질 못하고
집을 보고 길게 한숨지으니 코끝이 시큰해라.
평생토록 옛 글과 시를 잘못 읽어
근심스런 자신도 해결 못하고서 시대를 해결하려하네.
붓을 잡고 자세히 천 여 마디 쓴다지만
썩은 선비의 경론(經論)이 한마디로 얼마나 어리석은가!
조정(朝廷)을 향해 이 재주를 보여주고 싶으나
말 타고 문을 나서면 갈 곳을 모르겠네.
어찌해야 술동이 얻어 한량없이 마시고
취하여 거꾸러져 세상모르고 잠들까.

昨日今日風雷吼	작일금일풍뇌후	天色慘慘雪打牖	천색참참설타유
二月過半尙重裘	이월과반상중구	入地數尺氷亦厚	입지수척빙역후
流鶯巢燕嘿無聲	유앵소연금무성	錯莫山花與溪柳	착막산화여계류
況聞流氓擁道周	황문류맹옹도주	兄不庇弟兒失母	형불자제아실모
老父對食不敢餐	노부대식불감찬	仰室長吁心鼻酸	앙실장우심비산
平生誤讀古書詩	평생오독고서시	不解憂身解憂時	불해우신해우시
把筆覼縷千餘言	파필라루천여언	腐儒經綸一何癡	부유경륜일하치
欲向廊廟干此術	욕향낭묘간차술	騎馬出門迷所之	기마출문미소지
安得樽酒飮無何	안득준주음무하	醉倒冥巓睡不知	취도명전수부지71)

- 「風雪歎 풍설탄」 -

서민의 살림살이는 서민만이 아는 것이다. 절대적 굶주림 속에서 자신의 경륜은 초라하기 그지없다. 그 무엇인가를 발분하여 세상에 기여하고자 하나 중인이라는 태생적 한계에 부딪혀 절망한다. 절망은 술동을 당겨 세상사를 잊도록 거꾸러지고 싶다는 고백에서 정교래의 현실적 한계이자 중인의 한계를 살필 수 있다. 그들의 비분강개한 설움이 현실 고발을 통해 더욱 통렬하게 드러나고 있다. 다음은 박윤묵의 현실 비판사를 살펴본다.

아! 저 과부가 길에서 울고 있다.
하늘에 울부짖고 땅에서 절규하며 몸은 꺼꾸러져 있네.
문득 다시금 소리를 삼켜 소리가 다시 나오지 않고

치마 가득 피와 눈물을 흘리네.

갈림길에서 지팡이를 잡고 차마 떠날 수 없어

빈산에 어떤 여자가 저토록 우는가를 물었기 때문일세.

기운을 내어 우러러 보며 일행이 누구인가를 묻기에

애태우며 그대들은 내 한마디만 듣고 가라하네.

15살에 시집와 농부의 아내가 되어

부부가 겨우 몇 이랑의 농사를 지었네.

긴 여름 매서운 겨울에 겨우 풀칠하고

애써 고생해도 가질 것 없네.

금년 봄에 남편이 굶어 죽고

눈앞에 오직 아들 하나뿐이네.

어제 어두워지기 전에 나무하러 가서

앞산 속 호랑이에게 잡혀 먹혔네.

외로운 이 몸은 과부되고 자식마저 없어

뉘와 함께 의지하며 살아갈 것인가?

하물며 다시금 겨울 더욱 가까이 오는데

어린 자식들 싸려고 해도 무엇으로 쌀 것인가?

일행과 종들이 경청하고서

불쌍해서 눈썹을 찡그리지 않을 수 없네.

나무꾼도 눈물을 더욱 흘리고

위로하려해도 말로써 어찌 할 수 없네.

황량한 마을에 머리 돌려 모두가 어둑어둑

바로 산이 슬퍼하고 포구가 원망할 때라.

噫彼寡婦路傍哭	희피과부로방곡	呼天叫地身顚覆	호천규지신전복
忽復吞聲聲不出	홀부탄성성불출	滿裳龍鐘血和淚	만상용종혈화루
臨歧住筇不忍去	임기주공불인거	爲問空山此何女	위문공산차하녀
作氣仰視公是誰	작기앙시공시수	煩公聽我此一語	번공청아차일어
十五嫁作農人婦	십오가작농인부	夫婦耦耕田數畝	부부우경전수묘
長夏隆冬僅糊口	장하융동근호구	勞筋苦骨無不有	노근고골무불유
今春夫壻餓而死	금춘부서아이사	眼前唯有一子耳	안전유유일자이
昨者未暮探薪去	작자미모탐신거	爲虎囕死前山裏	위호람사전산리
孑孑此身寡又獨	혈혈차신과우독	與誰依賴爲生理	여수의뢰위생리
況復冬候漸迫近	황부동후점박근	夫布兒布將何以	부푸아포장하이
一行徒御傾聽之	일행도어경청지	莫不惻然爲戲眉	막불측연위희미
平薪歸客倍霑中	평신귀객배점중	慰諭不可容言辭	위유불가용언사
回頭荒村兩冥冥	회두황촌량명명	正是山哀浦怨時	정시산애포원시[72]

－「寡婦歎 과부탄」－

과부는 예부터 기박한 팔자 중 하나이다. 원래 네 가지 기구한 팔자(고아, 홀애비, 과부, 자손이 없는 사람) 중에 윗 시의 과부는 가난으로 남편이 굶어 죽고 자식은 호랑이한테 잡아먹히고 생활은 더욱 어렵다. 그래서 무어라 위로할 말조차 없는 현실에 망연할 뿐이다.

아이가 태어나기도 전에 벌써 세금이 매겨지는 부당한 현실이나, 굶어 죽은 시체가 길옆에 버려져 있는데 권세가의 집에는 고기와 술이 천하리만큼 흙더미처럼 쌓인 편중된 사회상, 고생 끝에 거둔 곡식

---

72) 박윤묵(朴允默), 「과부탄(寡婦歎)」, 「존재고(存齋稿)」, 「이조후기여항문학총서」 4권(여강출판사, 1986) 387쪽.

이 세금을 내고 나면 거의 쌀독이 비는 피폐한 생활, 가혹한 세금에 시달려 앞 뒷산으로 숨거나 감옥으로 가는 일상들을 거침없이 고발하면서 공정하고 함께 잘 살아가는 세상을 갈망한다. 동시에 굶주린 백성에게 곡식이 대여되지 않은 인색한 행동을 비판하거나 세제 비리를 구체적으로 지적하고 있는 것을 통하여 중앙 행정의 통제가 지방 행정과 겉도는 모습을 유추할 수 있고, 중간 관리들의 가혹한 수탈을 살필 수 있다.

3. 서민정취(庶民情趣)의 묘사(描寫)

중인은 서민이다. 이 때문에 사대부 시에서 찾기 힘든 소박한 서민의 정취가 중인의 시에서는 쉽게 찾을 수 있다. 소박하고 진술한 모습을 통해 당대 다수의 층을 이루었던 민초의 정감과 생활상을 알 수 있다.

정래교는 애정(愛情)을 가지고 민초를 지켜보았고 그들의 삶에 대한 모습을 매우 사실적으로 묘사했다. 이것은 정래교의 재능을 높이 평가(評價)하기 이전에 정래교가 얼마나 서민(庶民)들의 삶에 많은 애정을 갖고 또 밀착되었는가를 보여준다. 특히 민초의 생활에 대한 사실적인 묘사(描寫)는 그들의 풍속시(風俗詩)의 형태로 나타난다. 마을에서 푸닥거리를 하는 모습을 담은 「색신행(塞神行)」이란 작품(作品)

을 통해 민초의 무지와 이들에 대한 자각을 촉구하고 있다. 다음 시는 귀신에게 푸닥거리하는 민초의 무지를 애달파 하고 있다.

아이들은 기뻐 날뛰고 손님들은 분주하니
마을 남쪽에서나 북쪽에서나 모두 푸닥거리를 하네.
북소리 둥둥거리며 무당이 천천히 춤을 추면
신이 내려와 무당 몸에 의탁하네.
복과 이익으로 유혹하고 재앙으로 겁주며
잠깐 잠깐 음양으로 정신을 혼미하게 하네.
주인은 엎드리고 부인은 손 비비고
돈이며 쌀을 가져다가 상 앞에 바치네.
다만 하여금 복을 부르면 무엇이 아까운 바인가.
신(神)은 풍족함을 구하고 맛보는 것을 싫어하지 않네.
낟알마다 고생하며 부지런히 일한 것인데
절반은 교활한 무당에게 주어 주머니를 채우게 하네.
푸닥 귀신 돌아가면 집에 남은 것 없으니
봄 겨울로 계획 세우나 겨울도 지탱하지 못하겠네.
세금 낼 곡식은 다 쓰고 이자 돈도 빌렸지만
아전이 문에 이르러 재촉하니 귀신을 불러도 소용이 없네.
매 맞으며 소리 내어 울지만 복은 어디에 있나
아! 어리석도다, 백성(百姓)들이여!

童稺歡走客紛繽 동치환주객분빈	**村南村北皆賽神** 촌남촌북개새신
鼓聲淵淵舞俱俱 고성연연무기기	**有神降來托坐身** 유신강래탁좌신
誘以福利懼以殃 유이복리구이앙	**作陰作陽情靡常** 작음작양정미상

主翁俯伏媼攅手	주옹부복구찬수	腆弊重稰羞椒觴	전폐증서수초상
但使政福何所惜	단사정복하소석	神不厭求豊乃嘗	신불염구풍내상
粒粒辛苦寸寸動	입리신고촌촌동	半與狡巫充槖囊	반여교무충탁낭
賽神歸來室無遺	새신귀래실무유	春冬爲計冬不支	춘동위계동불지
官租食盡繼子錢	관조식진계자전	催吏到門神不麾	최리도문신불휘
鞭笞啼泣福何在	편태제읍복하재	嗟爾蚩蚩氓其癡	차이치치맹기치73)

- 「賽神行 색신행」 -

인류역사에 종교를 빙자해서 얼마나 많은 범죄를 저질렀는가? 이익과 복을 미끼로 유혹하다가 듣지 않으면 재앙으로 위협한다. 또 간간히 정신을 빼고 무당의 의도대로 사람을 부린다. 힘들게 곡식 낱알 모아다가 무당에게 다 털어주고 나면 그때야 곧 복이 오고 만사가 잘 될 것 같지만 현실로 돌아서면 당장의 끼니가 걱정이고 세금조차 내지 못하여 아전에게 매를 맞는다. 아! 이 얼마나 무지한 역사인가? 태초 이래 종교를 들먹여 얼마나 많은 무리들이 호의호식을 했단 말인가? 이런 것에 대한 비판은 오늘날의 문학에도 지적하고 있다. 김정한의 '사하촌'에 무지한 치삼은 젊은 날 보광사에 자신이 갖고 있는 전답 중에서 가뭄에도 마르지 않는 제일 좋은 논 두마지기를 자손대대로 복락을 준다는 중의 꼬임에 빠져 시주한다. 그러나 늙어서는 자신이 시주한 논을 소작하는 늙은이로 전락하여 전답이 말라가 더 이상 농사를 지을 수 없는 농토를 갖고 좌절하는 아들을 바라보며 후회

---

73) 정래교(鄭來僑), 상게서, 410쪽.

한다. 절에 시주만 하지 않았어도 자식이 굶주리지는 않을 것을 속으로 중얼 거리며 통한의 눈물을 흘린다.

인류사에 끼친 종교의 긍정적 요소도 적지 않지만 부정적 면도 결코 긍정적 요소 이상일 것이다. 따라서 종교를 믿는 자의 각성과 현명한 처신이 요청된다.

특히, 위항인의 서민적 정취를 잘 드러낸 시인 중에 박윤묵의 시가 볼만하다. 그는 서민의 정취가 가득한 시를 즐겨 지었다. 79세라는 적지 않는 인생사에서 3000여 수의 한시는 그의 생활의 한 부분으로 자리했다. 즉, 시가 생활의 정감을 그대로 담았으며 160여 년 전의 생활의 정취가 오늘날 소시민의 정서와 유사하게 그려지고 있다.

대체로 가사(家事)를 담아내는 시는 형제간의 우애나 석별의 정을 표출한 것이 많다. 또는 애경사(哀慶事)에 따른 감회를 피력하거나 자녀를 훈계하는 것들이 일반적이다. 그럼에도 매우 드물게 찾아볼 수 있는 것이 부부간의 애뜻한 정감을 담은 것인데 박윤묵의 시는 이런 모습을 잘 보여주고 있다.

> 퇴근하여 돌아오는 것이 항상 늦으니
> 집에 들어 설 때면 저녁 까마귀가 돌아간 뒤라.
> 무너진 담에는 풀이 무성하게 자라나고
> 비가 새는 벽에는 곰팡이가 꽃을 피웠네.
> 어린 종이 자리를 가져오고
> 병든 아내는 차를 권하려고 일어서네.

닭이 울어 아침을 알려주고

새벽 같이 출근하는데 차질이 있어서는 안 된다네.

歸家

退食歸常晚	入門後夕鴉
壞垣生茂草	漏壁印班花
短僕來持席	病妻起勸茶
鷄鳴須早報	曉赴莫相差74)

공무로 늘 늦게 퇴근하는 모습을 담았다. 예나 지금이나 일터에서 늦은 퇴근은 일반적인 것 같다. 늦은 퇴근과 무너진 담장, 비가 새는 벽에 얼룩진 곰팡이 자욱 등 서민적 정취가 물씬 풍겨난다. 게다가 아내와 차를 마시는 모습은 매우 소박한 정감을 자아낸다. 또 늦지 않도록 출근 준비하는 모습은 오늘날 소시민의 모습과 흡사하다. 18세기 시의 흐름 중에 이처럼 소박한 일상사를 노래한 것들을 종종 접할 수 있다. 이전의 우주나 정치, 사상 등 거대담론에서 벗어나 일상사의 서민적 정취를 담은 소담론(小談論)의 등장이 빈번하였다. 특히 퇴근하여 아내와 차를 마시는 정경은 장부가 출세지향적인 세계관에서 벗어나 가정 중심의 소담한 삶을 일구는 소시민적 정감이 발현되고 있음을 보여준 사례이다.

---

74) 임형택 편, 「존재집(存齋集)」 권1, 『이조후기 여항문학총서』 2권(여강출판사, 1986).

도연명은 본디 집이 가난하여
평생 갈건 하나뿐이었네.
겨우 손으로 걸러 만들어
가까운 친척에게 조금 보내네.
거위 새끼가 이뻐서 몇 번씩 끌어당기고
압록수의 새로운 물을 부어보네.
연주시를 읽고 눈물을 흘리고
눈이 휘날리니 진한 술에 기뻐하네.

灑酒巾

陶令素家貧	平生一葛巾
縷經手裏灑	旋遣頭邊親
幾引鵝黃美	曾傾鴨綠新
連珠看漏適	撥雪喜醲醇[75]

　술을 걸러 친척에게 조금씩 보낸다. 거위 새끼에게 물을 부어 준
다. 시를 읽고 술을 마신다. 자신을 도연명에 비겨 은일의 미를 탐닉
해 본다. 그리하여 그 과정에 소박한 심상이 자리하고 소담한 생활의
향기가 우러나온다. 매우 낭만적이고 소탈하다. 이 때문에 그의 시풍
은 송시의 질박함을 닮았다고 한다. 이처럼 그의 시에서는 정감적인
서민의 정취를 찾아 볼 수 있다. 다음에서는 자신의 인생관을 밝힌
것으로 영욕을 이야기하고 있다.

---

75) 임형택 편, 「존재집(存齋集)」 권1, 『이조후기 여항문학총서』 2권(여강출판사, 1986).

야위고 허약한 모습 병과 이웃하니
평생을 어린아이 몸 지키듯 한다.
이 세상이 어리석은 귀머거리 만들기를 좋아해
외인으로서 한번 실추되고 한번 명예를 날렸구나.

題壁寫懷

弱質癯容病與隣　　　生平如護小兒身
世間好作癡聾漢　　　一毀一譽以外人[76]

　자신을 병약하다고 인식했다. 그래서 평생을 어린 아이 몸 지키듯
조심스럽게 살았다. 세상이 자신을 귀머거리로 만들어 방외인적(方外
人的)인 처지에 놓이게 되었다. 하지만 이에 대해서도 담담하게 받아
들인다. 최면은 『존재집(存齋集)』의 서문에서 박윤묵의 시를 평하여,
당나라나 송나라의 시를 추종한 것도 아니고, 고래(古來)의 시율(詩律)
에도 얽매이지 않은 자연스러운 가락을 이루어냈다고 하였다. 그러나
대체로 시상이 복잡하게 얽히고 시어가 극도로 연마되어 있으며, 어휘
사용의 폭이 넓고, 전고(典故)를 활용한 경우가 많아 송시(宋詩)의 풍격
에 가깝다고 평하였다. 그리하여 박윤묵의 시의 특징을 다음과 같이
압축하여 지적하고 있다.

　대저 내가 장편과 단편 수천만 단어로 되어 있는 총 수십 권의 『존
재집(存齋集)』을 얻어 그것을 읽어보니, 당(唐)나라의 것도 아니요, 송

---

76) 임형택 편, 「존재집(存齋集)」 권1, 『이조후기 여항문학총서』 2권(여강출판사, 1986).

(宋)나라의 것도 아닌 것이 당나라 송나라의 것과 구별되는 우리의 것
으로 스스로 일가를 이루었다. 무릇 끌어내어 길게 소리 내어 읊조린
것은 그 온화하고 원대하여 시원스럽게 펴낸 것을 볼 수 있다. 사실
을 펴서 진술한 것은 그 곧고 말을 잘하며 지극히 친절한 것을 볼 수
있고, 이것과 저것을 비교하여 외운 것은 그 인도하여 도와주며 확실
한 것을 볼 수 있다. 모두 정풍(正風), 정아(正雅)에서 밝혔으며 또한
무릇 변풍(變風), 변아(變雅)를 보좌하였다. 성정(性情)의 은미(隱微)함
과 언행(言行)의 추기(樞機) 함이 그 가운데에서 드러나지 않은 것이
없어 끝내는 아로새긴 자취와 부박하고 화려한 형태는 볼 수가 없다.

그 마음이 투명하여 한 점의 티끌도 없었다. 높낮이가 없이 평탄한
것은 소홀한 것으로 흐르고, 온화하고 아름다운 것은 너무 세밀하고 성
한 것으로 흐른다. 그러나 이 문집 같은 것은 곧 이런 병폐가 없이 이
른바 자연의 음향절주(音響節奏)가 되었다. 그래서 내가 존재(存齋)와
더불어 만년지기가 되었다.[77]

---

77) 임형택 편, 「존재집(存齋集)」권1, 『이조후기 여항문학총서』2권(여강출판사, 1986).
"夫余得存齋集 長篇短什屢千萬言 總數十卷而讀之 不唐不宋自成一家 凡所以引赴
詠歎者 可見其冲遠疏暢也 敷陳事實者 可見其直截懇至也 諷譬彼此者 可見其誘掖
的當也 皆有以祖述於正風正雅 而亦有以羽翼夫變風變雅 性情之隱微 言行之樞機
莫不畢露於其中 而終不見雕鏤之痕 浮靡之態 盖其靈臺洞徹 而無一點塵滓也 坦夷
者流於闊略 溫雅者失於委靡而至 若斯集則無是病焉 直所謂自然之音響節奏也 余與
存齋爲晩年之己".

4. 동병상련의 연정

중인 중에 대표적인 연정의 작품을 꼽으라면 유희경을 들 수 있다. 그는 당대의 대표적 기녀 계생과 사랑을 나누었다. 과거 사대부와 기녀의 사랑은 사대부가 주도하고 기녀가 따르는 종속의 관계가 일반적이었으나 중인과 기녀의 사랑이란 신분적으로 거의 대등하고 서로가 서로에게 공감하고 또는 동병상련의 정감으로 열려졌다. 그러기에 더욱 진솔하고 또 인간적일 수 있다.

촌은은 기녀 계생(癸生: 1573~1610)을 사랑했다. 촌은이 계랑을 만난 것은 임진난 말기로 적들의 상황을 탐정하고 의병모집을 독려하던 시기였다. 이 때 촌은의 나이 48세였고 계랑의 나이 20세였다. 오늘날의 관점에서 보면 엄청난 연륜의 차이를 갖고 있었지만 계랑의 빼어난 미모와 불우한 촌은을 받아주는 순수한 마음씨는 촌은을 사로잡기에 충분했다. 계랑을 처음 만났을 때 촌은의 설렘은 다음 시에서 잘 나타나고 있다.

일찍부터 남쪽 계랑의 명성을 들었소.
시와 노랫말은 한양을 흔들었네.
오늘에야 참모습으로 서로 대하니
신비한 그녀가 삼청궁에 내려왔는지 의심했다오.

曾聞南國癸娘名　증문남국계낭명　　詩韻歌詞動洛城　시운가사동락성
今日相看眞面目　금일상간진면목　　却疑神女下三淸　각의신녀하삼청78)
－「贈癸娘 증계낭」－

　남녀의 연정, 이른바 무산(巫山)에서 비롯되었다는 끊을 수 없는 사
랑, 구름과 비가 되어 그리움으로 날린다는 운우지정(雲雨之情)으로
두 사람의 사랑이 깊어 간다. 시와 미모로 많은 사람들에게 사랑을
받던 계랑을 직접 만나고 감격하여 계랑을 '신녀(神女)'로 부른다. 유
희경에게 계랑은 더없이 예쁜 존재였다.

　　복숭아꽃 아름다움도 잠깐의 봄날이기에
　　수달피 골수로도 예쁜 얼굴의 주름을 지을 수 없네.
　　신녀는 외로운 잠자리를 견딜 수 없어
　　무산의 운우의 정을 자주 내리리라.

桃花紅艶暫時春　도화홍염잠시춘　　猻髓難醫玉頰嚬　달수난의옥협빈
神女不堪孤枕冷　신녀불감고침냉　　巫山雲雨下來頻　무산운우하래빈79)
－「戲贈癸娘 희증계낭」－

78) 유희경(劉希慶), 『촌은집(村隱集)』, 『이조후기　여항문학총서』　권1(여강출판사,
　　1986) 7쪽.
79) 유희경(劉希慶), 상게서, 8쪽.

이별 뒤 다시 만날 것 기약하기 어렵지만
남북으로 떨어져 있어도 꿈속에서 그립습니다.
어떠하오 동루에 뜬 달 함께 의지하며
완산에서 취부시를 이야기할꺼나!

別後重逢未有期 별후중봉미유기　楚雲秦樹夢相思 초운진수몽상사
何當共倚東樓月 하당공의동루월　却說完山醉賦詩 각설완산취부시[80]
−「寄癸娘 기계낭」−

위의 시들로 보건데 계량은 보잘 것 없는 위항시인 유희경과 깊은
교유를 했다는 점에서 상당히 인간적이다. 지체 높은 사대부들도 많
았지만 미약하기 그지없는 중인과도 진실된 정감으로 교유했기 때문
에 유희경은 더욱 잊을 수 없었는지도 모른다. 위 시는 매우 낭만적
인 정감이 넘쳐흐른다.

한편으로 사랑이 무엇이기에 이토록 가슴 저밀까? 전쟁 와중의 절
박한 상황에서도 사랑은 이토록 그리워지게 하고 아프게 하는 것일
까? 그녀와 황홀했던 완산에서의 추억은 유희경에게 더욱 간절했는
지 모른다. 사랑은 추상적 수식보다는 설렘과 정감에 얽힌 가슴시린
진한 기억일 것이다. 때문에 놓치고 싶지 않고 가슴 뭉클한 그 순간
을 다시 만들고 싶은 욕망인지도 모른다. 불우한 중인 촌은 유희경!
그에게 깔린 양반의 냉대 속에서도 비소한 자신의 삶을 어루만져주고

---

80) 유희경(劉希慶), 상게서, 8쪽.

함께 진솔한 문학을 나눈 계랑은 나이의 시간적 거리를 훌쩍 뛰어 넘을 수 있었을 것이다. 그러기에 황홀했던 그 순간의 정회를 계랑 역시 다음과 같이 그려내고 있다.

> 술에 취해 소맷자락 당길 때에
> 손잡던 소맷자락 찢어졌네.
> 소맷자락 찢어진 것 아깝지 않지만
> 그대의 은혜로운 마음 끊어질까 두렵다네.

> **醉客執羅衫** 취객집나삼   **羅衫隨手裂** 나삼수수열
> **不惜羅衫裂** 불석나삼렬   **恐君恩情絕** 공군은정절81)
> ─「贈醉客 증취객」─

소맷자락을 찢을 만큼 계랑에 대한 애정이 컸다. 이런 촌은의 사랑을 계랑은 마다하지 않는다. 다만 찢겨진 소맷자락보다도 오히려 사랑이 떠나갈까 걱정한다. 이처럼 그들의 사랑은 깊고 서로가 갈망했다. 그런 계랑이 38세의 꽃다운 나이에 세상을 떠난다. 어쩌면 중인의 신분적 비애, 또 기녀로서의 기구한 삶이 이들을 더욱 강하게 묶었는지도 모른다. 계랑이 죽고 한동안 촌은은 세상에 뜻을 잃었다. 단순히 남녀의 관계를 떠나 자신의 마음을 읽어주던 이가 떠난 것에 대한 통한과 그리움이었다.

---

81) 이매창(李梅窓), 『매창집(梅窓集)』, 『증취객(贈醉客)』, 『조선역대여류문집』 소재, 영인본(을유문화사, 1950).

한편 이 시의 작자인 촌은은 당시풍(唐詩風)바탕으로 송대의 대가풍 (大家風)도 익혀서 청초(淸楚), 한담(閑淡)한 정취를 지녔다. 젊어서 최 기남 등과 풍월향도로서 시단에서 놀았고, 계랑을 만나 풍류와 사랑 을 나누었으나 계랑과의 사별 후 방외인을 자처하여 산천을 유람하다 가 늙어서 침류대를 짓고 한양의 시단을 열었다. 그는 중인이라는 태 생적 한계를 뛰어넘고자 일생에 걸쳐 부단한 노력을 기울였고 신분에 서 오는 고독과 계랑과의 사랑을 시문으로 승화시켰다82)고 평가받고 있다.

---

82) 박천규, 「촌은 유희경의 시세계」, 『한문학논집 제6집』 (단군한문학회, 1988), 119~ 120쪽 참조.

II. 위항열전

중인은 비단 역관만 있는 것이 아니다. 즉 오늘날 기준으로 보면 전문가인데 당시에는 가치기준이 달라 천대를 받았다. 그래도 그중에 서 가장 대접을 받았던 것이 사대부의 외교업무를 맡고 있었던 역관 (譯官)이 있었고, 재무와 회계를 맡았던 산관(算官), 길흉을 점치거나 일정을 주관했던 복관(卜官), 그리고 오늘날 의사에 해당했던 의관(醫官) 등이 있었다. 또 의전 때 동원 되었던 악인(樂人), 국가에 그림을 그렸던 도화서의 화공(畵工) 등등이 있었다. 여기 중인 중에 도도한 악인(樂人)이었던 김성기의 삶을 살펴본다.

1. 김성기 론

김성기(金聖器)에 관한 기록은 정래교(鄭來僑)의 완암집(浣巖集)』권4 에 실려 있으며『이향견문록(異鄉見聞錄)』에도 실려 있다. 여기서 그 의 전기(傳記)를 중심으로 살펴본다. 김성기(金聖器)는 자신의 타고난 성격에 따라 음악을 전공하여 "김성기의 새 악보가 있다"라는 소리를 들을 정도로 대성하였다. 그러나 그는 한 명의 악공(樂工)에서 머물지 않고 예술정신을 가지고 음악생활을 하였다. 서호(西湖)에서 고기를 잡아 생계를 잇는 궁핍함 속에서도 세속과 타협하지 않고 끝내 고상한 자취를 남긴 그의 삶을 살펴본다.

(1) 김성기의 생애와 문학 활동

김성기(金聖器)[83]는 원래 상방의 궁인(弓人) 이었다. 성격이 음률을 좋아하여 활 만드는 일을 버리고서 사람을 따라 거문고를 배웠다. 이후 그는 음률의 정묘함을 얻어, 드디어 활을 버리고 거문고를 전공하였다. 이후에 악공의 뛰어난 자들은 모두 그 아래서 나왔다. 또 통소와 비파도 두루 이해하였다. 그 묘한 것이 모두 극치를 이루었다. 능히 스스로 새로운 소리를 만들었다. 그 악보를 배워서 이름을 드날린 자 또한 많았다. 이때에 서울에서는 김성기의 새 악보가 있었다고 한다. 이 때문에 손님이 모여 잔치하는 집에 비록 여럿 예인(藝人) 들이 집을 채우더라도 성기가 없으면 곧 뜻에 차지 않다고 여길 정도였다. 그러나 성기의 집은 가난하였고 그는 유랑하며 살았기에 처자는 굶주림과 추위를 면할 수 없었다. 만년에 서호(西湖)가에 작은 집을 세내어 살았다. 작은 배에 삿갓도롱이, 낚시대 하나 손에 들고 오고 가며

---

83) 김성기(金聖器): 조선후기의 예인. 거문고, 통소의 명인. 자는 자호(子湖) · 대재(大哉) 호는 조은(釣隱) · 어은(漁隱) 가난한 평민 출신으로 영조 때 상의원 소속의 궁인이었으나 활을 버리고 거문고를 배웠다. 비파. 창곡에도 뛰어나 많은 제자들을 양성했으며 시에도 능하였다. 작품으로 『강호가』(江湖歌) 5수와 기타 3수가 『해동가요(海東歌謠)』에 실려 있다.

고기를 잡았다. 이로써 자급(自給)하고 스스로 조은(釣隱)이라 불렀
다.84)

매번 바람이 고요하고 달이 맑은 밤이면 노를 저어 중류에서 통소를
당겨 서너 곡을 연주하였다. 애원(哀怨) 하고 청량한 소리가 밤하늘의
구름에 닿았다. 언덕위에서 듣던 자는 많이 배회하며 능히 떠나지 못
하였다.

이때에 궁노(宮奴) 목호룡(睦虎龍)이라는 자가 위에 고변(告變)을 하
여 큰 옥사를 일으켰다. 사대부를 죽여 공신(功臣)이 되고 군(君)에 봉
(封)해지니 대단한 기세로 사람을 괴롭혔다. 한번은 크게 보여 그 무
리들이 술을 마시는데 안장을 갖추고 예로써 금사(琴師) 김성기를 청
했다. 성기는 병으로써 사양하고 가지 않았다. 심부름하는 자, 여러
무리가 이르러도 오히려 굳게 누워서 움직이지 않았다. 호룡이 심히
노하여 이에 위협하며 이르길 "오지 않으면 또한 너를 크게 욕보이리
라"하였다. 성기가 바야흐로 객과 더불어 비파를 연주하다가 듣고서
는 크게 성내어 비파를 심부름 온 자 앞에 던지며 꾸짖어 이르길 "돌
아가 호룡에게 말하라. 내 나이 70이다. 어찌 너를 두렵게 여기겠는
가? 네가 고변을 잘한다 하니 또 내가 고변하여 너 목호룡(睦虎龍)을

---

84) 정래교(鄭來橋), 『완암집』(浣巖集) 권4, 468쪽, "琴師金聖器者 初爲尙方弓人 性
嗜音律 不居肆執工而從人學琴 得精其法 遂棄弓而專琴 樂工之善者 皆出其下
又旁解洞簫琵琶 皆極其妙 能自爲新聲學其譜擅 名者亦衆 於是 落下有金聖器新
譜 人家會客讌飮 雖衆伎充當 而無聖器 則以爲歉焉 然聖器家貧浪遊 妻子不免飢
寒 晩乃僦居西湖 * 上 買小艇 篛簑手一竿 往來釣魚 以自給自號釣隱".
* 서호(西湖): 서강(西江)의 별칭.

죽이리라"하였다. 호룡은 기색(氣色)이 꺾여서 모임을 파하였다.[85]

이로부터 성기는 성에 들어가지 않았다. 드물게 남에게 나아가 기예를 보였다. 그러나 마음에 합하는 자가 찾아와 강가에 이르면 곧 퉁소로써 즐겼다. 그러나 또한 몇 번 연주하고서 그치니 한 번도 넘침이 없었다.

내가 어릴 때부터 익숙할 만큼 김금사의 이름을 들었다. 일찍이 친구의 집에서 그를 만났는데 수염과 머리가 백발이고, 어깨가 높고 뼈가 불거졌으며 입으로는 숨이 차고 기침 소리가 끊이지 않았다. 그러나 억지로 비파를 잡게 하니 영산곡을 변조하였다. 앉아있는 객들이 슬퍼 눈물을 떨어뜨리지 않음이 없었다. 비록 늙고 또 죽음이 가까웠으나 손톱 끝의 묘미는 능히 사람을 감동시킴이 이와 같았다. 그가 왕성하던 때를 가히 알 수 있었다.

사람됨이 정결하고 말수가 적었으며 음주를 좋아하지 않았다. 강가에서 궁핍하게 살며 장차 몸을 마치려 하니 이 어찌 자기의 신념을 지키는 것 없이 그럴 수 있겠는가? 더욱이 그가 호룡을 질책함은 늠름하여 가히 범하지 못함이 있었다. 아! 이 또한 뇌해청 같은 무리가 아니런가? 세상에 사대부로 식견 없이 나아가고 물러나며 사람 같지

---

85) 정래교(鄭來僑), 『완암집浣巖集』 권4, 468쪽. "每夜風靜月朗 搖櫓中流 引洞簫三四弄 哀怨瀏亮 聲徹雲宵 岸上聞者 多徘徊不能去 宮奴虎龍者 上變起大獄 屠戮搢紳 爲功臣封君 氣焰熏人 嘗大會其徒飮 具鞍馬 禮請金琴師聖器 聖器辭以疾不往 使者至數輩 猶堅臥不動 虎龍怒甚 乃脅之曰 不來吾且大辱汝 聖器方與客鼓琵琶 聞而大恚 擲琵琶使者前 罵曰歸虎語龍 吾年七十矣 何以汝爲懼 汝善告變 其亦告變我殺之 虎龍色沮 爲之罷會".

않는데 붙어서 자취를 더럽힌 자는 김금사를 보면 또한 가히 부끄러
움을 알 것이다.[86]

조선 후기 한 악공의 생애를 통해 나름대로 고고한 삶을 추구했던
중인의 모습을 살폈다. 아마 같은 시대의 유럽이었다면 그에 대한 평
가는 새롭게 써야 할 것이다. 삶의 존귀성이란 이처럼 당대의 가치와
장소에 따라 달라질 수밖에 없기 때문이다.

2. 범경문 론

다음은 의젓한 풍모에 뛰어난 시문을 자랑했던 위항시인 범경문(范
慶文)을 살펴본다.

(1) 범경문의 생애와 문학 활동

범경문(1738~1800)은 조선후기의 시인이다. 본관은 금성(錦城), 자
는 유문(孺文), 호는 검암(儉巖) 중인출신이다. 가계와 생애는 자세히

85) 정래교(鄭來僑), 『완암집浣巖集』 권4, 468쪽. "自是 聖器不入城 罕詣人作伎 然
有會心者 訪至江上 則用洞簫爲歡 而亦數弄而止 未嘗爛漫 余自幼少時 習聞金琴
師名 嘗於知舊 家遇之 鬢髮晧白肩高骨稜 口喘 不絕咳聲 然强使操琵琶 爲靈山變
微之音 座客無不悲惋隕涕 雖老且死而手爪之妙 能感人如此 其盛將時可知也 爲
人精介少言語 不喜飮酒 窮居江上若將終身 是其無守而然哉 況其憤罵虎賊 凜然
有不可犯者 嗚呼 其亦雷海淸者流歟 世之士大夫奰詬去就 以汚迹於匪人者 其視
金琴師 亦可以知媿哉".

전하지 않는데, 그의 집은 아침마다 배오개시장(梨峴市)의 시끄러운
소리가 들리는 장안의 제2교(橋), 즉 광교(廣橋)근처에 있었다고 한다.

슬하에 6남의 자손을 두었다. 17~18세 때에 문장으로 이름난 신
진대부들 사이에 널리 알려졌고 그들로부터 장자(長者)의 풍모를 지녔
다는 말을 들었다. 여항시인인 김시모(金時模), 김진태(金鎭泰) 등과
교류하며 창작활동을 하였으며, 이밖에 최윤창(崔潤昌), 마성린(馬成
麟), 백경현(白景炫) 등과 사귀었고, 손아래인 천수경(千壽慶)을 비롯한
이른바 송석원시사(松石園詩社)의 구성원들과도 관계를 맺었다. 그가
18세 되던 해에 지은 시「만음(謾吟)」중에 '애석하다, 10년 동안 밑
바닥 일만 이루었구나'라고 한 말이 있는 것으로 보아, 일찍부터 학
문을 좋아 하였으며 그의 의식은 양반계층의 그것과 다름없음을 알
수 있다. 여기서 밑바닥 일이란 시와 문장을 지칭한 것이다. 음주를
좋아하고 성격이 소광(疎曠)하여 당시 이름 있는 시인들과 수창하였
으므로, 그가 남긴 시작품의 다수가 수창시이다. 저서로 검암산인시
집『(儉巖山人詩集)』2권 1책이 있다.[87]

■ 문학의식

시(詩)라는 것은 감정이 밖으로 드러나는 것이다. 정(情)이라는 것
은 타고난 본성이 나타나는 것이다. 그 시를 읽으면, 가히 그 사람의
본성을 알 수 있다. 맹자께서 사람의 본성이 착하다고 말한 것은 이

---

87) 『암산인시집(巖山人詩集)』,『풍요삼선(風謠三選)』참조.

말에 연유한 것이다.

천하의 본성이 모두 같다면, 천하의 시도 마땅히 또한 모두 같아야 할 것이다. 그러나 나라가 융성한 시대의 시는 너그러우면서도 내용이 깊고, 나라가 쇠한 시대의 시는 각박하면서도 쓸쓸하다. 이것은 대개 착한 것은 이(理)인데, 타고난 품성이 박하고 너그러움이 있는 것이 기(氣)이다.

시도(詩道)는 항상 세상과 더불어 오르고 내린다. 이런 까닭에 나 같은 사람도 오히려 융성한 시대에 미치어 시를 짓게 된 것이다. 사대부들은 모두 도연명(陶淵明)과 사공돈(謝公墩)의 문장 격식을 알고, 위로는 당나라에서 아래로는 송나라까지 이아(爾雅)에 담긴 뜻을 널리 펼치니, 융성하고도 아름답도다. 이때를 맞아서 중인출신의 선비들도 또한 융성한 시에 능한 사람이 많았다.[88]

그는 자신이 살던 당대를 융성한 시대로 보고 있다. 이 때문에 자신과 같이 낮은 중인도 시를 지을 수 있게 되었다고 믿고 있다. 바꾸어 보면 범경문이 살던 시대 이전에는 중인으로서 시 한 수 마음 놓고 짓기가 어려웠다는 것이다. 사람의 행복은 이처럼 상대적인 것에

---

88) 범경문(范慶文), 「검암집서(儉巖集緒)」, 『검암집(儉巖集)』, 『이조후기 여항문학총서』 권2(여강출판사, 1986), 177쪽. "詩者情之宣於外者也 情者性之發也 讀其詩可以知其性矣. 孟子謂人性善由是言也. 天下之性皆同而天下之詩宜 亦皆同矣. 然盛世之詩敦厚而渢融, 衰世之詩漓薄而蕭颯 盖其善者理也 所禀之有薄厚者氣也. 詩道常與世升降. 以此故善余者 猶及盛世之爲詩也. 士大夫皆知體裁陶謝上下唐宋弘長 爾雅 泆泆乎美哉. 當是時倭巷之士 亦薆然多能詩者. 儉巖范君生於英廟戊午 年十七公已 解屬辭, 豐秀見頭角 措紳諸公多延譽之".

서 비롯한다. 절대적 행복이란 것이 사실 어렵다. 그렇다면 당대 중인들이 어떤 풍격으로 시를 지었는가는 역시 전체적인 흐름이었던 천기를 빠뜨릴 수는 없다. 다음이 그러하다.

집은 장안 제2교에 있고
아침마다 이현동의 저자 소리 시끄럽네.
고요한 가운데 천기가 움직이는 것을 알았으니
버드나무 가지사이로 몇 마리 새가 울며 오네.

家住長安第二橋　가주장안제이교　　朝朝梨峴市聲囂　조조리현시성효
靜中默會天機動　정중묵회천기동　　數鳥鳴來間柳條　수조명래간유조89)
－「卽事 즉사」－

대조적인 공간의 제시를 통해 천기를 논의했다. 즉, 이현동 시장의 시끄러움이 멎고 고요한 버드나무 가지 사이에서 바라본 새 울음을 통해 천기가 흐른다는 이야기이다. 여기서 천기란 인위적 시상의 전개가 아니라 문득 느끼는 자연스러운 정감을 가리킨다.

---

89) 범경문(范慶文), 상게서, 191쪽.

3. 이정주 론

(1) 이정주의 생애와 문학 활동

다음도 역시 조선 후기의 대표적인 위항시인 중의 한 사람인 이정주(李廷柱)를 살펴본다. 그는 당시 위항시인으로 유명한 이상적과 인척 관계에 있었다. 그의 몽관시고집(夢觀詩稿集)은 3권 1책의 시문집으로 전사자본(全史字本)으로 구성되었다. 1859년(철종 10) 그의 아들 사겸(士謙), 상익(尙益) 등에 의해 편찬, 간행되었고, 1891년(고종28)에 중간되었다. 권두에 김홍집(金弘集)과 이윤익(李閏益)의 서문이 있고 권말에 이상익의 발문이 있다. 이 책은 권1에 시 11수 및 산구(散句) 등이 수록되어 있다. 저자 이정주에 대해서 구체적으로 알려진 사실은 거의 없고 다만 단편적으로 산견되는 여러 기사를 통해 그가 당대의 가장 뛰어난 위항시인인 이상적(李尙迪)과 인척관계였으며 이정주의 시집 간행에 있어 이상적이 중요한 구실을 하였던 것은 분명하다. 또한 장지완(張之琬)의 언급을 통해 이정주가 19세기 중반의 위항문학에 있어 정지윤(鄭芝潤) · 현기(玄錡) 등과 함께 커다란 몫을 담당했던 시인임을 알 수 있다. 이윤익의 서문에 따르면 이정주는 어릴 때부터 문학 수업에 힘썼으며, 특히 만당(晚唐) · 만명(晚明)의 시 작품을 좋아하였다고 하는데 이는 그의 시세계가 대체로 만당풍(晚唐風)으로 기우는 것과 깊은 관계가 있다. 1820년대 초에 한 문인이 그의 시

백여 편을 청나라로 가져가 당대의 거유인 오숭량(吳嵩梁)에게 평가를
부탁한 결과 그로부터 만당제가(晚唐諸家)의 진수를 얻었다는 삽화 역
시 이정주의 작품세계의 경향을 엿보는데 도움이 될 만하다. 이정주
의 작품 모두 천여 편이 넘었다고 하나 이 시집에는 348수만이 전한
다. 아울러 이 시집의 초간본 간행에 장혼(張混)이 깊이 관여하고 있
는 것으로 보아 두 사람의 관계가 역시 주목의 대상이 되나 현재는 이
를 입증 할 자료가 나타나지 않고 있다. 이 책은 국립중앙도서관 등
에 소장되어 있다.[90] 그의 문학의식의 일단을 몽관시고서(夢觀詩稿序)
를 통해 살펴본다.

　나의 벗 이사겸이 지난날 선친인 몽관선생의 유고 약 몇 권을 보여
주면서 말하기를 "슬프구나! 내가 계축년에 선친의 상을 치른 이후부
터 부친의 유고를 모아서 이제 장차 유고를 글로 새기는 사람에게 부
탁하려고 함에 이 글의 서문을 그대를 빼고 누구에게 부탁 할 수 있겠
는가! 오랫동안 두 집안의 친분을 헤아려 보더라도 마땅히 그대만한
사람은 없도다." 내가 비록 글은 잘 짓지는 못하지만 어찌 감히 사양
하겠는가! 옛날에 맹자의 말에 이르기를 '그 시를 외우고 그 글을 읽
으면서도 그 사람을 알 수 없다는 것이 옳겠는가?' 이 때문에 그가 살
던 시대를 의논할 수 있는 것이다. 대체로 우리 옛 문벌 가운데에 문
학으로 이름을 떨쳐 능히 할아버지와 아버지의 유업을 이어나가는 자
가 손가락을 꼽으면 셀 수 있는 집안이 무릇 몇 집이나 되겠는가? 내

---

90) 『한국민족문화대백과사전』 권18 참조.

가 생각해보니 몽관 선생의 할아버지께서는 참판을 증직 받았으며 젊

어서는 경학을 연마하여 손수 시경 한 부를 베낀 것이 있다.[91]

전형적인 서문의 형식을 빌어 대상을 알게 된 연유와 이 글을 쓰게

된 경과를 설명하고 있다.

선생은 매양 이 책을 사겸의 여러 형제들에게 보여주었는데, 위로

는 조상이 남긴 뜻을 이어받고 아래로는 무식해지는 것을 경계하였

다. 이에 사겸의 형제들은 모두가 훌륭한 가풍에 영향을 받아 가문이

융성하여 후세에 빼어난 인재들이 되었다. 선생께서는 젊은 나이에

사촌 형제인 천뢰, 백석 선생과 더불어 백가의 글에 깊이 몰두하였고

아침부터 저녁까지 시를 읊어서 주고받았는데, 이름난 작품과 뛰어난

구절들이 때때로 세상에 회자되었다. 한 가문의 시가의 융성함이 사

령운[92], 사혜련[93] 무리와 비교해 보더라도 어찌 많은 차이가 있겠는

가? 천뢰 선생의 아들 가운데 우선(藕船) 이언적은 시문집이 간행되어

91) 이정주(李廷柱), 몽관시고(夢觀詩稿), 『이조후기 여항문학총서』 권2(여강출판사,
   1986), 277쪽. "吾友李君士謙 曩者見示先 尊甫夢觀先生遺稿若干卷 而日悲夫
   余自癸丑居憂以後 裒輯先稿 今將付手民而弁首之文 舍子其誰託 通家之好宜 莫
   如子矣 聞益雖不文 抑何敢辭 昔鄒孟氏有言曰誦其詩 讀其書 不知其人 可乎 是
   以論其世也 蓋吾黨舊閬噂 文學名克紹弓冶之業者 摟指而數凡幾家也 竊惟夢觀先
   生 皇祖贈參判公 少治經術有手寫毛詩一部".
92) 사령운(謝靈運): 남조(南朝) 송(宋) 나라의 시인. 진나라의 명장(名將) 사현(謝玄)
   의 손자로서 강락공(康樂公)의 작위를 이었으므로 사강락이라 불렀음. 문제(文帝)
   때 시중이 되었으나, 참언에 걸려 사형을 당했다. 그의 청신한 시풍은 후대에 큰 영
   향을 미쳤으며 종제 혜련(從弟 惠連)에 대하여 대사로 일컬어진다.
93) 사혜련(謝惠連): 남조(南朝) 송(宋)나라의 시인. 영운(靈運)의 종제(從弟)로 문명(文
   名)을 함께 떨쳤으며, 37세에 요사(夭死)했다.

천하에 퍼진 바가 있었고, 또한 일찍이 선생에게서 시를 배우기에 힘쓴 사람이었다. 이로 말미암아 보건데 대체로 한 집안의 문학의 혈맥이 서로 대를 이어서 주고받으면서 대대로 세상의 혜택을 널리 펴고 가풍을 일으켜 다른 사람에게 하나의 법도가 되는 것은 어찌 지란(芝蘭)과 예천(醴泉)이 저절로 근원이 있는 것과 같지 않겠는가? 선생이 평소에 거처하는 좁은 방은 쓸쓸했고, 독에는 쌓아둔 쌀이 없었지만 마음만은 편안하였다. 항상 속세의 밖에 뜻을 두었는데 끝내 이루지 못했다. 그래서 문을 닫고 손님을 거절하고 좌우에는 책을 두고 시를 읊는 소리가 문밖까지 들리는 것이 거의 그칠 때가 없었다.94)

다음은 이정주의 성장 배경을 서술하고 있다.

옛사람들의 시를 골라서 베끼기를 좋아하여 상자를 채우고 주머니에 넘쳤는데 만당(晩唐) 만명(晩明)의 작품들이 십 중에 칠 팔을 차지한다. 이것은 창려(昌黎) 한유가95) 말한 바, 학문은 모두 성품에 가까운 바를 얻는 것인데, 도강 초에 어떤 사람이 선생의 시 백여 편을 가지고 연 나라 도읍으로 들어가서 중요한 벼슬을 하는 난설(蘭雪) 오숭량(吳嵩梁)96)이라는 사람에게 평가해주기를 부탁한 적이 있다. 난설

---

94) 이정주(李廷柱) 상게서, 277쪽 "先生每以是書 舉似士謙諸昆弟 上承貽謀 下誡牆面 於是乎士謙昆弟 皆能濡染淸芬 蔚然爲後來之秀 而先生於弱冠 嘗與其從弟 天籟白石兩先生 浸莘百家晨唱夕酬 名篇傑句往往膾炙于世 一門風雅之盛 視謝氏靈運惠運輩 何足多讓 天籟先生之令嗣藕船有詩文集刊行天下 亦嘗淬礪於先生者也 由此觀之 夫文章血脈 遞相禪授以之衍世澤 而煽家風爲人所圭臬者則 豈非芝蘭醴泉自有根源也哉 先生平居環堵蕭然甕缶無儲處之晏如   恒有志於塵壒之表而竟未就 閉門却掃左右圖史吟咏之聲徹於戶外殆無已時".
95) 한유(韓愈): 당(唐)의 문인. 창려(昌黎)는 그의 자호. 남양(南陽)사람.

오숭량은 한 시대에 가장 뛰어난 문인이다. 그 시풍이 그윽하고 아득하고 맑고 놀라워서 만당의 여러 대가들의 진수를 얻었음을 지극히 칭찬하면서, 추장하고 허여한 것이 둘도 없는 사람이라는 것을 알게 되었으니 다시 무슨 말을 여기에 쓸데없이 덧붙이겠는가? 하물며 나는 한 사람의 작은 재주를 가진 후진일 뿐이어서, 진실로 선생의 맑은 지조의 깊은 학문을 볼 수가 없다. 그런데 선생이 사시던 시대에 대해서 논하는데 이르러서는 스스로 남들에게 뒤지지 않는다고 생각하지만 정말 그렇게 생각하는지 아니하는지는 알 수 없도다. 함풍기미년 가을 칠월 충남서산에 사는 이윤익(李閏益)이 삼가 서한다.[97]

조선 후기에 이르러서는 비록 중인이라 하더라도 그들의 후손들에 의해 조상의 문집 간행이 다소 활발한 듯하다. 비록 당대의 명문장가가 써 주는 문장이 아닐지라도 지기(知己)의 벗들이 서로를 기리고 있다. 그리고 그들이 즐겨보던 학습서는 바로 만당(晩唐), 만명(晩明)의 작품과 창려(昌黎) 한유의 문집이었다. 다음은 이정주의 시를 살펴본다.

> 새벽에 백학 한 쌍이 사라져서
> 슬퍼하여 먼 하늘을 바라보네.

---

96) 오숭량(吳嵩梁): 자는 자산(子山), 호는 난설(蘭雪) 강서 동향인.
97) 이정주(李廷柱), 상게서, 277쪽. "喜抄寫古人詞章 盈箱溢日囊 而晩唐晩明之作 十居七八 此昌黎所云 學焉而皆得其性之所近者歟 道光初 有人携先生詩百餘篇 入燕都屬蘭雪吳嵩梁中翰爲之點評蘭雪一代巨擘也 亟稱其幽眇淸警 得免唐諸家之髓 獎許無貳辭復何贅焉 況閏盆一轑材後進耳 固未能管窺於先生之淸操邃學 而至如論先生之世 則自謂不後於人 未知士謙以爲然否 咸豐己未秋七月尊城李閏盆謹序".

홀연히 맑은 학 울음소리가 들리니
변함없이 뜰 안에 있었구나.

曉失雙白鶴　효실쌍백학　　悄悵望遠空　초창망원공
忽聞淸唳響　홀문청려향　　依舊在庭中　의구재정중98)
―「雪 설」―

눈 소리와 은밀함은 동서고금의 많은 시인들에 의해 표현되어졌다.
야심한 밤 먼 곳 여인내의 옷 벗는 소리라고 표현한 시인도 있었는데,
위의 시에서는 백학의 울음으로 표현했다. 공감각적 표현으로 비유가
산뜻하다.

4. 김상채 론

(1) 김상채의 생애와 문학

다음은 영조조의 유명한 위항시인인 김상채의 삶과 문학을 살펴보
자. 김상채(金尙彩)의 생물 연대는 자세하지 않다. 다만 영조 때의 중
인 출신의 시인으로 이름이 났다. 본관은 안산(安山)이고 초명은 상현
(尙炫)이며 자는 경숙(敬叔), 호는 창암(蒼巖)이었다. 진무(振武)의 7세

---

98) 이정주(李廷柱), 상게서, 279쪽.

손이라고 하나 가계는 자세히 알 수 없으며, 아들 제량(濟良)이 영 · 정조 시대에 시인으로 행세하였고, 손자인 종식(宗軾) 또한 시인 장혼(張混)과 친구로 여항의 시인이었다. 정 5품의 품계인 통덕랑(通德郎)을 제수 받았으나, 어떠한 관직을 역임하였는지는 알 수 없다. 가정은 비교적 윤택하였다. 어려서부터 큰아버지에게서 학문을 익혔고 장성해서는 장인인 장창한(張昌漢)의 영향을 많이 받았다. 초기 여항문학이 대두하던 시대에 활동하였던 시인으로, 『풍요속선(風謠續選)』에 시가 실려 있다. 여항시인으로 이름 있는 엄한붕(嚴漢朋)과 가까이 지냈고, 홍우택(洪禹澤) · 전만종(田萬種) · 최상집(崔尙緝) 등과 어울렸다. 글씨에 뛰어났는데 특히, 초서, 해서를 잘 하였다. 조엄(趙曮)을 비롯하여 풍양 조씨 일가에 서리를 지내면서, 한편으로 선비의 도리를 쫓는데 치중하였다. 인간이 초목금수와 구분되는 요소 8가지를 제시하여 이를 효 · 제 · 충 · 신 · 예 · 의 · 염 · 치 라고 규정하였으며, 이들 요소를 주제로 잠언(箴言)을 짓기도 하였다. 시에는 이 같은 덕성이 반영되어 조탁을 일삼지 않고 질박하며, 또한 섬세한 묘사에도 뛰어나다는 평을 얻는다. 언행이 조심스러웠고 특히 자식교육에 힘써 아들이 불민한 것은 아비가 불민한 까닭이며, 아들이 무식하면 이 또한 아비가 무식하기 때문이라는 내용의 시를 쓰기도 하였다. 아들 제량과 손자 종식도 시로써 이름을 날려, 3대를 이어 시명을 떨쳤다. 저서로 『창암집(蒼巖集)』 3권 1책이 있다. 그의 문학의식을 창암집서(蒼巖集序)를 통해 살펴본다.

■ **문학의식**

대개 창암의 행권이 돈독함을 들으면, 늙어서도 효제충신과 예의염
치를 행하는 것이 해이하지 않음으로써 경계를 삼았다. 다시 남의 뜻
을 미루어 가훈팔조를 짓고 스스로 어버이를 섬기고 제사를 모심으로
써 화목하게 집안을 다스린 것에 갖추지 아니함이 없었다. 가정공이
일찍이 이 책을 보고 우애장에서 말한 바 "부모를 사랑하는 마음이
있게 되면 어찌 부모가 자식을 사랑하지 않겠는가"라는 한 구절에 이
르러서는 말이 갑자기 위연하여 말하기 어려운데 이 말은 능히 우애
가 매우 뛰어남을 말할 수 있으니 진실로 양지99)라고 할만 하다. 아
하! 세상이 어지럽고 떳떳한 도리가 날로 패하여 학사 대부들이 또한
이따금 자기의 신분에 맞게 처신하지 못한 것이 있었다. 하지만 창암
은 처신하지 않는 것이 선후(先後)할 바를 알아서 말을 실천하고 행실
을 가려 자신의 처지에 맞게 실천했다. 이 때문에 당대의 이름난 사
람들이 추앙하여 존경하였던 바가 되었고 또한 현자들의 마땅함을 얻
게 되었다.100)

---

99) 양지(良知): 생각하지 않고 사물을 알 수 있는 천부적인 지력. 양명학에서의 마음
   의 본체. 좋은 벗.
100) 김상채(金尙彩), 『창암집(蒼巖集)』, 『이조후기 여항문학총서』 권2(여강출판사,
   1986). "盖聞蒼巖篤于行權 至老不懈以孝悌忠信禮義廉恥爲之以箴 復推餘意 作
   家訓八條 自事親奉祭 以至睦族治家而無不備. 柯汀公嘗覽是卷 其之於友愛章所
   云. 如有愛父母之心 則豈不愛父母之子 一句語輒謂然 難曰 斯言也能說得友愛
   透切眞可謂良知也. 嗟乎 世澆知驚 彝常日敗 學士大夫 且往往有不?分處. 況以
   蒼巖所處能知所先後 踐言擇行綽有實地 是其爲當世名公所推重 而又得有賢子
   宜哉".

중인들의 유가적인 처세관을 살필 수 있다. 조선 후기에 이르러서는 중인이라 할지라도 사대부의 처신에 버금가는 인물이 나타났다. 이들이 비록 신분적으로 낮았을 뿐이지 그들의 삶은 나름대로의 올곧고 반듯한 처신을 했다. 다음은 위항인에게 문학적으로 절대적 영향을 끼친 김창협의 시를 차운한 것이다.

> 야심한 밤 가득히 달빛이 비치고
> 소나무, 전나무 절로 서늘한 그늘을 만드네.
> 산발하고 평생을 누웠는데
> 미풍이 불어 흰 옷깃을 스치네.

> 滿庭中夜月 만정중야월　松檜自淸陰 송회자청음
> 散髮平生臥 산발평생와　微風吹素襟 미풍취소금[101]
> 　－「야좌차농암운 夜坐次農巖韻」－

농암 김창협은 위항시인의 정신적 지주였다. 이 때문에 농암의 시는 이들에게 많이 애송되고 차운되었다. 그리고 그들의 시는 농암 시에서 풍겨 나오는 일상적인 배경 속에 소박함을 닮고 있다.

> 소년은 뜻이 커서 경륜을 배웠는데
> 옷을 잘못 입어 세상의 먼지를 뒤집어썼네

뒤늦게 알았는데 사람들이 넓은 집을 좋아하지만
장대 끝 백 척에 몸이 편안할 수 있겠는가?

少年志大學經綸 소년지대학경륜 **誤把荷衣染世塵** 오파하의염세진
晩識人間廣居好 만식인간광거호 **竿頭百尺可安身** 간두백척가안신102)
－「自述 자술」－

　관료 지향적인 조선 사회에서 누구나 고관대작은 그들의 목표이고
꿈이었다. 작자 역시 어려서부터 경륜을 배웠지만 중인이라는 신분적
한계로 단념하고 산다. 그러나 늘그막에 바라보니 남들이 부러워하는
고관대작이 편치 않는 위태로운 자리임을 깨닫는다. 어떤 측면에서는
현실에 자족하는 중인들 특유의 정서가 배어 나온다. 전구와 결구에
서는 장자(莊子)의 처세관과 유사한 점이 있다. 뒷산을 지키는 것은
꼬질꼬질하고 볼품없는 나무라고 했다. 젊은 시절 일찍 출세한 사대
부나 기고만장한 사람들은 그 만큼 빨리 허무감을 맛보거나 기력의
소진을 가져오는 것이 일반적이기 때문에 젊은 날의 출세가 꼭 그리
바람직한 것만은 아니다.

　천금을 주고 살 사람을 언제쯤 만날까?
　화류장대에서 몇 봄을 보냈던가!
　만약 이곳에서 강개한 선비를 만날 수 있다면
　북풍 불고 가는 비린 먼지라도 밟겠네.

---

102) 김상채(金尙彩), 상게서, 109쪽.

千金何日遇涓人　천금하일우연인　花柳章臺度幾春　화류장대도기춘
若見人間慷慨士　약견인간강개사　北風嘶去踏腥塵　북풍시거답성진103)
―「駿馬吟 준마음」―

자신을 등용시켜 줄 위인을 기다린다. 실의에 빠져 오랜 세월을 유곽에서 보냈다. 그러나 혹시라도 강개한 선비를 만난다면 비린 먼지가 나는 전쟁터라도 쫓겠다는 이들의 갈망에서 신분상승에 대한 강한 염원을 읽을 수 있다.

　밭에서 약초 캐고 하천에서 낚시하며
　세월의 한가로움 속에서 잠에 취하고
　어지러운 벼슬길은 참 모양이 없으니
　웃으며 뜬 이름을 없애고 함부로 세상에 전하지 않겠습니다.

採有藥田釣有川　채유약전조유천　閑中日月醉中眠　한중일월취중면
紛紜宦海無瞋態　분운환해무진태　笑殺浮名莫浪傳　소살부명막랑전104)
―「奉呈伯氏 봉정백씨」―

신분상승에 대한 강한 갈망과 현실에 안주하는 자족감에서 사대부와 마찬가지로 양면성을 갖고 있다. 양반의 경우 출세하여 관료가 되면 사대부가 되고, 관료를 단념하고 전원이나 향리에 처해 학문을 수

---

103) 김상채(金尙彩), 상게서, 110쪽.
104) 김상채(金尙彩), 상게서, 110쪽.

양하고 후학을 길러내면 처사가 된다. 그러나 중인의 경우 양반처럼 명확하게 처신할 수 없었다. 현실에 안주하며 경제적으로 윤택함을 가져오는 경우와 완전한 양반이 될 수 없더라도 등급이 상향되는 약간의 신분적 상승이 그들의 목표가 되었다. 따라서 양반의 출처와는 근본적으로 달랐다.

주자가 말하기를 집안이 가난하여 가난 때문에 배움을 버리는 것은 옳지 않으며, 집안이 부유함을 믿고서 배움을 게을리 하는 것도 옳지 않다고 하였다. 가난하더라도 만약 부지런히 공부하면 넉넉함을 지킬 수 있다고 하였다. 학문하는 자도 항상 이와 같은 마음이 있어야 한다. 공경하는 마음으로 방대한 책을 대하고, 오로지 그 마음을 다해 뜻을 이루고 반복하며 정신을 쏟고 옛것을 익히고 나아가 새것을 알며, 사물의 이치를 연구해 착함을 밝히는 것은 즉 인의의 가르침이니 깨우침은 그러한 앞에 두고 있는 것이다. 밟고 밟아 잡으면 자연히 더욱 도타워질 것이며 그만두고자 하여도 능히 그럴 수 없다. 옛 성현은 이러한 까닭에 마음을 쓰고 행동함으로써 자기의 방법과 선악을 본받고 경계하였으니 학문이 아니면 또한 어찌 알 수 있겠는가? 이 때문에 사람됨의 도는 이와 같이 부지런히 학문하는 것이다. 그러므로 배우면 어리석은 자라도 밝아지며, 부드러운 자라도 강해지고, 사서육경을 쉬지 않고 열심히 읽으면 의리심상에 두루 미쳐 통하게 된다. 예나 지금이나 사변에 통달하게 되면 식견이 자라게 되어 구름을 헤치고 해를 보려고 높이 올라가 아래를 바라보는 것이다. 만약 배우지 아니하면 즉 마음이 거칠고 막혀서 의ㆍ리에 아득하고 어두워져,

소의 옷자락인지 말의 옷자락인지 부끄러움을 알지 못한다. 마침내 망신을 당하고 집을 잃어 돌아오는 기점을 면하지 못하니 가히 두렵지 아니한가? 이 때문에 배우면 군자가 되고 배우지 아니하면 소인이 되는 것이다. 나는 이 선생님께서 일찍이 넓게 배우고 뜻으로 돈독히 하는 그 안에 어짊이 있다고 말했다.[105]

– 「右勤學 우근학」–

주자의 말에 충실한 유교적 가치관을 읽을 수 있다. 그 중에서도 현실에 충실한 학문의 효율적 가치를 언급하고 있다. 다음은 박창원을 살펴본다.

---

105) 김상채(金尙彩), 상게서 「잡저(雜著)」, 127쪽. "朱子曰 家貧不可因貧而廢學 家富不可恃富而怠學 貧若勤學可以濟貧 富若勤學可以守富. 若學者常存此心 敬對方冊 專心致志 反復沈潛 而溫故知新 窮理明善 則仁義之敎 曉然在前. 踐履之操 自然彌篤 以至欲罷而不能也 古聖賢所以用心行已之方 與夫善惡之所以效可戒者 非學問 亦何以知其然乎? 是以 爲人之道 莫如勤學也. 故 學則愚者 必明 柔者 必强矣 四書六經 循環熟讀 使義理尋常 浹洽通 古今 達事變 以長識見 則不翅若披雲見日登高望下者矣. 如其不學 則心地茅塞義理茫昧 牛襟馬裾恬不知媿 而終不免亡身喪家之歸 可不懼哉. 是以 學者爲君子 不學者爲小人. 而吾夫子亦嘗曰博學而篤志 仁在其中矣".

5. 박창원 론

(1) 박창원의 생애와 문학 활동

박창원(朴昌元: 1683~1753)은 조선후기의 시인이다. 본관은 밀양으로 자는 선장(善長)이며 호는 담옹(澹翁)이다. 아버지는 가선대부(嘉善大夫) 흥준(興俊)이며, 어머니는 풍기진씨(豐基秦氏) 성수(聖修)의 딸이다. 일찍이 부모를 여의고 외조부에게 수학하였고, 이어 이동언(李東彦)을 따라 학문을 익혔다. 아문(衙門)의 조보(朝報)를 담당하는 서리(胥吏)를 지냈는데, 신임사화 때인 임인년(1722)에 "요사이 조지(朝紙)의 소계(疏啓)는 그 내용이 더러워서 쓰지 못하겠다"하면서 그만두고 사사로 들어갔다. 지조가 굳고 여간해서는 사람들과 교류하지 않았으며, 항간의 비리(鄙俚)한 말은 입에 담지 않았고 들으려고 하지도 않았다. 그리고 끼니를 잇기 어려운 형편이었지만 손에서 책을 놓지 않고 부지런히 경전을 섭렵하여 상당한 수준에 올라있었다고 한다. 특히 『주역』에 해박하여 독특한 괘도인 「원괘차서도(原卦次序圖)」와 「원괘방위도(原卦方位圖)」를 남기고 있는데, 자신의 경전에 대한 지식과 이론을 전개하였다. 그밖에 성력(星曆)·음률(音律)·지리·의복(醫卜)에 통달하였다.

■ 문학의식

　다음은 박창원의 박담옹집서(朴澹翁集序)를 통해 문학의식의 일단을 살펴본다.

　하늘이 어진 사람을 내는 것은 진실로 장차 쓸 곳이 있어서인데 어질면서도 드러나지 아니하는 것은 때를 만나지 못해서이다. 중고(中古) 이래로 재야에 있는 현인들은 향기로운 풀이 텅 빈 골짜기에서 저절로 생겨났다가 저절로 시들어버리는 것처럼 된 사람이 손가락으로 모두 꼽을 수 없을 정도였다. 그런데 우리 동방(東方)이 더욱 심하였다. 이를테면 서고청106)이나 송익필 같은 현인들이 그 시대에 등용되지 못한 것을 지금에 이르기까지 사람들이 안타깝게 여기고 있다. 근래에는 박담옹이라는 사람이 있었다. 아! 하늘은 무엇 때문에 이 같

---

106) 서고청(徐孤靑): 서고청은 조선 선조 때의 학자로 자는 대가이며, 호는 고청이다. 본관은 이천이고, 서경덕 · 이중호 · 이지함 등을 사사(師事)하였다. 특히, 토정과 뜻이 맞아 각지를 유랑하였고, 지리산 홍운동에 들어가 제자를 가르쳤으며, 뒤에는 계룡산 고청봉 밑으로 자리를 옮겨 후학을 양성하였다. 죽은 뒤 지평에 추증되었고, 공주 충현사에 배향되었다. 서고청에 관한 설화가 있는데 그 내용을 보면 다음과 같다. 서고청의 어머니는 이진사집의 하인으로 문둥병에 걸려 쫓겨났다. 그러던 중 소금장수를 만나 관계를 가지게 되고 소금장수는 자신의 성만 가르쳐 주고 사라져버렸다. 그 후 서고청의 어머니는 문둥병이 나아 다시 주인집에 들어가게 되었고 곧 서고청을 낳았다. 서고청은 종노릇을 하며 서당에서 어깨너머로 공부를 하였고, 재주가 인정되어 주인집에서 공부를 시켰다. 그러던 어느 날, 아버지를 만나게 되어 서당을 개설하고 많은 학동을 가르쳤다. 서고청은 심씨 집(沈忠謙)의 사노(私奴)로 되어 있었는데, 심씨의 아들을 훌륭히 가르쳐 심씨 부인이 양인이 될 것을 허락했으나 서고청이 분수를 범하는 일이라고 사양하였다. 서고청은 송익필(宋翼弼) · 정충신(鄭忠信)과 함께 삼노(三奴)의 명인(名人)으로 일컬어지는 인물이다.

은 현인들이 태어나게 하고서는 세상이 그들을 필요로 하는 것을 허락하지 않는단 말인가? 어찌 한 줄기 맑고 밝은 기운이 조화의 가운데 있으면서 마음대로 흘러 다니는 것처럼, 자연스럽게 타고난 성품은 현명하지 않을 수 없는데 그 성품의 온후하고 무거운 점이 큰 덕을 가진 사람이나 완전한 재능을 가진 사람에게 미치지 못해서 그러한 것인가?

어진 사람을 등용하는 데에 방위가 없음은 천리의 당연함이다. 문벌을 가지고 사람을 취하는 것은 이 시대의 제도가 옛날과 같지 않음이다. 인재를 발탁하는 것은 어떤 일을 새로 꾸미거나 새로 시작한 시대에 많이 있었는데 수성(守成)할 때에는 보통 하던 것을 따를 뿐이었다. 아깝다! 옹이 태어난 것이 저 때가 아니고 이 때인 것을! 그러나 글을 짓는 일에 빠져 있는 것은 옹 또한 즐거하지 않았다. 그 옛날에 조조나 공손홍이 주책(奏策: 문서나 상소를 군주에게 올림)으로 뜻을 이룬 것을 옹이 어찌 생각했겠는가? 옹을 아는 것은 오직 하나님뿐이니 다시 옹이 될 수는 없는 것이고, 나타내는 것은 한자(韓子)가 동생에 대한 것과 같으니 즉 이것은 옹이 크게 불우한 것과 작게 불우한 것이다.[107]

---

107) 박창원(朴昌元), 「담옹집서(澹翁集序)」, 『담옹집(澹翁集)』, 『이조후기여항문학총서』 권1(여강출판사, 1986), 581쪽. "天之生賢 固將有用 而賢而不顯則時不遇也. 中古以來 在野之賢 如芝蘭之自生自枯於空谷者 指不勝屈 而我東方爲甚焉. 若徐孤靑宋龜峰諸賢之不爲時用 至于今人猶嗟惜 而近又有朴澹翁. 噫 天何爲生出此等賢 而不許其需世也. 豈一端淸明之氣 在造化中 任發流行 自然稟受 不得不爲賢 而乃其厚重之不及於大德全才而然歟. 立賢無方 天理之當然 而世閥取人

역시 탁월한 능력에도 등용되지 못하고 살아가는 중인의 애환을 가슴 아파하고 있다. 다음은 한적한 곳에 살면서 읊조린 흥취를 살펴본다.

한 차례 비에 남은 더위가 물러가고 새 가을이 왔는데
집에는 오는 손님 드물어 이끼가 무성하네.
집이 가난해 비록 술동이를 채워 두지는 못하지만
책상에 가득 쌓인 책을 보니 마음은 오히려 고요하구나.
돌계단을 두룬 꽃과 풀 절로 흥취를 일게 하고
박 잎사귀 울타리를 휘감아 한적한 곳임을 알려주네.
띠(茅) 집은 쓸쓸하고도 고요하여 부질없이 귀밑머리 희어졌는데
우두커니 앉아서 문틈으로 말달리듯 지나가는 세월을 보고만 있네.

一雨新秋暑退餘 일우신추서퇴여   苔深窮巷客來疎 태심궁항객래소
家貧雖乏盈樽酒 가빈수핍영준주   心靜猶看滿案書 심정유간만안서
繞砌草花供漫興 요체초화공만흥   蔓籬匏葉認幽居 만리포엽인유거
茅齋寂寂空衰鬂 모재적적공쇠빈   坐閱光陰隙馹如 좌열광음극사여108)
 ―「幽居漫興 유거만흥」 ―

時制之不如古也. 拔擢人才 多在於制作草創之世 而守成之時循常而已. 則惜乎翁之生不在彼而在此也. 然隋陸之文事 翁亦不肯也. 錯弘之奏策得意. 翁以爲何如也. 知翁者惟有天翁 而無復爲翁表章如韓子之於董生 則是翁之大不遇而小不遇也".
108) 박창원(朴昌元), 상게서, 588쪽.

수련은 마치 도잠의『음주 기 오(飮酒 其 五)』를 연상케 한다. 도잠
의 음주시에 "마음이 세상을 멀리하니 거처마저도 외져 있고 수레와
말의 시끄러운 소리는 들리지 않네"라는 정감과 흡사한 시이다. 다만
도잠(陶潛: 중국 晉의 시인)만큼 넉넉하지는 못하지만 가득한 책을 즐
기고 술상을 차릴 수 있다. 나아가 마음을 비우고 바라본 세상이기에
돌계단의 꽃과 박 잎사귀가 휘감은 울타리도 볼 수 있다. 세상은 마
음을 비우고서야 작은 것을 볼 수 있다. 명상하는 사이에 문틈으로
달려가는 세월을 느끼는 은일의 아름다움을 노래하고 있다.

다음은 역관에서 양반으로 신분 상승을 한 변종운(卞鐘運: 1790, 정
조14~1866, 고종3)의 시풍을 알아본다.

6. 변종운 론

(1) 변종운의 생애와 문학 활동

변종운(卞鐘運: 1790~1866)은 조선말의 문관(文官)으로 자는 붕칠
(朋七)이며 호는 소재(嘯齋)이다. 중인 출신으로 순조(純祖)때 역과(譯
科)에 급제하였으며 시문(時文)에 특히 능하였다. 그의 시는 당송시(唐
宋詩)의 영향을 받아 시작(詩作)의 바탕을 이루며, 불교적 인생관이 짙
게 깔려 있다. 그의 문(文)은 일반 유사(儒土)들이 관심밖에 두었던 풍

수설(風水說) 또는 소설이라 할 수 있는 3편의 전(傳)을 썼고 또 불교에 심취한 일면도 보이고 있다. 그는 역관 출신의 유사였지만 자기 신분에 대한 개탄은 그의 문집에서 별로 눈에 띄지 않고 있다. 그는 『독서수필(讀書隨筆)』 중 독남화경(讀南華經)에서 "공자의 도는 중천(中天)의 해와 같이 빛나고 밝아서 만방을 두루 비춘다"고 하여 유자(儒者)임을 분명히 하고 있다. 이로 미루어 그는 부수적으로 불교, 제자(諸子)에 대해 관심을 가졌음을 알 수 있다. 그의 작품 중 칠언절구 『양자진(揚子津)』은 널리 애송되었으며 저서로 『소재시초(嘯齋詩抄)』가 전한다.

■ 문학의식

그의 문학의식은 소재집서(嘯齋集序)에 나타난다.

대체로 공이 글을 짓는 것은 양경(한(漢)의 문인)의 영향을 받았고, 한유와 구양수의 연원에 뿌리를 두었다. 스스로 붓을 들어 회포를 서술하면, 원기가 흘러넘치고 호탕하기가 장강이 끝없이 흐르는 것과 같았다. 말세의 남의 글을 따다가 요리조리 엮어서 글을 수놓고 문구를 꾸미는 나쁜 습성이 조금도 없었다. 시는 삼당을 배웠고 양송(북송과 남송)에 영향을 많이 받았다. 씩씩하고 옛스럽고 우아했으며 부미한 기풍을 제거하기에 힘썼다.

육만(陸萬)이후에 나약하고 가벼운 풍조를 곁눈질하며 좋지 않게 보았다. 그러므로 때를 옳게 여기고 옛것은 그르게 여기는 그 때의 사람들 눈에는 합당치않게 보여, 창려(한유)가 작은 부끄러움과 큰 부끄러

움을 말하고 탄식했던 것을 면치 못했다. 그래서 강개하고 가슴에 울
분이 찬 기운이 평상시에 지은 글 속에도 은연중에 반영되어 있었다.
아, 공이 때를 만나지 못한 것이 거의 방간과 같은 운명이로구나. 그
러나 양웅이 죽은 이후에도 태현[109]경은 간장독을 덮는 도구로 쓰이
지 않았으며, 공의 저술도 모범이 되고 법칙이 되어, 충분히 후학들의
본보기가 되니 어찌 이것이 뜬구름처럼 변화될 수 있겠는가. 오늘날에
살면서 옛 작자의 전형을 보려고 한다면 마땅히 이 문집에서 그것을
구해야 할 것 같으니, 아부하거나 개인적 인연으로 그러는 것이 아니
다. 뒷세상의 군자들이 눈여겨 세 번 본다면 스스로 알 것이다.[110]

황망한 대에는 가을 풀이 우거져
고국(古國)의 석양은 외롭구나.
대대로 소왕(昭王)같은 이를 내지 못하니
어느 때인들 악의(樂毅)[111]와 같은 자가 없겠는가?

---

109) 태현(太玄): 태현경(太玄經), 양웅이 편찬한 책이름이다.
110) 변종운(卞鍾運), 『소재집(嘯齋集)』, 『이조후기 여항문학총서』 권5(여강출판사,
1986), 441쪽. "余自童卯摳衣於嘯齋下公. 維公古性古貌 誠非菲辭所能髣髴. 至
於文字之間 奉唔日久 獲叅樹齒之餘竊有所蠡測者 盖公之爲文 薰染兩京 根柢韓
歐淵源 有自故發筆寫懷 元氣淋漓 浩浩如長江不窮之勢. 少無叔世尋摘點綴 絺
章繪句之習 時學三唐汎濫兩宗 蒼健古雅務袪浮靡
陸萬以來 線弱輕淸之風 睨而不屑 故不合時眼是今非古 未免昌黎大小戩之歎.
慷慨鬱怫之氣 尋常隱映於褚墨間. 嗚乎, 公之不遇於時 殆與方干共命也 然而子
雲身後 太玄竟不爲覆瓿之具 公之著述有典有則 足爲後學之模楷 則豈可與雲烟
俱化哉. 居今之世 欲見古作者之典型 似當於是集求之 非敢阿私 後之君子 注眼
三復 自有以知之矣".
111) 악의(樂毅): 전국시대(戰國時代) 연나라 소왕(昭王)의 장수. 조(趙)·초(楚)·한

莣臺秋草合 망대추초합   古國夕陽孤 고국석양고

不世昭王出 불세소왕출   何時樂毅無 하시악의무112)

－「黃金臺 황금대」113) －

중국의 황금대(黃金臺)에 관한 고사(古事)를 가지고 자신을 노래했다. 소왕(昭王)같은 현군이 있어 악의와 같은 사람을 등용하여 나라를 이롭게 했으나, 소왕(昭王)이 죽자 인재를 알아주는 이가 없어져, 악의를 떠나가게 만들었다. 지금의 자신이 바로 소왕(昭王) 같은 현군을 만나지 못해 등용조차 되지 않는 처지를 개탄하고 있다. 다음은 너무나 가난해 도둑에게조차 미안한 심정을 읊은 시이다.

쓸쓸한 초가집이 푸른 산자락에 있으니
개는 성긴 울타리에서 짖어대고 달은 반달인데
맨손으로 들어왔다가 맨손으로 가니
주인은 어찌 집이 가난한 것을 부끄러워하지 않으랴!

蕭然茅屋碧山垠 소연모옥벽산은   犬吠踈籬月半輪 견폐소리월반륜

徒手入來徒手去 도수입래도수거   主人寧不愧家貧 주인녕불괴가빈114)

－「謝盜 사도」－

(韓)·위(魏)·연(燕) 다섯 나라의 연합군을 거느리고 제(齊)나라를 쳐서 70여 성을 빼앗았으나 소왕이 죽은 후 뒤를 이은 혜왕(惠王)은 그를 중용하지 아니하여 조 나라로 가서 중용되었다.

112) 변종운(卞鐘運), 상게서, 453쪽.

113) 황금대(黃金臺) : 연(燕)나라 소왕(昭王)이 국도의 동남에 대(臺)를 쌓고 천하의 현사(賢士)를 초치(招致)한 곳.

114) 변종운(卞鐘運), 상게서, 453쪽.

엉성한 울타리에 가난한 초가집을 털러온 도둑이 무엇 하나 가져갈 것 없어 빈손으로 나갔다. 최소한의 자존심마저 망가진 주인은 도둑에게 오히려 부끄럽다. 사람이 살면 최소한의 재물은 있어야 하는데 절박한 도둑이 가져갈 것 하나 없는 가난, 그리고 그것이 발각된 자존심의 붕괴가 쓸쓸하다.

> 머리를 돌려 봄빛을 보니 하나의 꿈이 헛되고
> 꽃은 날리고 버들가지 솜이 떨어져 사람의 옷자락에 붙네.
> 바람과 비가 뜰에 가득하여 가시 사립문을 닫아두고
> 반 남은 심지의 좋은 향기 속에 몇 권의 책만 읽네.

> 回首春光一夢虛 회수춘광일몽허   飛花落絮襲人裾 비화락서습인거
> 滿庭風雨荊扉掩 만정풍우형비엄   半炷名香數卷書 반주명향수권서115)
> ㅡ「春歸 춘귀」ㅡ

세월이 지난 뒤에 돌아보니 헛된 것이 많다. 젊었을 때는 봄빛을 보며 많은 포부를 가졌지만, 지금은 나이가 들어 봄빛이 별로 반갑지 않아 문을 닫고 책을 읽을 뿐이다. 아마 무상감이란 게 이런 것일 게다. 절대적 기쁨 또는 벅찬 것도 영원한 것이 없다. 한 순간이 무척 즐거웠을 뿐이다. 다음은 그의 가치관을 살필 수 있는 진론(秦論)을 본다.

---

115) 변종운(卞鍾運), 상게서, 455쪽.

주역에 말하길 『기미를 안다는 것은 그 신일 것이다』[116]하였다. 무릇 천하의 일은 일찍이 먼저 그 기미가 있지 않음이 없는데 하물며 국가의 성하고 쇠약하고 일어나고 망하는 것에 있어서이겠는가. 흥은 반드시 흥하는 때에 흥하는 것은 아니고, 망은 망하는 날에 망하기를 기다리지 않는다. 진실로 능히 사건을 따라서 미리 알 수 있는 것이다. 장차 그러하고 그러하지 않는 때는 이치가 본디부터 있어서 먼저 알 수 있는 것인데 어찌 반드시 이미 그러한 자취를 기다리겠는가.

진의 천하는 유방과 항우가 망친 것이 아니라 바로 호해[117]이다. 그렇다고 호해가 능히 진을 망칠 수 있었던 것은 아니다. 유생들을 묻어버리는데 장자 부소[118]가 간하여 말하길 '유생들은 모두 공자의 법을 외는 자들입니다' 하였다. 진시황이 크게 노하여 그로 하여금 북으로 가서 상군에 있는 몽염[119]의 군대를 감독하게 했다. 이것이 바로 진을 망친 날이다. 진섭[120]이 봉기하여 공자 부소를 사칭하니 천하가 부소를 잊지 않았음을 볼 수 있다. 부소를 변방으로 내쫓지 않았다면 시황제가 계실 때에는 그 곁에서 모시고 행차하시면 그 군대

---

116) 『지기기신호(知幾其神乎)』: 주역 계사하전 제오장(周易 繫辭下傳 第五章).
117) 호해(胡亥): 진시황(秦始皇)의 열여덟 번째 아들로 진(秦)의 2세 황제가 되었다.
118) 부소(扶蘇): 진시황의 장자(長子). 시황의 분서갱유(焚書坑儒)를 간(諫)하다가 노여움을 사서 경원(敬遠)되었다. 뒤에 시황이 몰(沒)했을 때에 재상 이사(李斯)와 환관 조고(趙高)의 거짓 조서에 의하여 사사(賜死)되었다.
119) 몽염 (蒙恬): 진(秦나)라 때의 장군. 군사 30만을 거느리고 나아가서 흉노를 무찌르고 장성을 쌓았다. 처음으로 붓을 만들었다고 한다.
120) 진섭(陳涉): 이름은 승(勝). 자가 섭(涉)이다. 어려서는 머슴살이를 하였는데 진이세(秦二世) 원년에 어양(漁陽)에 수자리로 갔다가 오광(吳廣)과 함께 반란을 일으켰다.

를 따를 것이다.[121]호해가 비록 악하나 궁중의 한 어린 동생에 불과
한데 어찌 능히 부소가 없음을 엿보아 그 지위를 빼앗겠는가. 시황제
가 죽고 부소가 즉위했다면 공자의 도를 존중할 줄 알고, 인과 의로
써 나라를 지켰을 텐데, 유방과 항우가 비록 큰 뜻이 있다 해도 또한
어찌 능히 드러내놓고 일어나 막강한 진을 범했겠는가.

대개 유생들을 묻어서 부소가 변방으로 내쫓겼고, 부소가 내쫓겨서
호해가 즉위했다. 호해가 즉위해서 유방과 항우가 일어난 것이다. 그
근원을 찾아 거슬러 오르고 그 근본을 헤아려 보면 어찌 유생들을 죽
여서 능히 진을 망친 것이 아니겠는가. 천년이 지난 지금 우리 공자
의 도는 해나 별과 같이 밝게 빛나고, 그 법을 외는 자가 천하에 널리
펴져 있는데 진시황의 위엄은 과연 어디에 있는가. 옛사람은 하나의
죄 없는 사람을 죽여 천하를 얻는 것도 하지 않은 자가 있었는데 진시
황은 바로 하루아침의 분풀이로 사람의 목숨 보기를 잡초와 같이 하
였다. 형곡의 화[122]는 상앙의 위수[123]보다도 가혹하고, 백기의 장
평[124]보다도 참혹하다. 이와 같은데 진이 어찌 망하지 않을 수 있겠
는가. 하물며 그 예와 의를 업신여기고 끊어버리며 백성들을 해롭게

---

121) 무군(撫軍): 태자(太子)가 그 아버지인 제후를 따라 출정(出征)할 때의 칭호.

122) 형곡지화(硎谷之禍): 갱유(坑儒)를 이름. 형곡(硎谷)이라고 하는 곳에서 유생(儒
生) 460여 명을 생매장한 사건을 가리킨다.

123) 상앙지위수(商鞅之渭水): 전국시대(戰國時代) 진(秦)나라 효공(孝公) 때 상앙은 정
승이 되어 신법(新法)을 만들고 자신의 신법에 불만을 가진 자들을 위수에서 무참
히 죽였다.

124) 백기지장평(白起之長平): 전국시대 진(秦)나라의 명장인 백기가 장평에서 조(趙)
나라의 대군을 격파하고 적군 40만을 생매장했다.

한 것이 오래되었으니 유생들을 묻은 것을 기다리지 않아도 진은 진
실로 이미 스스로 망한 것이다.

전대(前代)를 하나하나 살펴보면 스스로 그 천하를 망친 자가 또 적
지 않을 것인데 어찌 유독 진시황 한 사람뿐이겠는가.[125]

올곧은 소리를 듣지 않는 진시황의 태도가 진의 몰락을 가져왔다.
충정이 가득했던 부소가 버려지고, 어리석은 호해가 왕이 된 것은 어
쩌면 멸망이 예견된 수순이라는 것이다. 호해는 결국 항우와 유방을
불러들여 진을 멸망케 했다. 나름대로 진나라를 논하면서 인과관계에
충실하여 논점을 전개하고 있다. 동시에 백성을 천시하거나 목숨을 가
벼이 하면 결국 나라가 망하는 것을 은연중에 설파함으로써 민본의식
을 피력하고 있다.

---

125) 변종운(卞鐘運), 상게서, 495쪽. "凡天下事 未嘗不先有其幾 而况國家之盛衰興
亡者乎. 興未必興於興之時也. 亡不待亡於亡之日也. 苟能隨事而逆睹也. 將然未
然之際 理固有可以先知者矣. 何必待已然之跡也. 秦之天下非劉項亡之也. 乃胡
亥也. 非胡亥之能亡秦也. 坑儒生而秦遂亡矣. 方始皇之坑儒生也 長子扶蘇諫曰
'諸生皆誦法孔子' 始皇大怒 使之北監蒙恬軍於上郡 是乃亡秦之日也. 陳涉之起
也 許稱公子扶蘇 可見天下之不忘扶蘇也. 使其不出于邊 始皇居則侍其側 行則
撫其軍 胡亥雖惡不過宮中之一稚弟也 安能瞰其無而奪其位也. 始皇死扶蘇立 知
尊孔子之道 守之以仁義 劉項雖有大志 亦安能公然倔起以犯莫强之秦也. 盖坑儒
生而扶蘇出邊 扶蘇出而胡亥立 胡亥立 而劉項起矣. 溯其源而究其本 豈非死諸
生之能亡秦歟. 至今千載之下 吳夫子之道 炳如日星 誦法者遍天下 而秦皇之威
果安在哉. 古之人殺一不辜而得天下 有不爲之者 始皇乃逞一之念 視人命若草菅
然 硏谷之禍 酷於商鞅之渭水 慘於白起之長平 如是而秦安得不亡也. 况其蔑絕
禮義 荼毒生民久矣 有不待諸生之坑 而秦固已自亡者乎. 歷數前代 自亡其天下
者 又不少矣 豈獨一秦始皇也".

최윤창(崔潤昌)은 위항 시인으로 명성이 있던 최태완(崔泰完)의 후손으로 역시 시로 이름이 났다.

한데에서 자던 닭이 아침 일찍 울어대니
농부는 일어나 소에게 여물을 먹인다.
새벽녘의 잔월은 사립문에 아직 걸려 있는데
이랴 이랴 소를 몰며 서쪽 밭으로 일하러 가네.

茇舍鷄鳴早 발사계명조   農人起飯牛 농인기반우
柴扉掩殘月 시비엄잔월   呢呢向西疇 이니향서주126)
－「田舍 전사」－

수식을 억제하고 간결한 시어를 통해 시정의 삶을 소박하게 전개했다. 이런 것이 위항시의 특징이다. 문장에서 수사나 허식적인 내용을 절제하고 나타내고자 하는 내용을 간결하게 적시할 뿐이다. 건강한 생활상이 그려지고 소박한 서민의 정취를 함께 담아내고 있다.

---

126) 최윤창(崔潤昌), 「전사(田舍)」, 『동계유고(東溪遺稿)』, 『이조후기 여항문학총서』 권2(여강출판사, 1986).

7. 박윤묵 론

(1) 박윤묵의 생애와 한시

박윤묵(朴允黙: 1771~1849)은 서리라는 미관말직으로 시작하여 동
지중추부사를 거쳐 1835년 헌종 때에 평신진첨절제사로서 선치하여
송덕비가 세워질 정도로 명망 있는 관리가 되었다. 그의 본관은 밀양
(密陽)이며 자는 사집(士執)이고 호는 존재(存齋)이다. 효자로 이름난
박태성의 증손자로, 어산(漁山) 정이조(丁彛祚)의 문하에서 수학하였
다. 정이조는 당대 문학으로 세상 사람들의 사표가 되어 많은 제자를
두었다. 그러나 사후에 그의 시문이 흩어져 없어지자 제자 박윤묵이
나머지를 거두어 두 권의 문집을 만들었다. 이처럼 박윤묵은 스승의
소실된 시문을 찾아 엮는 인품을 가진 제자로 시문에 뛰어났으며, 서
예에도 능하였다. 정조 때 규장각을 설치하면서 그에게 교정보는 일을
맡겼는데 글을 정갈하게 다듬고 정리하여 은총을 두텁게 받았다. 그는
위항인들의 시사(詩社)인 송석원시사(松石園詩社: 천수경, 노윤적, 김태
욱, 장혼, 왕태 등으로 구성된 시회(詩會))의 어린 후배로 훗날 함께 활동
했던 지석관, 박기열, 조경식 등과 함께 이 시사(詩社)를 기리는 주요
인물이 되었다. 그는 약 3000여 수의 한시[127]를 남길 만큼 평생을 시

---

127) 그의 문집인 존재집(存齋集)은 25권 13책의 필사본의 시문집이다. 이 책은 권두
　에 최면(崔河)의 서문이, 권말에 박기수(朴騎壽)의 발문이 있다. 권1은 부(賦) 3
　편, 율부(律賦) 2편, 시78수, 권2~22는 시 2,900여수, 권23은 서(序) 20편, 시 9

작활동으로 일관하였다. 특히, 그의 시는 일반 사대부에서 보기 드물게 서민적 정취로 가득하다. 이런 모습은 아마도 그가 서민적인 생활을 하고 소박한 가치관으로 살아갔기 때문일 것이다.

그럼에도 박윤묵의 작가론적 고찰이나 작품에 대한 연구는 아직 미흡한 편이다. 다만 위항문학사나 고전읽기자료에서 열전의 형식으로 소개가 되었을 뿐이다.[128] 그것은 홍세태나 최기남, 정래교 등 수편의 학위논문이 나온 것과 대조된다. 이것은 홍세태, 정래교, 최기남 등이 치열한 사회 비판의식을 가진데 비해 박윤묵은 상대적으로 이런 점이 미약하다는 인상 때문일 수도 있고, 또 아직 위항작가군의 전반에 대한 관심이 많지 않은 것을 반증한다고 볼 수도 있다.

그러나 박윤묵의 경우 위항인의 전형적 표본성을 보여주고 있다. 즉, 생활에서 소시민적 의식과 위항인이 갖는 당대 사회에 대한 다양한 대응들을 살필 수 있다. 그리하여 박윤묵의 한시를 고찰하면 18세기말 지식인의 소박한 정감을 읽어낼 수 있고, 당대 보편적인 지식인

수, 발(跋) 4편, 권24는 찬(贊) 7편, 명(銘) 11편, 설(說) 10편, 논(論) 2편, 묘갈 2편, 권25는 잡저 19편, 제문 23편, 상량문 2편, 부록으로 행장 · 만사 · 묘갈 등으로 구성되어 있다.
128) 허경진, 『조선위항문학사』 (태학사, 1997), 509쪽.
_____, 『평민열전』 (웅진북스, 2002), 129~132쪽.
류기옥, 「존재(存齋) 박윤묵의 가전(假傳) 연구」, 『우석어문』 권8, 1998.
정후수, 『조선후기 중인문학연구』 (깊은샘, 1990). 243, 261, 264쪽.
안영길, 『조선 중인의 향기와 멋』 (성균관, 2003).
_____, 『조선 후기 위항인의 풍류활동과 문학』 (아세아문화사, 2007), 168쪽.
김창룡, 『한국의 가전문학』 (하) (태학사, 1999), 111~119쪽.
신승운 · 박소동 역, 『고전읽기의 즐거움』 (2004) 183~190쪽.

들의 삶의 모습도 추출할 수 있을 것이다. 왜냐하면 박윤묵은 당대로
보아서는 79세까지 살아서 비교적 장수하였으며 이 때문에 당대의
시대상을 문학으로 잘 담아내고 있다. 또 일상을 시로써 그려내어 18
세기 지식인의 일 특징을 파악하는데 매우 훌륭한 표본적 특징을 갖
고 있기 때문이다.

(2) 가계(家系)와 인식관(認識觀)

■ 가계(家系)

박윤묵의 집안은 대체로 한어(漢語) 역관(譯官)을 수행하였으며 효
행이 지극하여 칭송이 자자하였다. 즉, 인륜에 튼실한 가풍을 가졌으
며 그런 곳에서 자란 박윤묵은 매우 단아하고 맑으며 군자의 풍모를
가졌다고 하였다. 다음 「존재집(存齋集)」 서문을 살펴본다.

그의 얼굴과 기상이 화락하고 단아하였다. 그 사람의 7세조(忠健)는
선조조(宣祖朝)에 정사(政事)에 참여하여 천자를 따라 공을 세웠고, 6
세조(良臣)는 효종조(孝宗朝)에 정사에 참여하여 심양(瀋陽)에 따라가서
공을 세웠고, 증조 태성(泰星)은 효성이 지극하여 살아있을 때 정문(旌
門)이 세워졌으며, 할아버지 수천(受天) 또한 효성스러움으로 부역과
조세를 면제받았으니 충효와 여러 대(代)를 거쳐 쌓아온 덕이 이와 같
았다. 내가 그 사람의 집안을 살펴보니 넘치는 경사가 길게 이어질 것
이다. 아마도 그 윗세대에서 덕을 쌓았고 인(仁)을 쌓아서 거기에 이르
게 된 것이다.

존재(存齋)는 충효한 가문의 사람으로서 용모가 깨끗하고 평온하고 조용하여 욕심이 적으며, 집주변을 깨끗이 쓸고 하루 종일 책을 읽으며, 정숙하게 자신을 처신하였기에 만약 그 선행과 악행을 구별하는 것 같은 것을 오히려 힘쓰지 못할까봐 걱정했다. 술을 잘 마시지 못하지만 다만 그것을 사랑하여 흥이 나면 매번 산과 물, 아름다운 곳을 찾아 길게 휘파람을 불고 명랑하게 시가를 읊조리며 자주 기뻐하여 돌아오기를 잊어버렸다. 많은 어린 아이들과 함께 난새와 학이 사는 언덕에 머무르니 그 자신이 행하는 것을 알 수 있었다. 평생토록 시를 짓는데 버릇이 들어 육십 년을 하루같이 하여 많은 글을 지었다. 진실하여 화려하고 숨기는 것이 없었으며 생각에 사악함이 없었으니 가히 그 사람됨을 알 수 있다. 또한 임지(臨池)[129]의 학(學)을 여러 해 동안 부지런히 공부하여 깊이 왕위의 남긴 법도를 얻어 정조임금께서 권장하여 칭송 받는 은혜를 입었으니 진실로 세상에 드문 문장가이다. 내가 마침내 한숨을 쉬며 탄식하여 말하기를 삼품절제사(三品節制使)가 어찌 시와 붓의 뛰어난 재주와 여러 해를 부지런히 공부한 것을 보답할 수 있겠는가. 때에 평신진첨절제사(平薪鎭僉節制使)가 되었다고 한다.[130]

---

129) 臨池(임지): 후한(後漢)의 장지(張芝)가 연못가에서 붓글씨를 배울 때에 못물이 온통 까맣게 변했다고 하는 고사. 습자(習字)의 뜻으로 쓰임.

130) 임형택 편, 「存齋集」, 『이조후기 여항문학총서』 2권(여강출판사, 1986), 225쪽.
"愷悌 其人也 七世祖(忠健)參 宣廟朝扈聖勳 六世祖(良臣)參 孝廟朝瀋陽扈從勳 曾祖(泰星) 以孝生時旌閭 祖(受天)又以孝給復忠孝世德如此 余觀人家 餘慶綿遠 盖其上世積德累仁有以致之也 存齋以忠孝家人 顔貌玉雪 恬靜寡慾 淨掃房室 竟日看書 窈窕然處自身 若其淑慝之辨則猶恐不力焉 不善飮但愛之 而寄興每遇山

매우 성실하게 공부하였으며 예의 바르고 온순한 성품의 소유자인 것을 알 수 있다. 특히, 60년을 하루같이 할 만큼 평생 시를 지었다고 한다. 즉, 그에게 시는 그의 인생사이자 생활의 전모를 대변하는 일기(日記)와도 같은 것이었다. 그런 그에게는 다음과 같은 일화가 있는데 그의 인품을 잘 살필 수 있는 한 예가 될 것이다.

박윤묵에게는 친한 벗이 있었다. 그 벗이 양식거리가 없으면 박윤묵이 양식을 보내 주었고, 병이 심할 때에는 몸소 약맛을 보아 가며 먹였다. 그러나 그가 죽자 장례에도 부족하지 않게 도와주었다. 그런데 그 벗에게는 예쁜 첩이 있었는데 자식까지 없었다. 어느 날 그 첩이 사람을 보내어 "군자의 덕에 감사드립니다. 죽어서도 결초보은할 수 있다지만 살아 있을 때 만분의 일이라도 갚는 것만 못합니다. 바라건데 쓰레받기와 비를 받들어서라도 은혜를 갚고 싶습니다"라고 하였다. 그러자 박윤묵이 정색을 하여 물리쳤다. "만약 당신의 뜻에 따른다면 나를 어떤 처지로 만들 것 인가요? 벗이 죽자 그 첩을 내 첩으로 삼는다면 벗이 죽은 걸 다행스럽게 여기고 오늘이 있기를 바란 것이 됩니다. 평소 나를 알아주는 사람이라 여겼는데 어찌 나에게 이런 못된 짓을 하게 한단 말입니까?" 라고 하였다. 그리고 그 첩이 갈 곳이 없고 이끌어 줄 사람이 없음을 딱하게 여겨 다른 사람에게 시집

水佳處 長嘯朗詠 輒欣然忘返 諸兒子皆鸞鵠停峙 可知其所自也 平生癖於詩 六十年如一日而多用賦體 惆焗無華蔽之 以思無邪 而可知其爲人也 且於臨池之學 積年勤工深得王衛遺規至蒙我正廟 奬諭 誠稀世之筆家 余逐喟然而歎曰 三品節制使 豈足償詩與筆之偉材積工也歟 時爲平薪鎭云爾".

을 보내 주었다.[131]

이런 일화를 통해 박윤묵의 인품을 충분히 이해할 수 있을 것이다. 친구를 위해 변함없는 우정을 보이고 인륜에 튼실한 그의 인간적 면모를 칭송할 만하다.

■ **인식관(認識觀)**

그는 사람의 본성이 착하지만 물욕으로 더럽혀졌기 때문에 물욕을 버리고 착한 본성을 회복해야 한다고 했다. 다음은 이런 인식을 촛불에 비유하여 서술하였다.

[**촛불에 비유하여**]

대저 촛불은 작은 것이지만 또한 족히 사람에 비유할 수 있는 큰 것이다. 그 밝기는 본성(本性)의 선(善)과 같고, 그 중심의 불꽃은 마음의 허령(虛靈)과 같다. 그 빛이 사방으로 나와서 한 집의 안을 두루 밝히는 것은 인(仁)이 밖에서 퍼져 사물에 미치는 것과 같다. 그 기름에 하나의 흠집이라도 있지 아니하면 그 불은 배로 밝아지고, 그 찌꺼기를 모두 버리지 않으면 그 불 또한 밝지 않은 것은 기질이 맑고 흐리며 순수하고 섞인 것을 구별하는 것과 같다. 그 타버린 나머지가 가까운 데로부터 깊은 곳으로 들어가는 것은 간절히 묻고 깊이 생각하여 도에 이르고 덕에 들어가는 순서와 같다. 그 불이 저절로 밝아

---

131) 조희룡, 호산외기(壺山外記)

지지 못하고 반드시 사람을 기다린 뒤에야 밝아지는 것은, 사람이 능히 스스로 선하지 못하고 반드시 성현에게 배운 뒤에야 이룰 수 있다는 것과 같다. 무릇 그 체용의 다름을 논한다면 초의 불은 그 체(體)요, 밝아져야 할 바를 밝혀서 다른 것을 비추는 것은 용(用)이며, 인생의 본성(本性)이 선(善)한 것이 그 체(體)요, 그 선(善)을 밝혀 인(仁)에 그치는 것이 용(用)이다. 그렇다면 초가 밝지 않은 것은 초의 잘못이 아니요 반드시 그 찌꺼기와 더러운 것이 그 사이에 있기 때문이요, 사람이 능히 인을 밝히지 못하는 것은 본성이 악하기 때문이 아니요, 반드시 물욕이 그것을 가리기 때문이다. 초는 그 찌꺼기와 더러운 것을 버려야만 밝음을 회복할 수 있을 뿐이오, 사람은 그 물욕을 버려야만 그 본성을 회복할 수 있을 뿐이다. 세간에 어찌 밝지 않은 초가 있을 것이며, 선하지 않은 본성이 있을 것인가?[132]

---

132) 임형택 편, 「存齋集」〈촉유(燭喩)〉, 『이조후기 여항문학총서』 4권(여강출판사, 1986).

  "夫燭小物也 而亦足有以喩人之大者 其明者猶性之善也 其中心之火者 猶心之虛靈也 其光芒四出而遍於一室之內者 猶仁之發於外而及於物也 其膏油一切無纖瑕則 其火倍明 其滓穢之未盡祛則 其火亦不明者 猶氣質淸濁純駁之別也 其燼由近而入深者猶切問近思造道入德之次弟也 其火不能自明 必待人而後明者 猶人之不能自善 必學聖賢而後有立焉者也 大抵論其體用之殊則 燭之火者 其體也 明其所以明而照於彼者 其用也 人生而性善 其體也 明其善而止於仁 其用也 然則 燭之不明 非燭之罪 必有滓穢以間之 人之不能明善 非性之惡 必有物欲以蔽之 燭棄其滓穢則 復其明而已矣 人祛其物欲則 復其性而已矣 世間豈有不明之燭 不善之性也哉".

체용(體用)관계를 중심으로 사람의 본성과 인(仁)을 설명하였다. 물욕(物慾)을 버려 본래의 선(善)을 회복하는 것이 인(仁)을 완성하는 것이라 주장했다. 이런 것은 매우 보편적인 성리학적 의식이다. 조선 중엽이후 부터 사단칠정론(四端七情論)이나 호락논쟁(湖洛論爭) 역시 이와 같은 맥락에 서 있다. 따라서 그가 매우 보편적인 성리학적 의식을 견지한 것을 살펴 볼 수 있다. 다음 역시 이런 맥락에서 그의 성리학적 의식을 읽어 볼 수 있다.

[명덕설(明德說)]

대개 명덕(明德)은 성현이나 어리석은 사람이나 함께 타고난 것인데, 위에 있는 하나의 명자(明字)가 성현과 어리석은 사람을 구분해 준다. 눈으로 보는 것과 귀로 듣는 것과 코와 입으로 맡고 먹는 것과 손과 발로 때리고 치는 것 모두가 한 마음이 중심이 되어서 나오는 것이다. 그리고 마음속으로 얻어져서 밖으로 표현되는 것이 덕이다. 자기가 만난 바를 따라서 여기에 반응하여 어둡지 않은 것이 명(明)이다. 합쳐서 이름하여 명덕(明德)이라 한다.

비록 대단히 미련한 사람이라도 또한 반드시 이와 같은 진실이 없다고 말할 수 없고, 이른바 대단히 미련한 사람이라도 도를 아는 마음이 없다고 할 수 없는 것이다. 그러나 터럭만한 차이가 뒤에 가서는 천리나 어긋난다. 선악의 기미가 그 빠르기가 역말 같아도 그 요점은 밝은데 있다. 밝아야 할 것이 진실로 밝지 않으면 명덕(明德)이라 할 수 없다. 이것이 대단히 미련한 사람은 명덕을 반드시 가지고 있다고 말할 수 없는 까닭이다. 그러므로 성인은 위에 있는 한 명자(明字)를 가지고 요컨대 학자들에게 손을 대고 힘을 쏟아서 처음 본신으로 돌아가는 것을 가리키는 단계가 되는 것이다.

아, 처음 생겨난 것에서 보면 하늘로부터 타고 난 것과 사람들이 받은 것이 순수, 정대, 광명, 통달하지 않은 것이 없다. 지각이 안에서 어지럽히고 물욕이 밖에서 꼬여내서 지난날의 순수한 것이 지금은 잡박해 지고 지난날의 광명한 것이 지금은 어두워졌다. 만약 밝게 하는 기술과 날로 새로워지는 공력이 없다면 때 낀 거울을 닦지도 않았는데 어디서 빛을 취할 것이며, 연못을 흔들지도 않았는데 그 그림자를 달아나게 하겠는가?

위로부터는 요, 순, 우, 탕, 문, 무왕이 임금이 되었고 아래로는 주공, 공자, 맹자, 안자, 증자 모두 성인이 되어서 모두 이 한 명자(明字)로부터 말미암았다. 그래서 이것으로 마음을 밝히면 진실로 하나의 명덕(明德)이 되고 이것으로 세상도 밝히면 유신(維新)의 백성이 된다. 이것으로써 곡수(마음이 바르지 않은 곳에 바른 마음을 미치게 함)에 두루 응할 것 같으면 해당되지 않는 곳이 없다. 그러므로 위에 있는 명자(明字) 하나가 성우(聖愚)가 나뉘어지는 것이다. 아! 아는 것은 좋아하는 것만 같지 못하고, 좋아하는 것은 즐기는 것만 같지 못하고, 즐기는 것은 행하는 것만 같지 못하다. 그렇다면 마땅히 어떤 술법으로 이것을 행하겠는가? 대답하기를 몸으로 행할 뿐이고 성실과 공경하는 것뿐이다.

진실로 자기 몸으로 체험하지 아니하고 단지 옛 가르침에 얽매어 남에게 말할 때는 "반드시 어떤 것이 명덕이고 어떤 것이 성경(誠敬)인가?" 얘기하면서 만약 묻기를 "자신이 날마다 하는 일 가운데 어느 곳에서 명덕을 볼 수 있는가? 어느 곳에서 성경(誠敬)을 볼 수 있는가?"라고 하면 캄캄해서 대답할 줄 모른다. (도교의) 양생자(養生者)는 비록 성현의 말씀을 말하고 성현이 쓴 글을 읽기는 하지만 또한 몸과 마음에 무슨 이익이 있을 것인가? 대저 이를 밝히려고 하는 사람은 말 한 마디를 내고 일 하나를 행하는데도 반드시 자기 몸가짐을 전전긍긍한다. 밝게 구별하고 깊이 생각해서 사람 욕심이 탐욕에 잠기는 것을 막고 천리의 본연을 따르는데 힘 쓸 수 있다.

이것을 칼 가는 사람에게 비유할 것 같으면 깊이 낀 때를 제거하기에 힘쓰면 칼날이 스스로 날카로워지고, 밭가는 데 비유하면 먼저 가라지를 제거하면 스스로 싹트는 것과 같다. 이에 따라서 지난 날 어두웠던 것이 밝게 빛날 것이고, 잡박한 것이 순수하게 될 것이다. 천리(天理)가 나에게 있는 것이 탁 트여서 텅 비고 신령스럽다. 그래서 모든 일에 골고루 응할 수 있다. 그러므로 각기 마땅한 데로 돌아간다. 이와 같이하는 사람이 있다면 비록 명덕에 대한 학설을 듣지 않는다고 할지라도 스스로 명덕을 갖추는데, 해로울 것이 없다. 만약에 한갓 옛날 사람들의 진부한 말을 주워 모아서 박학다식한 것처럼 생각하는 사람은 어찌 더불어 성현의 도에 대해서 논할 수 있는 것인가? 학자는 정자의 가르침을 깊이 연구하여 마음에 새겨서 몸으로 새기는 공부를 하면 거의 옳은데 가까울 것이다.133)

생래적인 성선의 주장 중에 하나가 명덕이다. 그래서 명명덕(明明德)해야 하는 것이다. 그럼에도 명덕의 실현이 잘 되지 않는 것은 물욕 때문이라고 보았다. 그래서 실천의 중요성을 역설하고 있다. 즉 성경(誠敬)을 실천하여 성(聖)의 경지를 도달하려 했다. 성(聖)을 완성하는 것이 박윤묵이 생각하는 이상적인 목표점이었다. 지극히 보편적인 성리학적 의식을 가졌던 것을 다시금 확인할 수 있다. 그리고 생사(生死)에 대하여 매우 심층적인 관점을 갖고 있다.

---

133) 임형택 편, 「존재집(存齋集)」권1, 『이조후기 여항문학총서』 2권(여강출판사, 1986).

"夫明德者聖愚之所同得 而上一明字 卽聖愚之所辨也 目之所睹 耳之所聽 鼻口之所饗嗅 手足之所搏擊 皆由於一心之爲主 而得於心而見於外者德也 隨所遇而應之不昧者明也 合而名之曰明德. 雖下愚亦不可謂必無眞 所謂雖下愚不能無道心者也 然豪髮之差千里謬之 善惡之後 其速如郵 其要在於明 而明之苟不明之不足爲明德 此下愚所以不可謂明德之必有者也 故聖人上一明字 要使學者 有所不手着力指示復初之階梯也 噫自其始生而觀之 天之所賦 人之所受 莫不純粹正大光明通達 知覺內速 物欲外誘 向之純粹者 今焉駁雜 向之光明者 今焉昏瞽 若無明之之術日新之工 則鏡塵不磨 安取其光 方塘不擾 劫逃其影. 上焉而堯舜禹湯文武之爲君 下焉而周公孔孟顔曾之爲聖 皆由於一明字 而明之於心 則爲眞箇明德明 之於世 則爲惟新之民 以之 泛應曲邃 無所處而不當 故曰上明字卽聖愚之所辨也 嗟乎知之不如好之者 好之不如樂之者 樂之不如行之者 然則當以何術而行之哉 曰體驗而已 誠敬而已. 苟不驗之於身 徒泥古訓 對人言必曰何者爲明德 何者爲誠敬 而如聞 自家日用所爲何處可以見明德 何處可以見誠敬 則蒙然不知所對 養生者 雖道聖賢之言 雖讀聖賢之書 亦何 盖於心身哉 夫欲明之者 出一言行一事 必戰兢自持 明辨審思 克杜人欲之泪檗 務徒天理之卒然. 比如磨刀者 務去深累則芒刃自利 耕田者先除稂莠 則嘉穀自茁 於是乎向之昏翳者光明 駁雜者純粹 天理之在我者 洞然虛靈 泛應万事 各歸其當 如此者雖不聞明德之說 不害有自家之明德也 若徒拾音人之陳言 以爲博洽者 烏可與議於聖賢之道哉 學者深究程子之訓 刻意體認之工 則庶乎其可也".

[생사(生死)에 관한 논의]

사물의 이치는 기(氣)가 양(陽)이 되고, 정(精)이 음(陰)이 되고, 혼(魂)이 신(神)이 되는 것과 같으니, 혼(魂)이 모이는 것을 일러 生이라한다. 능히 삶이 아닌 것 앞에서 미룰 수 있고, 반대로 죽은 뒤에 그것을 볼 수 있다면 그 생(生)과 사(死)를 가히 얻어 볼 수 있는 것이다. 그러므로 주역(周易)에 말하기를 "시작의 근원은 끝으로 되돌아간다"라고 했다. 그러므로 생사(生死)의 설명은 사람의 생사(生死)밖에 있지 않음은 여기서 알 수 있다. 그 삶에 있어서는 곧 생(生)이고 죽음에 있어서는 사(死)이니 반드시 구차하게 살고자하는 것이 아니고, 헛되이죽지 않을 것이니, 모두 천명(天命)에서 들었을 뿐이다. 무릇 금단(金丹)의 비결은 그 삶을 더 끌고자 하는 것이고, 윤회(輪回)의 설(說)은그 죽음을 꺼리려하는 것이다.

정자(程子)가 이른바 노자(老子)는 삶을 탐하는 무리들이고, 불교(佛敎)는 죽음을 두려워하는 무리가 바로 이들이다. 삶을 탐하는 것은 미혹됨이고, 죽음을 두려워하는 것 또한 미혹됨이니, 이는 모두 하늘의이치를 바르게 알지 못하는 것이다. 한 개인의 사사로움을 구하고자하니, 오히려 어찌 도에 만족하겠는가?

또, 소위 천주학(天主學)이라는 것은 누가 그것을 행하고, 누가 그것을 전했겠는가? 그 책을 내고 그 무리가 많아서 생사(生死) 보기를기러기 털같이 하고, 칼과 톱에서도 차(茶)와 음식을 보는 것같이 한다. 일찍이 그 생(生)을 탐(貪)하고 죽음을 두려워하는 이것은 과연 노자(老子)의 무리와 불(佛)의 무리가 아니겠는가? 그 생사(死生)의 사이에 처한 까닭은 도리어 불(佛), 노(老)의 미혹한 것과 같이 않겠는가?

삶에 대해 좋아하든 좋아하지 않든, 죽음에 대해 좋아하든 좋아하지 않든, 저들은 이미 그 사는 것을 좋아하지 아니하고, 그 죽음을 싫어하지 아니함이 심하여 이단(異端)이 사람의 마음에 옮겨진 길이 되었다. 그 해로움이 죽음에 이르는 것을 오히려 알지 못하는구나. 아하! 또한 슬프구나! 대저 산 사람을 봉양하고 죽은 사람을 장사지냄은 왕정의 중함이니 이에 성인은 효제(孝悌)로써 가르치고 의식(衣食)으로써 기르며, 덕(德)으로써 성인을 본받게 하고, 업(業)으로써 이롭게 쓰이게 하였다. 그 죽음에 미쳐서는 관곽(棺槨)으로써 장사 치르고, 때에 따라 제사를 지내며, 상복으로써 근본에 보답하며, 슬픔으로써 정을 다하니 이것은 천리의 떳떳한 도리이며 고금에 통하는 도리이다.

만약 혹 살아서는 그 봉양함을 다하지 못하고 죽어서도 그 장사지냄을 다하지 못했다면 그 사람의 도리를 다하지 못함에 부끄러움이 있지 않겠는가? 하물며 사람이 태어나서 신체발부(身體髮膚)는 부모에게 받은 것이니 부모가 온전히 낳아준 것을 온전하게 하여 죽는 것이 옳은가? 그 훼손하여 상하게 하는 것이 옳은가? 반드시 상하지 않고 온전히 돌아가는 것은 비유하면 불을 보듯 분명하다. 그러므로 옛 성인은 모두 그 명(命)을 알고자하여 따르지 않은 것이 없었으니 그 이치는 하늘에 밤낮이 있고, 사시(四時)에 성쇠가 있는 것과 같을 뿐이다. 한편 혹 그 명(命)을 어기고 그 이치를 그릇되게 한다면 우리의 도리가 아닐 것이다.[134)

박윤묵이 살던 시대에는 천주교가 전래된 것을 알 수 있다. 과거 중국을 거쳐 이해하던 천주학이 그 시대에는 일반적으로 거론할 정도가 된 것이다. 그러나 박윤묵은 유가적 견지에서 오랫동안 전래되어 온 노불(老佛)과 당대의 천주(天主)를 비판하고 있다. 그의 인식관은 전형적인 유자(儒者)의 입장을 견지하여 세상을 이해하고 있다. '신체발부 수지부모 불감훼상 효지시야(身體髮膚 受之父母 不敢毁傷 孝之始也)'를 인용하여 효행을 강조하고 순리적이며 성경(誠敬)한 삶을 살고자 한 모습을 살필 수 있다. 그리하여 그는 스스로 현실적인 만족과 논리에 충실한 가치관을 지향하였다.

---

134) 임형택 편, 「존재집(存齋集)」, 『이조후기 여항문학총서』 2권(여강출판사, 1986), 225쪽.
"物之理同 氣爲陽精爲陰魂爲神 魂聚則所謂生也. 能推於未生之前 反觀乎已死之後 則其生也死也 可得以見矣 故易曰原始反終 故知死生之說 人之死生不外乎此 於其生則生 於其死則死 不必苟生 亦不必徒死 一切聽於天命而已 夫金丹之訣欲延其生 輪回之說欲諱其死 程子所云 老是貪生之徒 佛是畏死之類者是也 貪生者惑也 畏死者口 惑也 此皆不識天理之正 欲濟一己之私尙何足道哉 且所謂天主學者 孰爲之而孰傳之耶 其書出其徒繁 視死生如鴻毛 赴鋸如茶飯 未嘗貪其生畏其死是果老之徒歟佛之徒歟 其所以處於死生之間者 反不苦佛老之惑矣 愛莫愛於生 惡莫惡於死 而彼旣不愛其生 不惡其死甚矣 異端之移人心術也 其害有至於死 而尙不知 悟呼且悲 夫大抵養生送死 王政之大者 於是乎有聖人者 作孝悌以敎之 衣食以養之 德以踐形 業以利用 及其死也 棺槨以葬之 時節以祭之 服以報本 哀以盡情 此天理之常經 古今之通誼也 若或生不得盡其養 死不得盡其送 則其不有愧於人之道無幾矣 況人之生也 身體髮膚 受之父母 父母之所全以生之者 其全以歸之可乎 其毀以傷之可乎 其不必毀傷 而全歸者 譬若觀火之明矣 故古昔聖人 皆莫不知其命而順 其理如天之有晝夜 如四時之有消長而已 一或逆其命 而拂其理 則非吾之道也哉".

(3) 박윤묵의 시세계

■ 시인으로 산다는 것은

박윤묵은 송석원시사(松石園詩社)의 회원이었다. 또 서원시사(西園詩社)에 참석하여 후배들을 격려할 만큼 시인으로서 명망이 있었다. 그리하여 그의 문학을 이해하는 과정에 시인으로서의 행보를 살피지 않을 수 없다. 시인으로서 교류가 활발했을 뿐만 아니라 활동도 왕성했기 때문이다. 다음은 병석에 있는 시인 노혜경을 찾아보고 지은 것이다.

> 맑은 시는 참으로 뛰어난 것으로
> 이 사람을 버릴 수 없네.
> 문장의 재주가 뛰어나 죽기에는 아까우니
> 술을 경계하는 것이 미연에 방지하는 것이라네.
> 달 뜨는 저녁 병중에 있으니
> 떨어진 매화가 가득할 때라.
> 시내 앞에서 달을 대하니
> 서로 만남을 언제 다시 할 것인가?

> 淸詩眞節品　　　不可捨斯人
> 文戰惜輿櫬　　　觴箴近徙薪
> 病居叢桂夕　　　暇滿落梅春
> 待得溪前月　　　逢迎庶更因[135]
> − 贈盧惠卿臥病 −

병든 시인을 문병하고 지었다. 재주있는 시인이 사경을 헤매일 때 달이 뜨고 매화가 진 봄날의 계절이라 더욱 애잔하다. 시인으로서 시인을 아끼는 마음이 잘 투영되고 있다.

우리 고향의 풍기가 점점 엷어져서
시도(詩道)도 세월을 따라 시들어 가네.
선배들은 저승에서 흙이 되어 썩었고
후배들은 흰 머리되어 세속에서 울고 있네.
예리한 말로써 누가 천금자(千金字)를 지을 수 있는가?
만 길이나 되는 필세(筆勢)를 몰기 어려워라.
만약 여러분이 더욱 노력한다면
선배들의 학문의 세계가 어찌 멀다고만 하겠는가?

吾郞風氣漸蕭條　　詩道隨時亦易凋
前輩黃泉成土朽　　後生白首泣塵囂
詞鋒誰作千金字　　筆勢難驅萬丈湖
若使諸賢可努力　　前行學海豈云遙[136]
－ 贈西園諸賢 －

서원시사(西園詩社)에 참석하여 후배들을 격려하며 지은 시이다. 원래 서원시사는 김낙서의 일섭원(日涉園)을 물려받은 아들 김희령과 그 후배들을 중심으로 위항시사가 모인 것이다. 이 자리에 박윤묵이 참

---

135) 임형택 편, 「存齋集」권1, 『이조후기 여항문학총서』 2권(여강출판사, 1986).
136) 상게서.

석하여 쇄락해 가는 시사(詩社)의 현실을 이야기하며 다시금 시사의
중흥을 축원하여 지은 것으로 강개한 심정을 살필 수 있다.

국화꽃길이며 단풍나무들이 있는 곳곳마다 기이한데
일곱 그루 소나무가 다시금 둘러 울타리가 되었네.
맑은 가을날 숲속에서 마음껏 술 마시고
낮에는 고즈넉한 곳 돌 위에서 바둑을 둔다.
이 좋은 곳에 오래도록 사는 사람이 없다가
이름난 정원이 비로소 주인을 얻었네.
청컨대 그대는 우리들의 놀이가 게으르다고 비웃지 말라
병에 걸려 고향의 오두막에 누웠더니 세월도 느리네.

菊徑楓壇面面奇　　　七松又復繞爲籬
秋晴跌宕林間酒　　　晝寂丁東石上棋
勝地久因居者廢　　　名園始得主人宜
請君莫笑吾遊倦　　　病伏鄕盧與歲遲[137]
　－ 寄七松亭主人池錫觀 －

　중종 32년(1537) 3월 명나라 사신 공용경(龔用卿)이 한양에 들어오
자, 중종이 그를 경회루에 초대하여 잔치를 베풀고는 인왕산의 이름
을 지어달라고 부탁하자 공용경이 곧 '필운산(弼雲山)'이라고 지어주
었다. 순조 때의 실학자인 유본예의『한성지략(漢城識略)』을 지으면서

---

137) 임형택 편, 「존재집(存齋集)」권1, 『이조후기 여항문학총서』 2권(여강출판사,
　　　1986).

필운대를 다음과 같이 소개하였다.

　필운대 옆에 꽃나무를 많이 심어서, 성안 사람들이 봄날 꽃구경하는 곳으로 먼저 여기를 꼽는다. 시중 사람들이 술병을 차고 와서 시를 짓느라고 날마다 모여든다. 흔히 여기서 짓는 시를 '필운대 풍월'이라고 한다. 필운대 옆에는 육각현(六角峴)이 있으니, 이곳도 역시 인왕산 기슭이다. 필운대와 함께 유명하다.

　칠송정(七松亭)은 필운대와 육간현 위쪽에 있다. 칠송처사 정훈서의 소유였을 칠송정에는 정내교 때부터 위항시인들이 모여서 시를 지었다. 그 뒤로 버려져 오랫동안 황폐해졌는데, 1840년대에 위항시인 지석관이 수리하여 다시 옛모습을 찾았다. 옥계사의 박윤묵과 그의 후배들인 박기열, 조경식, 김희령 등이 지석관의 칠송정과 김희령의 일섭원에서 자주 모여 서원시사(西園詩社)를 가졌다. 선배시인 박윤묵이 죽은 뒤에도 칠송정 자리에서는 옥계시인들의 모임이 계속되었다. 경복궁을 중건하는 대사업을 벌이던 대원군은 위항지식인들과 손을 잡기 위하여 칠송정을 수리하여 주었다. 또 대원군과 가깝게 지내던 박효관, 안민영 등의 가객들도 모여들어 위항문화의 꽃을 피웠다.138) 아마 지석관이 칠송정을 수리하고 초대를 하자 이에 응하여 지은 시(詩)일 것이다.

---

138) 허경진, 『조선위항문학사』(태학사, 1997), 416~417참조.

대동강 강가의 달은 서리와 같고
높은 누각의 생황과 노래 소리는 멀고 길다.
한밤중에야 노래가 끝나고 사람들은 다 갔으니
달빛을 나누어 지금 낚시질을 할 것인가?

大同江上月如霜　　高閣笙歌風外長
夜半曲終人去盡　　淸光分與釣魚郎[139]
－ 月夜宴鍊光亭歸路口占 －

　대동강 강변의 연관정에서 시회(詩會)가 끝나고 남은 흥취를 읊조
렸다. 호사스러운 누각에서 화려한 시회는 밤이 늦도록 멀리까지 그
연주소리가 들리었다. 이제 사람들이 떠났지만 맑은 달빛에서 낚시를
드리운다. 박윤묵의 낭만적 정취를 살필 수 있다.

■ 여행을 즐기며

　여행은 동서고금을 막론하고 누구나 즐기던 삶의 궤적이다. 특히,
실권한 양반이나 위항인들에게 여행은 빠트릴 수 없는 과정이었다.
그만큼 여행은 답답한 삶에 대한 위안이나 국면을 전환하는 계기를
만들어주기도 한다. 그러나 동시에 현실에 대한 강한 집착을 굴절시
켜 표현하는 양면성을 갖는다.

---

139) 임형택 편, 「존재집(存齋集)」 권1, 『이조후기 여항문학총서』 2권(여강출판사, 1986).

박윤묵 역시 많은 여행을 했다. 그러나 그의 여행은 장거리나 작심한 특정 지역의 탐방이 아니라 일상에서 비교적 근거리의 평담한 여정을 주로 보여주고 있다. 분명 독특한 여행이 아니라 일상의 평담한 풍광에서도 시인은 감동한다. 대상이 아름답기보다는 시인의 심상이 풍부하고 아름답다. 이런 것이 박윤묵 기행시의 일 특징이다. 다음 역시 이런 면을 찾을 수 있다.

돌은 쌓여 수십이랑 이요
시냇물은 옥돌과 뒹구네.
마주한 큰 바위는 술 취한 나그네를 둘러싸고
시냇가 초가집에는 해가 내리쬐네.
큰 술잔에 죽엽주를 따르고
장검을 연꽃에 씻으려 하네.

악기의 반주도 없이 노래를 부르고 또 부르니
산에 해가 저무는 것도 알지 못하는구나.

石蟠數十畝　　澗水玉交加
嚴面揮朱客　　溪頭曝白家
大樽開竹葉　　長劒洗蓮花
更有淸歌發　　不知山日斜[140]
－ 午憩洗劒亭 －

---

140) 임형택 편, 「존재집(存齋集)」권1, 『이조후기 여항문학총서』 2권(여강출판사, 1986).

조선시대에 서울의 풍류는 삼청동에서 즐기거나 조금 더 나아가면 자하문을 지나 세검정에서 노닐었다. 삼각산 자락의 맑은 물과 기암괴석들이 하나의 풍경을 이루었다. 시인과 묵객들은 시를 짓고 사군자를 치며 술을 곁들여 즐거움을 더하였다. 흥취가 깊어 악기가 없어도 노래는 이어지고 해가 저무는 것을 모른다고 했다. 고조된 흥취와 풍류의 즐거움을 읊조렸다.

　　　달천이 싸움에서 이긴 땅은 아니지만
　　　긴 세월 동안 사람들에게 유명하더라.
　　　빼어난 모습은 여전히 그대로인데
　　　위엄과 충성은 흩어져 애처로운 마음이 생기는 구나.
　　　명나라는 열사(烈士)를 남겼지만
　　　조선은 만리장성을 잃었네.
　　　당시의 뜻만 이루었더라면
　　　황하가 온통 맑은 것을 볼 수 있었을 텐데.

　　　撻川非勝地　　千載以人名
　　　英像猶無死　　危忠散惜生
　　　大明遺烈士　　東國喪長城
　　　若遂當時志　　黃河見一淸[141]
　　　− 拜撻川林將軍影宇 −

---

141) 임형택 편, 「존재집(存齋集)」, 권1, 『이조후기 여항문학총서』 2권(여강출판사, 1986).

달천(撻川)은 임경업 장군이 태어난 충주의 달천(達川)을 가리킨다. 임경업 장군은 지략이 뛰어나고 많은 전공을 세웠지만 시류(時流)가 그를 억울하게 죽게 하였다. 명나라에 대한 의리와 충정은 임경업을 통해 확인할 수 있다. 그리하여 그를 더욱 애도한다. 중국과의 매우 좋은 관계 설정은 아마도 명나라와 함께 하면서 부터이다. 그리하여 조선은 전쟁을 잊을 정도로 명(明)과의 우호적 관계에서 지냈다. 그러나 그 질서를 깨트린 것이 청의 건국이었다. 따라서 조선의 입장에서는 청(淸)과의 관계가 그리 좋을 수가 없었다. 그 중심에 임경업 장군이 있다. 그리고 그를 애도하는 조선 다수 민중의 심정을 박윤묵을 통해 읽어 볼 수 있다.

가을바람이 불어 그치지 않으니
낙엽이 산 속 누각을 가득 채우네.
단풍나무는 무성한 숲 속에서 물이 들고
구름은 아득한 가을 하늘에 생겨나네.
온갖 소리는 적멸(寂滅)로 돌아가고
여러 형상은 청유(淸幽)에서 생겨나네.
나에게는 국화주가 있으니
가벼운 추위쯤은 근심할 것도 없다네.

西風吹不盡　　落葉滿山樓
楓老冥冥樹　　雲生漠漠秋
千聲歸寂滅　　萬象發淸幽

我有黃花酒   輕寒不足愁[142]

－ 小憩山暎樓 －

가을 산에서 소멸해 가는 낙엽을 바라보며 고적한 심정을 노래했
다. 시 전반에 배경 묘사에 충실할 뿐 반전을 주는 구절은 없다. 지극
히 평담한 시어를 통해 가을 산의 풍광을 묘사하고 그 속에서 느끼는
소박한 심상을 순행적 구조로 서술했다. 그 중에서도 제발 쌀쌀한 가
을 산에서 시인이 준비한 것은 국화주이다. 순박하고 재미있다. 그리
고 낭만적이다. 이런 것이 박윤묵 시(詩)의 특징이다.

　　암자가 천상(天上)에 있는 것 같아
　　고고(孤高)하여 오를 수가 없네.
　　개미가 가듯 돌에 붙어 다투고
　　고기를 꿰듯 넝쿨을 잡고 올라가네.
　　바야흐로 위태한 길이 다했다고 여겼는데
　　오히려 몇 길이나 올라가야 하네.
　　한 바가지의 물이 천금(千金)과 같으니
　　감격하여 암자의 스님께 사례한다네.

　　蘭若如天上   孤高不可登
　　蟻行爭附石   魚貫遞攀藤
　　方謂危途盡   猶餘數仞升

142) 임형택 편, 「존재집(存齋集)」, 권1, 『이조후기 여항문학총서』 2권(여강출판사, 1986).

千金一瓢飲　　感激謝菴僧[143]
－ 元曉菴途中 －

원효암을 찾아 가는 길이 매우 험난한 것을 서술했다. 함련에 개미와 고기에 빗대어 산행의 어려움을 더욱 절감토록 그려 내었다. 경련에서 반전을 기대했는데 아직도 험한 길이 남은 것을 이야기하고 있다. 하지만 스님이 주는 시원한 생수가 힘을 돋게 한다. 이것은 시적인 정감이라기보다는 거의 산행에서 실제적으로 느낀 것을 여과 없이 압축한 기행기이다. 시가 일상을 담는 하나의 기록으로서 보여진 사례이다. 이런 것이 박윤묵 한시의 특징이다. 오랜 고뇌 끝에 토해내는 애절한 비수의 뇌성도 아니며, 깊이 우려낸 은은한 차의 맛도 아니며, 그저 풋풋하고 다소 떫은 오디맛과 같다. 그러나 첫 몇 수는 매력이 없어 눈에 띄지 않지만 그것을 여러 수 읽다보면 그 순박함과 진실함에 매료되는 것이다. 특히 위 시는 산행을 경험한 사람만이 그 심정에 수긍이 가는 것이다.

■ 맺는말

그의 가계는 평탄한 중산층 하급 관리를 계승하였다. 그리고 누대로 효행을 실천하여 칭송을 받을 만큼 인륜에 튼실하였다. 이런 가풍에서 박윤묵은 맑은 심성을 갖고 평생토록 시작활동(詩作活動)에 전념하였다. 또 후배들을 격려하여 서원시사를 세울 만큼 위항시인들에게는 지

---

143) 임형택 편, 「존재집(存齋集)」, 권1, 『이조후기 여항문학총서』 2권(여강출판사, 1986).

대한 영향을 끼친 인물이다. 그리고 그는 당대의 보편적인 유자(儒者)처럼 성리학적 인식관에 충실하였다. 즉 성선설에 근거하여 세상을 인식하였으며 이를 실현하는 방법으로 명명덕(明明德)을 실천하였다. 또 성리학적 의식에 근거한 사생관(死生觀)을 갖고 불교나 천주교적(天主敎的) 사생관을 배척하였다. 그는 현실에 충실하고 소박한 삶을 구현했다. 이 때문에 그의 시는 소시민적 삶의 정취를 담고 있다.

한편 시인으로서 자부심이 컸던 박윤묵은 서원시사에서 후배들을 격려하고 칠송정의 새 주인인 지석관에게 축하를 한다. 또 와병 중인 시인 노혜경을 찾아 위로한다. 즉, 시인으로서의 자부심과 행적을 담아내었다. 이처럼 그에게 시는 생활의 일부이자 삶의 존재적 의미였다. 때문에 그의 시에는 일상적인 소박한 생활상이 그려지고 민초의 고충을 담아내었으며 시인으로서의 자부심이 한껏 담겨 있다. 당대 사대부나 위항인들에게는 여행이 하나의 문화로써 자리 잡았다. 박윤묵의 경우 비록 짧은 거리의 여행을 다녔지만 그곳의 풍광이나 느낌을 직설적으로 즐겨 서술했다. 그리하여 시가 맑은 심상을 표출하고 사실적 묘사와 순행적 구조에 충실하였다. 따라서 평이하여 이해하기 쉽고 공감대 형성이 용이하다. 쌀쌀한 가을 날씨에 국화주 한 잔이면 되고, 가파른 산사에 냉수 한 그릇이면 행복한 그의 소박한 마음은 오늘날 소유의 양(量)이 행복으로 인식된 현대인에게 자족의 의미를 일깨워 줄 수 있을 것이다.

　이처럼 그의 시가 소시민적인 생활의 정취를 그려내는 것은 바로 18세기 지식인들의 주요한 문학 활동 중의 하나였다. 문학 활동의 흐름이 소수에서 다수로, 상층문화에서 대중문화로, 거대담론에서 소담론으로 이행하는 과정을 보여주는 한 전례로 박윤묵 한시의 의미를 찾을 수 있다. 그리하여 문학이 일상에 스며들어 함께 움직이고, 소박한 것에 활력을 주고, 우리의 삶도 더욱 윤택하게 하는 것이다.

Ⅲ. 위항문학에 대한 평가

위항문학을 두고 이에 대한 평가는 상반되어 있다. 하나는 중세에서 근세로 이행하는 역사적 과정에서 발생한 근대 지향적이라는 긍정적 시각144)과 하층계급이 상층문화를 모방하고 동경한 것으로 사대부 문학의 아류에 지나지 않는다는 부정적 시각145)도 있다. 하지만 물론 당대의 사대부가 주도하는 시대에 살았기에 사대부들의 구미에 맞게 서술할 수밖에 없을 수도 있고, 또 신분상승 욕구에 따른 동경적 모방이 될 수도 있지만 위항문학을 꼭 그렇게 사대부와 결부시켜서 논의할 만큼 단순하지 않을 뿐더러 나름대로 문학을 향유한 각종 시사(詩社)를 고려할 때 부정적으로만 볼 수 없다. 차라리 소수의 집권자에서 다수의 권리로 바뀌는 민주화라는 흐름에서 또 문학의 대중화라는 시대적 이행성에서 볼 때 위항인의 문학 활동은 이런 대세의 필연성에 따른 과정이었고, 이런 과정을 거쳐 근대화를 이룩했다는 점에서 그 활동 자체만으로도 문학사적 의의를 갖는다.

---

144) 임형택, 「여항문학(閭巷文學)과 서민문학(庶民文學)」, 『한국학연구입문』 (지식산업사, 1982).

145) 정옥자, 「조선후기의 문풍과 위항문학」, 『한국사론(韓國史論) 4집』 (서울대 국사학과, 1987).

사실 위항인은 당대에 그렇게 문명을 떨친 사람이 아니다. 하지만 그들은 열악한 조건 속에서도 그들 나름대로 문학 활동을 꾸준히 전개하여 각개의 성과를 남겼다. 사대부처럼 입신과 교양을 위해 필연적이지 않았는데도 문학적 성과를 이루었다는 것은 그야말로 순수한 문학도이며 진정한 문인일 수도 있다. 따라서 위항인의 문학은 내용면에서 진솔하고 맑으며, 때로는 그들의 능력에 비해 턱없이 낮은 현실적 처우에 울분을 토로하기도 한다. 그러기에 갈래로는 순수함을 노래하면서도 동시에 현실의 모순을 고발하고 민초의 삶을 중심으로 전개했다는 측면에서 참여문학이다. 즉, 사람이 살아가는 냄새가 나는 문학이다. 그리고 그들의 직업도 다채롭다. 역관, 의관, 산관, 아전, 서리, 포졸, 창고지기, 악공, 기녀 등 그리고 기록에 없는 부분을 고려할 때 다양한 삶과 독특한 그네들 빛깔의 정감이 배어 나온다. 이런 면에서 21세기의 다양성의 사회와 유사한 점이 많다.

위항인들은 전문직에 종사했다. 역관에서 산관, 의관, 복관, 또 기술직까지 그들에게는 전문적 지식이 요구되었다. 따라서 이들은 한문을 배워야만 했다. 초기에 유희경의 경우 양명학자 남언경에게서 글을 배우고, 후에 재상을 지낸 박순에게서 시를 배웠다. 매우 이례적인 일이었다. 중인이 그것도 명망있는 학자에게서 글을 배웠다. 그러나 이것은 어디까지나 특수한 경우이고 다수의 중인들에게는 한문 학습이 절실하였다. 이때 유희경을 쫓던 후배 최기남이 아마 이런 사회적 요청에 따라 서당을 열었을 것이다. 그가 서당을 열자 수많은 위항인과 평민의 자제, 심지어는 양반 자제의 일부도 와서 글을 배웠다. 최기남과 삼청 시사의 회원이었던 정남수가 당시 최기남의 서당을 보고 다음과 같이 표현했다.

> 강(講)을 마친 뒤 높은 데에 눕고
> 예(禮)를 가르치다 다들 돌아간 뒤 혼자서 문을 닫는다.
> 지극한 이치야 그들이 헤아려 터득할 것이니
> 잘 살지 못 살지는 세상에 대고 묻지 말라고 했다.

> **皐比講罷還高臥** 고비강파환고와   **綿蕝歸人獨掩門** 면절귀인독엄문
> **至理料君應自得** 지리료군응자득   **莫將窮達問乾坤** 막장궁달문건곤
> −「**次龜谷居士學堂韻** 차귀곡거사학당운 1」−

최기남의 서당에서 스승을 가장 잘 따르던 이는 바로 홍세태와 지음(知音) 관계였던 임준원이었다. 그는 매우 가난해서 끝까지 배우지 못하고 그간 배운 것을 토대도 내수사(內需司)의 서리가 되었다. 뒷날 부자가 된 그는 스승이 돌아가시자 스승을 위한 장례비와 문집 출판비를 드렸다.

서당 교육으로는 정래교도 유명하다. 최기남의 서당이 주로 위항인의 자제와 평민들이 많은 데 비해 정래교의 서당도 역시 중인의 자제가 많았지만 게 중에는 양반의 자제들도 더러 있었다. 또 제자들도 많아 역시 수업이 끝나고 아이들이 돌아갈 때는 마치 큰물이 한 골짜기를 흐르는 것 같았다고 한다. 정래교의 제자 중에는 훗날 좌의정이 된 김종수, 김종후 형제가 있었고 영의정이 된 홍봉한 그리고 이조판

서가 된 홍낙명 등이 있다. 이들은 어렸을 때 정래교에게 글을 배웠는데 훗날 스승이 돌아가자 김종후가 묘지명을 짓고, 홍낙명이 문집을 엮고 홍봉한이 발문을 썼다. 이처럼 위항인이 중인과 평민 교육을 담당한 셈이다.

조선사회는 소수의 양반들만이 특혜를 누리던 사회였다. 그들 중에 서얼은 완전한 양반도 아니고 더욱이 평민도 아닌 묘한 위치에서 살아야만 했다. 그들 중에서도 천첩의 자손은 더욱 차별을 받으며 살 수 밖에 없었다. 이들에게는 아무리 탁월한 실력이 있어도 태생적 한계로 인해 벼슬에 오를 수 있는 기회가 없었다. 그러다가 1823년 9,996명이라는 대규모의 상소를 올릴 정도로 그 세력이 확산되어, 결국은 1851년에 서얼들도 벼슬에 등용한다는 조치가 내려졌다.

이에 자극받은 위항인들도 그해 4월 25일 통례원에 모여 통문을 만들었다. 통례원, 관상감, 사역원, 전의감, 혜민서, 율학, 산학, 도화서, 내의원, 사자청, 검루청의 대표들이 도화서에 모여서 각 관청을 대표할 유사를 뽑았다. 이들 1,670명의 기술직 관료들은 거사자금을 234냥 거두었으며 그들 중에는 이 통청운동(通淸運動)의 핵심이었던 장지완의 집에 투서를 던져 더욱 과격하고 급진적으로 할 것을 강요하기도 했다. 그러나 윤8월 18일 철종의 행차길에 올리기로 했던 1,872명의 합동 상소는 끝내 실패하고 말았다. 고관대작의 서얼들이 벌린 통청운동과는 대조적이었다. 그러나 민중을 중심으로 한 대세의 흐름은 막을 수 없었다. 1894년 갑오경장을 계기로 이들은 그간의 차별에서 벗어날 수 있었다. 물론 완전한 것은 아니었지만 이들에 의해 구축된 평민교육이나 사회 각 분야에서 전문적 기술은 훗날 근대화의 주역으로 활동하게 한다. 특히, 중국어나 일본어에 능통한 위항인들은 근대문명을 받아들이기를 확산하는데 앞장섰으며 신분의 평등을 설파했기에 1917년 위항인의 문학이었던 『풍요시선』을 엮자는 논의도 타당성을 잃게 될 만큼 양반문학과 평민문학의 구분이 필요치 않게 되었다.146)

사람은 지향할 대상이 없으면 허무감에 빨리 젖을 수밖에 없다. 아니 경우에 따라서 일탈의 길을 걸을 수도 있다. 태생적 한계에 따른 그들의 울분을 삭힐 곳을 찾지 못해 유곽에서 기생들과 환락에 빠지거나 반사회적 인물로 살아가는 이가 있었다. 그러기에 일찍이 허균은 호민론에서 이런 반사회적 인물을 사회를 원망하고 불평하는 '원민' 그리고 겉으로는 체제에 동조하는 듯 하지만 내심으로는 기회만 되면 사회를 전복하려는 '호민' 등으로 분류하였다. 이런 지적은 조선의 개화기에 일본에 가장 협조했던 인물 가운데 중인들이 많았다는 점을 간과할 수 없다.

---

146) 허경진, 『조선위항문학사』(태학사, 1997), 392~393쪽 참조.

IV. 맺는말

역사란 소수 지배계층에 의해 지향성이 제시되지만 실제 다수의 힘에 의해 지향성이 받쳐지고 그 지향성의 정당성 여부도 평가받게 된다. 그러나 정작 그간의 역사에 대한 인식은 지향성을 제시한 일부를 극찬하고 그 지향성을 실현한 다수에 대한 묵언의 노력과 의미를 매몰시켜온 것이 현실이었다. 이제는 그런 편협적 시각에서 벗어나 다수의 노력을 껴안고 그들의 존재적 의미를 함께 읽을 때 역사는 더욱 온전하고 삶의 가치도 생동감이 있을 것이다. 여기 위항문학이 그러하다. 그들이 조선 후기에서 개화기에 걸쳐 이룩한 문학적 성과가 실로 적지 않은데 그간 우리는 너무 사대부 중심의 문학에 갇혀 버린 것은 아닐까 한다. 어떤 측면에서는 속 좁은 후손의 때늦은 반성과 같고 뒤 늦게 철들은 불효자의 눈물과 같다. 이에 사대부와 구별되는 위항문학의 특징을 추출하여 맺은 말에 가늠한다.

사람은 각자 나름대로의 능력을 갖고 태어났지만 그 능력을 발휘하는 기회나 가능성은 그가 처한 환경에 영향을 받는 경우가 많다. 바로 위항인이 그들의 능력에 비해 턱없이 낮은 대우와 억압된 사회 여건 속에서 그들은 중인이라는 태생적 한계를 감당해야만 했다. 그리하여 그들의 시가(詩歌) 밑바탕에 깊게 깔려 있는 태생적 구속이라는 아픔을 때로는 격분하는 가락에 또는 체념에 혹은 저항하는 시어로 날카롭게 토로하고 있다. 그 대표적인 경우로 홍세태를 거론할 수 있는데 그는 분명 역관이라는 중인인데도 사대부와 같은 삶의 가치를 추구하고 살았기에 현실과 이상이 이율배반적일 수밖에 없었다. 따라서 그는 격정에 겨운 기운을 스스로 이기지 못해 체념과 탄식으로 살았지만 나름대로의 '사(士)'의 기품을 지니고 살았다. 이외도 상당수의 중인들, 이를테면 백대붕, 최기남, 정래교, 정민교, 조수삼 등이 이런 감정을 두드러지게 표현했고 다수의 묵언 저변에 '태생적 한계에 따른 비감'이 짙게 배어 있다. 그리하여 당대 위항인의 작품을 읽으면 누구에게서나 이런 시린 애환이 서려 있다. 이 점이 사대부 시와 다른 대표적인 정서상의 출발인 것이다.

그리하여 그들은 실상의 모습을 적나라하게 그려내고 매서운 사회비판을 가하고 있다. 위항인은 피지배 계층에 있었지만 그들이 처한 상황은 지배와 피지배 계층의 중간자의 입장에서 일을 했다. 따라서 그들은 비교적 객관적 입장에서 현실을 직시할 수 있었다. 그러하기에 그들의 붓끝은 예리하고 맵다. 특히 권문세가와 굶주린 백성을 대조적으로 서술하거나 백성에게 곡식이 대여되지 않은 인색한 행정을 비판하거나 세제 비리를 구체적으로 지적하고 있다. 이를 통해 중앙 행정의 통제가 지방 행정과 겉도는 모습을 유추할 수 있고, 중간 관리들의 가혹한 수탈을 살필 수 있다. 아이가 태어나기도 전에 벌써 세금이 매겨지는 부당한 현실이나 굶어 죽은 시체가 길옆에 버려져 있는데 권세가의 집에는 고기와 술이 천하리만큼 흙더미처럼 쌓인 편중된 사회상, 고생 끝에 거둔 곡식이 세금을 내고 나면 거의 쌀독이

비는 피폐한 생활, 가혹한 세금에 시달려 앞 뒷산으로 숨거나 감옥으로 가는 일상들을 거침없이 고발하면서 공정하고 함께 잘 살아가는 세상을 갈망했다.

위항인은 오늘날 도시 소시민과 같다. 권력과 멀고 생활도 대체로 서민적이었다. 이 때문에 그들의 작품에서는 서민의 정취가 아주 실감나게 사실적으로 그려졌다. 그리고 자세히 보면 생활의 예지와 운치가 곳곳에 배어 나온다. 무지한 백성이 굿을 해서 복을 빌지만 결국 무당에게 돈이며 쌀을 다 받쳐 세금도 못 내어 옥살이를 하는 무지성에 대한 고발이라든가, 가을 추수를 끝내고 밤에 불 밝혀 시를 읽는 정취, 그리고 약초 캐고 낚시하며 한가롭게 살아가는 생활의 묘미 등을 담담하게 그려내고 있다. 그리하여 소박하고 인정미 있는 일상사를 담백하게 그려냄으로써 한 폭의 수채화처럼 깔끔하다. 따라서 이들의 신념도 매우 소박하다. 유교적 가치에 입각하여 진충보국하는 자세나 겸허와 순종의 미가 있다. 너무나 가난해서 도둑이 빈손으로 나간 것을 부끄러워하는 주인의 모습은 우습다 못해 처연하기까지 한다. 그들은 권학을 통해 학문적 가치를 부여하고 생활에 적용한다. 그리하여 입신과 별개로 순수한 주경야독을 실천한다.

사대부가 지배하던 시대에 위항인이 그것도 사대부들이 선망하는 기녀와 사랑을 나눈다는 것은 극히 이례적인 경우이다. 기녀 계생(癸生)과 유희경의 경우 모두 그들은 중인들이다. 기녀가 사대부를 통해 얻는 것이 있다면 진솔한 사랑보다도 차라리 신분상승에 대한 기회를 획득하거나 일시적이나마 사대부와 함께 함으로써 자신도 사대부 반열에 오른 듯한 허영일 것이다. 그러나 그것은 진정한 자기가 아니다. 계생과 유희경의 경우 이런 것이 아닌 서로가 서로에 대한 연모와 사랑이었다. 아니 차라리 신분적 한계를 갖는 서로에 대한 동변상련의 연정이었을 것이다. 사회적 이해관계를 벗어나 진정한 사랑의 정감을 공유하는 한 남자와 여자로 존재했을 것이다. 그러기에 이들의 사랑은 순수하고 아름답다.

위항인은 조선후기에 평민교육을 담당했다. 평민교육의 확대는 개화기 지식인 배출의 토대가 되었다. 이 지식인들의 활동을 통해 근대화를 전개할 수 있었다. 그렇다면 위항인의 문학 활동은 근대화를 떠받치는 힘이 되었으니 이에 대한 역사적 문학사적 의미도 새롭게 인식해야 할 것이다.

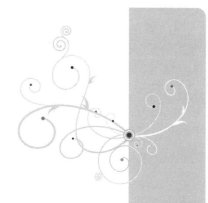

제 2 부
위항인의 문학과 풍류활동

제 1 장 틀을 벗어 새롭게 만들다

I. 여는말

　　인생(人生)을 혜여ᄒᆞ니 흔바탕 ᄭᅮ미로다. 됴흔 일 구즌 일 ᄭᅮᆷ 속에 ᄭᅮ미어니, 두어라 ᄭᅮᆷ ᄀᆞᆺ튼 인생이 아니 놀고 어이리.147) 과거의 삶이 아무리 행복했건 슬펐건 간에 과거는 흐릿한 기억 속에 존재할 뿐이다. 즉 재생이 어렵다. 미래란 것도 개연성을 전제로 한 가상적인 지표일 뿐이며 워낙 다양한 변수가 많아서 예측하기가 어렵다. 즉 신의 영역에 존재할 뿐이다. 그렇다면 현재 오감으로 느낄 수 있는 실존이야말로 가장 분명한 현실이고 존재적 의미가 있는 것이다. 결국 인생은 소모(spending)이다. 제한된 시간대와 에너지를 갖고 소멸을 향해 진행할 뿐이다. 그렇다면 어떻게 소모하는 것이 가장 좋은 방법일 것인가에 대한 대답을 요구할 것이다. 물론 이 방법에 대해서도 시대와 개인에 따라 차이가 날 것이다. 그러나 대체적으로 보면 쾌락주의로 흐르게 된다. 선진(先秦)시대 양주(楊朱)의 '이기설(利己說)'역시 이런 맥락에서 고민한 흔적이 역력하다. 조선 후기 신분적 한계를 절감하고 모호한 정체성에서 살았던 위항인은 대체로 세 가지 유형의 삶

---

147) 朱義植 [字 道原, 號 南谷] 樂學拾零 · 384 靑丘永言(珍本) 227.

을 가졌다. 첫째, 각양의 전문직에 종사했던 만큼 그 전문성에 걸 맞는 삶을 구현하면서 시문을 통해 그들의 삶을 담아냈다. 둘째, 각종 화초나 분재, 골동, 필기구 등 다양한 수집벽을 통해 독특한 정감을 부여하려 했다. 셋째, 매우 통속적인 풍류생활을 향유했다. 물론 일부이겠지만 신분의 상승이나 미래의 비젼이 약했던 위항인은 통속적인 쾌락을 추구했다. 이 통속적인 풍류생활은 독특한 문학을 낳았다. 즉 기존의 거대담론에서 소담론으로 바뀌었으며 생기발랄한 서민의 삶을 담아내고 평범한 여성이나 기녀를 중심소재로 삼기도 했다. 과거에는 첫째에 주목한 연구들[148]이 많았는데 연구가 확장되고 관심이 높아짐으로써 더 영역이 확대되어 셋째에 주목한 저서[149]가 나왔다. 그러나 실제 당대의 위항인이 구축한 독특한 문양이나 문학적 성과를 파악하려면 지속적인 관심과 연구가 요청된다.

이 연구 역시 이런 맥락의 하나로 그 의미를 부여하려 한다. 가능성을 접어야 하는 사회구조에서 그들이 추구한 풍류생활은 단순한 향락과 도피적 행위라기보다는 오히려 현실에 더 치열하고 나름대로의 멋을 구현한 삶의 궤적이었을 것이다. 이 궤적을 쫓아 그들이 일구어낸 문학의 향기를 살피려 한다.

---

148) 정후수, 『조선 후기 중인문학연구』(깊은샘, 1990).
   허경진, 『조선 위항문학사』(태학사, 1997).
   윤재민, 『조선후기 중인층 한문학의 연구』(고려대민족문화연구소, 1999).
   안영길, 『조선 중인의 향기와 멋』(성균관, 2002).
149) 강명관, 『조선의 뒷골목 풍경』(푸른 역사, 2004).

Ⅱ. 펴는말

『논어』「위정편」에 사람을 살피는 방법으로 먼저 그 하는 일을 보고(觀其所以), 그가 따르는 것을 보며(觀其所由), 그가 즐기는 것을 보라(觀其所樂)는 구절이 있다. 위항인은 역관이나 의관 또는 화공, 산관, 기술직과 같은 전문직을 세습하고 그 계통의 사승관계를 갖는다. 그리고 그들 중 일부는 질펀하게 놀았는데, 그 노는 것이 풍류였다. 대체로 양반들이 고관대작을 유지하거나 추구하는 것이 일생의 목표였다면 이들은 그럴 필요가 없었다. 사회제도가 그들에게 그럴 기회를 제공하는데 인색했고, 양반들 역시 기득권 유지에 몰두하여 이들에 대한 인식이 부족했기 때문이다. 그리하여 그들은 다른 곳에서 인생의 의미를 찾았으니 그것이 바로 걸쭉하게 한 판 놀아보는 풍류생활이었다. 그것도 단순하게 노는 것이 아니라 격식을 갖추고 날짜를 잡아 흥건하게 펼쳤다. 그리고 그 흔적을 문학으로 남겼다. 그 놀이가 당대로서는 기괴하여 비난을 받기도 하였다.

그러나 학문이 대상을 읽는 해석학150)이라고 할 때, 이 해석은 기

---

150) 20세기 독일의 철학자 짐멜이 "학문은 해석학이다"라고 정의했다. 그리고 이와 관련하여 전대와 다른 다양한 시각에서 종교며 예술을 해석했다. 물론 발표 초기에는 만만찮은 비난도 받았지만 이제 그의 이론은 서양의 거의 모든 분야에서 원형적으로 원용된다. 필자 역시 이에 대해 전적인 공감을 표한다. 하지만 해석의 가능성에 대해서 구체적인 체계도가 미흡하다. 그리하여 나름대로 그 지적 체계를 만들어 보았다.

존의 딱딱하고 경직된 것을 해체하는 작업이다. 즉 기존의 굳어진 인식을 해체하여 소홀시 했던 것을 새롭게 읽는 것이다. 그러면 더 넓게 깊게 읽을 수 있기 때문이다. 이 위항문학을 읽으면 당대 서민의 모습이 눈에 띄고, 다양한 삶의 빛깔을 살필 수 있다. 그리하여 고관대작을 인생의 목표로 매진했던 시대에서도 소박한 가치와 또 다른 삶의 양식을 보여주었다. 즉 양반들의 일생의 목표가 신분상승이나 기득권의 유지가 지배적이었다면 위항인들의 삶은 일찍 신분적 한계를 절감하였기에 그들의 세상읽기는 달랐다. 양반들이 형이상학적이고 성리학적 세계관에 근거하여 문학을 전개했다면 위항인들은 그들 주변의 일상적인 삶의 모습을 구김살 없이 담아내어 질박하다. 아니 경우에 따라서는 눈길 한 번 제대로 주지 않고 고깝게 보던 하층민이나 시정잡배에게도 애정을 나누어 주었고, 시시콜콜한 이야기나 기괴한 일도 글로 담아 두었다. 그리하여 그들은 당대의 제도권과는 다른 그들의 정취와 관점에서 문학을 그려내었다. 이른바 당대의 관점에서는 '기괴스럽다', '기벽하다'로 일컬어지는 문학을 만들어 내었다. 하지만 그 기괴스러움이 이제는 보편적이거나 경우에 따라서는 '재미있다'로 바뀌었다. 그리고 이제 많은 사람들에게 주목을 받거나 사랑받는 문학이 되었다. 이처럼 기괴스러움은 뉴패러다임으로 등장하여 깎이어지고 다듬어져서 반들반들한 패러다임으로 살다가 또 기괴스러운 뉴패러다임에게 그 자리를 잇게 해 준다. 마치 오늘날에는 역설적 초연함을 강

물론 불완전을 전제로 전개한 것이지만 설명을 위해 만든 것이다. 게오르그 짐멜 선집 3, 『예술가들이 주조한 근대화 현대』(도서출판 길, 2007) 참조.

조한 쿨이나151) 빈정거림의 레게 문화를 탄생하게 한 것처럼, 성리학의 경직된 교조화는 17세기말부터 천기론(天機論)을 통해 재도지기(載道之器) 문학관에 도전하였다. 그리고 김창협과 김창흡의 영향을 받은 홍세태를 통해 위항인들에게 널리 퍼져 갔다. 그리고 진시론(眞詩論)으로 이어진다.152) 그리하여 그런 과정에서 '기괴성'이 강조된 문학이 힘을 얻게 되었다. 그리고 대중에게 확산되어 갔다. 즉, 뉴패러다임으로 등장하여 이제 패러다임이 된 것이다. 이런 맥락에서 이 '기괴성'을 탐색하는 것은 문학을 더욱 문학되게 하는 근원적 힘을 이해하는 과정으로 그 자체만으로도 매력적이지 않을 수 없다. 왜냐하면 이 '기괴성'은 문학을 끌어가는 힘이자 우리 삶을 윤택하게 하는 계기이기 때문이다.

---

151) 딕 파운틴 · 데이비드 로빈스, 『세대를 가로지르는 반역의 정신 Cool』(사람과 책, 2003) 32~33쪽 참조.
152) 17세기말 천기론이 위항인에게 널리 펼쳐 진 것은 졸고에서 여러 번 밝힌 바 있다. 안영길, 『조선 중인의 향기와 멋』(성균관, 2002), 『조선 변혁기의 문학연구』(이화출판문화사, 2005) 참조.

1. 풍류의 배경

생명은 부드럽고 유연하다. 누르는 힘에 따라 모양도 여러 가지로 바뀌어 간다. 반대로 생명을 잃어가는 것은 딱딱하고 경직되어 얼핏 보기에는 격이 있어 보이는 듯 하지만 그것은 화석화되어 가는 것을 의미한다. 화석화된다는 것은 굳어져서 소멸되는 과정이며 생명을 잃는 것을 가리킨다. 사회제도나 문학도 마찬가지이다. 새로운 것에 대한 배려나 수용이 부족할 경우 그것은 지루한 반복과 퇴보를 가져온다. 그리하여 종국에 가서는 극단적인 혁명이나 폭동이 일어날 수도 있다. 이런 진보상의 관점에서 본다면 점진적이며 끊임없는 변화가 필요하다. 그러나 문제는 기득층이나 일반성이 새로운 것을 수용해 주는 데에 달려 있다. 물론 초기에는 배척하거나 제거하려하지만 그 근원적인 진행을 막을 수 없다. 따라서 이런 점을 고려한다면 새로운 것에 대해 매우 관대해야하며 탄력적인 수용의 절차를 준비하는 것이 현명할 것이다. 이 새로운 것은 대체로 기괴한 것으로 출현한다. '기괴하다'는 것은 보편성과 구별되는 것이므로 기괴성의 입지는 보편성을 전제로 한다. 그리고 기괴성은 변태성153)과는 구별할 필요가 있다. 변태성이 본질이나 정신에서의 이상(異常)에 기인한다면 기괴성은 비친숙성, 생소성, 일반화되지 않은 것에서 비롯되는 것이다. 따

---

153) 변태성의 사전적 의미는 본능의 이상(異常)이나 정신의 이상(異常)으로 나타나는 변질된 성질을 가리킨다. 따라서 기괴성과는 근본적으로 다르다.

라서 이런 것들이 제거되면 기괴성은 보편성으로 일반화된다. 그리하여 기괴성이 보편성에 대해 대립적 개념에서 발전가능성을 가리키며 그 기괴성이 소멸되는 것은 수용자의 수용여부에 기인한다. 조선의 개국과 함께 본격적으로 전개된 성리학은 16세기 사림파를 통해 그 이념의 절정을 이룬다. 이후 이 성리학에 반기를 펼 경우 사문난적으로 몰려 처단을 당할 수 있다. 그만큼 교조화 되었다. 문학 역시 여기에서 자유로울 수가 없었다. 당송팔대가(唐宋八大家)의 문장을 표준으로 삼고 송시(宋詩)의 설리적(說理的) 관념이나 당시(唐詩)의 호방 울격한 정서로 표백되어갔다. 그리하여 조선초 세종 임금이 분명히 "나라 말씀은 중국과 달라서 문자가 서로 통하지 않는다. 그러므로 어리석은 백성들이 말을 하고자 하여도 마침내 제 뜻을 실어 펴지 못하는 자가 너무 많다"고 하였다. 이런 현실의 언어생활을 감안하고 중국과는 달라야 한다는 자주정신에 근거하여 한글 창제의 당위론을 내세웠다. 하지만 조선의 역사가 전개될수록 이처럼 민초를 위한 정책적 배려나 중국과의 차별성은 약화된 채 소화중국을 자칭하고 성리학으로 모든 가치를 표백화하려 했다. 물론 중국의 선진 문화를 수용하고 국가 간의 정략적 제휴를 고려한 분위기나 정책적 배려도 그 나름대로의 해명을 정당화 시킬지 모르지만 그것은 최선이 아니었다. 그리고 임난 이후 문장의 파격성을 제어하기 위해 고문(古文)의 전범화(典範化)는 가능한 조선의 모든 이들에게 성현을 닮거나 최소한 흉내라도 낼 것을 강요했다. 여기서 숨을 쉴 자 과연 몇 이었겠는가? 허균은 발전적이며 파격적인 기질로 결국 능지처참을 당했고, 편당을 명분으로 눈

에 거슬리는 사람들이 얼마나 많이 제거되었는가? 그러고도 조선이
발전하기를 바랐던가? 조선의 패망은 어쩌면 이런 측면에서 당연했
는지도 모른다. 조선은 성리학의 교조화를 통해 기득권의 재건과 과
거로의 회귀를 공고히 하려 했다. 그래서 출세를 지향하고 양반의 가
통을 잇는다면 오히려 이런 지배성에 좀 더 충실하고 심취했어야 하
지 않았겠는가? 그러나 역사는 그리 간단하지만은 않았다. 이념이 인
간의 생래적인 영혼마저 지배할 수 없었다. 특히, 경직된 제도에서
최소한 인간적인 숨만이라도 채우고 싶었을 것이다. 바로 그런 역사
적 부류 가운데에 위항인이 서 있었다.

원래 위항인은 조선 초기만 하더라도 기술직 양반을 가리켰다. 그
리고 왕들의 과학 장려정책과 맞물려 후한 대접을 받기도 했다.[154]
그러나 조선 중기를 거치면서 양반과는 다른 계층, 주로 서자나 권력
에서 밀려난 자가 하는 사소한 일들로 그 의미가 강등되고 사람마저
도 구분지어 문과 응시권을 주지 않았다. 조선 초기만 해도 소수였고
차별성을 느끼지 못했던 이들은 조선 후기에 이르러서는 그 숫자도
많아졌고, 이제 기술직 전문인이 아니라 그 의미가 확대되어 역관,
산관, 복관, 의관에서부터 화공, 아전, 기생, 하급 잡직 종사자를 통
칭하여 '중인'이라 명명하였다. 실제 기술직에 종사하던 중인들은 중
인이란 호칭을 부끄럽게 여겼지만 지방이나 벽지의 하급직은 오히려
중인에 자신들을 포함하는 것을 떳떳하게 여겼다. 이 '중인'이란 호칭

---

154) 한영우, 「조선시대 중인의 신분·계급적 성격」, 『한국문화』, 9권 참조.

이 처음에는 학계에서 일반적으로 통칭되다가 언제부턴가 '위항인'이란 용어로 대체되었다. 그것은 위항인이 많이 살던 당시 한양 삼청동에 그들의 집 모양들이 꼬불꼬불하고(委) 옹기종기 모여 사는(巷) 특징을 지적하여 위항인으로 그 범위를 압축했다. 이들은 대궐과 교동 권세가 사이에 끼여 살면서 관료사회를 떠받는 실무계층으로 살아갔다. 그들의 재능과 관계없이 제한된 관직과 결코 양반이 될 수 없는 신분적 한계는, 그들의 삶을 양민과 다른 독특한 형태로 만들었다. 그리하여 이런 과정에서 형성된 삶의 대응방식은 대체로 세 가지로 전개되었다. 우선 가장 통속적인 자세로 현실에 살아가는 길이다. 누구든 노력해도 희망이 없고 바뀔 수 없는 현실이라면 그들은 무엇을 선택할 것인가? 그런 현실로부터 도망가고 싶거나 그런 현실을 부수고 싶을 것이다.

그런데 위항인은 노력해보았자 위항인이고, 못되어도 위항인일 뿐이다. 물론 극히 일부가 신분상승을 하는 경우도 있지만 그것은 어디까지나 특수한 상황에서 극히 소수가 얻는 행운으로 다수와는 거리가 먼 현실이었다. 사람의 타락은 전쟁에서 비롯하듯이 희망이 없는 위항인에게는 통속적인 쾌락의 길을 걷게 하였다. 탐관(貪官)에 맞추어 오리(汚吏)로서 역할을 충실히 하는 것은 물론 이거니와 제몫까지도 넉넉하게 챙겼다. 흉년이나 시속의 경제 상황에 관계없이 이들은 각종 세금을 횡령하거나 자금을 누수 시켜 사리사욕을 채웠다. 물론 일부 역관의 경우 중국에서 물건을 구매하여 부산에서 왜인에게 파는 중개무역을 통해 부를 축적하기도 하였다. 그래서 위항인 전체가 그

런 것은 아니지만 일부 위항인은 경제적으로 윤택하였고, 그 중 일부
는 종로의 술값을 올리거나 예쁜 기생의 명단을 뿌리는 등 유흥으로
나날을 보냈다. 이 역시 당대 양반이나 평민들이 할 수 없는 '기괴성'
을 주도한 계층이 되었다.

2. 여성과 함께 한 풍류

풍류를 주도한 한 계층에 기생이 있다. 기생은 오늘날 통속적 개념
과 다른 독특한 계층이었다. 이들은 시문과 가무를 중심으로 당대 상
층 계급과 지적 교류를 하고 사대부 여자와는 다른 자유분방한 삶을
살았다. 이를테면 근대와 비교적 가까운 시기의 김운초(金雲楚 :
1805~1851)를 보면 이런 특징이 잘 드러난다. 성천(成川) 기녀(妓女)
출신인 운초(雲楚)는 기녀시절은 물론이요, 연천(淵泉) 김이양(金履陽)
의 소실(少室)이 되어서도 항상 연천을 비롯한 사대부들과의 모임과
유람을 통해 문학적인 교유를 하였고, 그의 천부적 재능을 한껏 키우
고 발휘할 수 있었다. 또한 동료 여성들과의 시(詩)모임을 통해 적극
적인 시작활동(詩作活動)을 펼침으로서 신분적 제약을 극복할 수 있었
다. 운초(雲楚)는 당대 문학계 전반의 흐름인 전통적 유가(儒家)의 시
관(詩觀)을 터득하고 수용하면서도 오히려 당시 일반 사족(士族) 부녀
(婦女)들이 갖는 여성관에 크게 구애받지 않고 자유스럽게 자신의 감

정을 표현할 수 있는 자각을 가지고 있었다.155) 이처럼 그녀들의 분방한 문학활동은 자연스럽게 위항인과도 연결될 수밖에 없었다.

그리하여 사설시조 시인으로 널리 알려진 김수장의 경우도 일부 이런 면을 갖고 있었다. 원래 그는 병조(兵曹)의 서리였다. 병조는 인사(人事)와 군역(軍役), 군포(軍布)를 관장하는 부서로서 비리가 많았고, 아전들이 치부(致富)가 가능했던 곳이었다. 김수장과 같은 시대를 살았던 황택후(黃宅厚)의 연보(年譜)를 보면 "이 당시 병조의 아전들이 청렴하지 못하고 분경(紛競)하는 폐단이 있었다"156)라고 지적했다. 이때가 1719년(숙종 45)인데 김수장(1690 : 숙종16 ~ 1770, 영조 46)의 나이를 고려하면 30살이다. 그 역시 당대의 이런 폐단에서 벗어날 수가 없었을 것이다. 따라서 그의 시조에서 가난을 들먹이거나 청빈을 끌어 쓰는 것은 상투어에 불과하다.157) 그가 기방에서 즐겨 불렀던 사설시조를 보면 향락적이고 통속적인 일면을 쉽게 읽어 낼 수 있다.

> 내 비록 늙었으나 노래도 부르고 춤도 추고
> 남북한(南北漢) 놀이 갈 제 떨어진 적 없고
> 장안(長安) 화류 풍류처에 아니 간 곳 없는 날을
> 각씨 네 그다지 숙보아도 하룻밤 겪어보면
> 수다한 애부(愛夫)들의 장수 될 줄 알아라.

155) 김여주, 「金雲楚論」, 『조선후기한문학작가론』, 집문당 1994, 588쪽.
156) (여강문학총서, 여강출판사 1986) 부록, 578쪽. "有不廉紛競之弊 故左尹公不悅之".
157) 강명관, 「18,19세기 京衙前과 예술활동의 양상」, 783쪽.

기생에게 숙청하는 시조이다. 그 나름대로 멋이 있었다. 즉 기방에
서 보이는 호기가 다분히 통속적 세계관에 기인한다. 이것은 적어도
그가 돈 몇 푼으로 기생을 능욕하지 않고 대등한 입장에서 생각하고
풍류적으로 즐긴 것으로 보인다. 아마도 조선 후기는 이런 기생과의
통속적 애정 문화가 어느 정도 형성되었던 같다. 다음 유야랑(遊冶郞:
방탕을 일삼는 화류남(花柳男))에 관한 사설시조를 본다.

> 대인난(待人難) 대인난(待人難)ᄒ니 계삼호(鷄三呼)ᄒ고 야오경(夜五更)
> 이라
> 출문망(出門望) 출문망(出門望)ᄒ니 청산(靑山)은 만중(萬重)이요 녹수
> (綠水)는 천회(千回)로다
> 이윽고 기짓는 소릭에 백마(白馬) 유야랑(遊冶郞)이 넌즈시 도라드니
> 반가온 ᄆᆞ음이 무궁(無窮) 탐탐(耽耽)ᄒ야 오놀밤 셔로 즐거오미야
> 어닉 그지 이시리[158]

비록 기생의 입장에서 노래한 사설시조이지만 그 짜임이나 용어의
선택이 절묘하다. 결코 평범한 수준에서 창작된 것은 아니다. 즉, '대
인난(待人難)'과 '출문망(出門望)'을 반복하여 가락의 전열에 배열함으
로써 그 절실한 심정을 고조시키고 또 리듬을 살려냈고, '청산(靑山)',
'녹수(綠水)'의 대구적인 배열 역시 잘 짜여진 한시의 구조이다. 이런
충분한 서경(先景)을 깔은 선경(先景)속에 종장에서 '즐거오미야 어내 그지

---

158) 樂學拾零 1071, 靑丘永言(珍本) 543.

이시리'라는 감정의 함축은, 전형적인 한시의 작법인 '선경후정(先景後情)'의 기법을 탁월하게 활용한 창작이다. 만약 이것이 기생의 작품이라면 기생의 문학적 소양도 결코 평범치 않게 다듬어진 것을 유추할 수 있다. 왜냐하면 이런 종류의 작품을 창작하려면 한시에 대한 기본적인 소양과 훈련이 충분해야하기 때문이다. 따라서 이것은 아주 문학적 소양이 탁월한 기생의 작품이거나 또는 부유하고 문학적 소양이 있는 유야랑(遊冶郎)이 다듬어준 공동작이 될 수도 있을 것이다. 다음 작품은 남녀 간의 뜨거운 연정을 담아내고 있다.

> 창외(窓外) 삼경(三更) 세우시(細雨時)에 양인(兩人) 심사(心事) 양인지(兩人知)라
> 신정(新情)이 미흡(未洽)훈듸 하날이 장차(將次) 밝아 온다
> 다시금 나삼(羅衫)을 뷔혀잡고 후기약(後期約)을 묻더라.159)

연애란 두 사람이 빚는 하모니이다. 그리하여 두 사람의 감정은 오직 당사자들만이 즐기는 오묘한 선율이다. 가랑비 내리는 야심한 밤에 싹틔운 정분이 동틀 무렵에도 부족하다. 이 때문에 옷소매를 잡고 다시금 재회를 재촉한다. 이 시조의 주된 공간은 남녀가 연애하는 방 안이다. 그리고 신정(新情)이 짧아 후일을 묻는 것은 기녀와의 연애임이 틀림없다. 특히, 비단 적삼을 잡고 만남을 요구한 것은 두 가지를 전제한다. 첫째, 경제적으로 넉넉한 한량이며 둘째, 기녀를 사로잡을 만큼 매혹적인 면을 갖고 있었다는 것이다. 그렇다면 이런 시조의 횡

---

159) 樂學拾零 904, 詩歌(朴氏本) 549.

행은 기녀와의 연애 문화가 어느 정도 형성되었다는 것을 의미한다. 그리하여 너무 고답적이거나 청초한 콧대를 비아냥거리는 노랫가락도 있다. 이것 역시 통속적 시속을 보여주고 있다.

> 삼촌색(三春色) 자랑 마라 화잔(花殘)ᄒ면 접불래(蝶不來)라
> 소군옥모(昭君玉貌)와 귀비화용(貴妃花容)은
> 호성토(胡城土) 마외진(馬嵬塵) 되고
> 창송녹죽(蒼松綠竹)은 천고절(千古節)이나
> 벽도(碧桃) 홍행(紅杏)은 일년춘(一年春)이라
> 각씨내(閣氏內) 일시화용(一時花容)을 앗겨 무숨 ᄒ리오[160)

조선 여인에게 강조되었던 정절이나 청초함은 사라지고 인생의 허무감 속에 통속적 쾌락을 추구한다. 특히, 왕소군과 양귀비 고사를 끌어다 허무감을 더하고, 송죽(松竹)과 도행(桃杏)을 대비시켜 신분의 차이를 인식시킨다. 그리하여 허망한 명예나 절개에 의미를 부여치 말고 일시화용(一時花容)을 즐기자는 것이다. 즉, 신분적 차별성에 따른 통속적 세계관을 읽을 수 있다. 그렇다면 이런 여인의 입장을 헤아려 노래한 자가 누구인가가 궁금할 것이다. 여기서 양반이 여인의 처지를 다 헤아려 이렇게 노래할 필요까지는 없다. 그들은 오히려 권력이나 특혜를 명분으로 유흥을 요구했을 것이다. 또 그런 사회적 분위기도 아니다. 곧장 일방적 지시 관계로 한 번 놀고 가는 유흥이 진

---

160) 詩歌(朴氏本) 602, 靑丘永言(가람本) 662.

행되었을 것이다. 그렇다면 이렇게 대등한 입장에서 처지를 헤아리며
왕소군이나 양귀비를 들먹이고 유흥의 밑바닥에 깔린 허무감을 토해
내는 집단은 틀림없이 위항인들이었을 것이다. 그리하여 그들은 비교
적 여성에 대해서도 잘 알고 있었다. 이런 맥락에서 풍류가객 김수장
은 여성에 관한 시조가 여러 편 있다. 이것은 당대에 이르러서는 여
성을 바라보는 시각도 달라진 것을 알 수 있다. 다음 시조를 보자.

> 갓나희들이 여러 층(層)이로레
> 송골(松骨)믹도 갓고 줄에 안즌 져비도 갓고 백화원리(百花園裡)에
> 두루미도 갓고 녹수파란(綠水波瀾)에 비오리도 갓고
> ㅅ다(따)희 퍽 안즌 쇼로기도 갓고 석은 등걸에 부헝이도 갓데
> 그려도 다 각각 님의 ㅅ랑인이 개일색(皆一色)인가 ᄒ노라.161)

송골매, 제비, 두루미, 비오리, 솔개, 부엉이로 각양의 여인을 비유
했지만 다 각각의 임으로부터 사랑을 받으니 모두 미인이라고 했다.
이런 그의 시각은 여성에 대해 긍정적이며 깊은 이해에서 비롯된 것이
다. 무릇 일반적으로 남성이 여성의 외모에 탐닉하여 그 깊은 마음씨
와 내면적으로 성숙한 자태를 잘 알지 못하는 것과는 사뭇 차별성을
갖고 있다. 이런 점에서 그의 시조는 돋보인다. 사실 김수장은 김천택
과 더불어 영·정조 시대에 풍류를 주도한 인물이었다. 그는 박씨본으
로 알려진 《해동가요》를 편찬하였고 이후에도 개작을 거듭하여 계미

---

161) 김수장, 『해동가요』.

본(일명 주씨본)을 중간함으로써 가집의 완성도를 높였다. 그는 서민의 생활정감을 진솔하게 표출하고 풍류를 통해 호기와 흥취를 마음껏 발휘하였다. 이런 점에서 김천택 세대에 갖던 양반과 사대부 지향적인 충(忠) · 효(孝) · 신(信) · 의(義) 등과 같은 주제의 한계를 뛰어넘었다고 하겠다. 다음은 이런 서민적 정취가 물씬 담긴 작품을 본다.

> 서방님 병(病)들여 두고 쓸 것 업셔
> 종루(鐘樓) 져직 달릭 파라 빅 ᄉ고 감 ᄉ고 유자 ᄉ고 석류숫다
> 아추추추 이저고 오화당(五花糖)을 니저발여고느
> 수박(水朴)에 술 쏘ᄌ 노코 한숨계워 ᄒ노라.162)

병든 남편에게 화채를 만들어 주려고 머리카락을 팔아 배, 감, 유자, 석류 등을 사왔다. 그러나 오화당을 빠뜨렸다는 생각 때문에 '아차차차'를 거듭한다. 남편을 사랑하는 애틋한 아낙네의 심정이 해학적으로 표현되었다. 이런 것이 김수장의 시조가 갖는 매력이다. 평범한 아낙네의 서민적인 생활상을 그려내어 문학의 주제와 소재의 영역을 넓혔다. 인생에 의미를 많이 부여할수록 인생은 허무하다. 최선이라고 믿었던 젊은 날의 좌표들이 그 나름대로의 매력도 있지만 결과적으로는 가장 좋은 선택은 아니었다는 확신에 귀착한다. 그리하여 인생은 한바탕의 나름대로의 꿈이었음을 깨닫고 나면 이미 되돌아 갈 수 없는 길을 너무 많이 왔다는 공허감에 이르게 된다. 이런 정회를

---

162) 김수장, 『해동가요』.

담은 것이 다음 시이다.

> 인생(人生)을 헤여ᄒᆞ니 혼바탕 쑴이로다
> 됴흔 일 구즌 일 쑴 속에 쑴이어니
> 두어라 쑴 ᄀᆞᄐᆞᆫ 인생이 아니 놀고 어이리[163)

　허망한 꿈을 해소하는 방법 중에 하나가 풍류이다. 나를 비워 대세
에 맡겼기에 마음이 편하고, 물욕이나 세속적인 집착에서 벗어나 다
소의 유연성을 갖는 것 또한 풍류생활이다. 그러기에 풍류생활은 아
무나 하는 것이 아니다. 인생의 본질을 파악하고 그 깊이를 음미할
때 비로소 풍류가 보인다. 이 풍류의 공간이 술집에서 자연으로 확장
되어 간다.

> 어촌(漁村)에 낙조(落照)ᄒᆞ고 강천(江天)이 일색(一色)인 제
> 소정(小艇)에 그물 싯고 십리(十里) 사정(沙汀) 나려가니
> 만강로적(滿江蘆荻)에 하무(霞鶩)은 섯거 눌고
> 도화유수(桃花流水)에 궐어(鱖魚)는 술젓ᄂᆞᆫ듸 유교변(柳橋邊)에 ᄇᆡ를 ᄆᆡ고
> 고기 주고 술을 바다 명정(酩酊)케 취(醉)ᄒᆞᆫ 후(後)에
> 관내성(款乃聲)을 부르면서 돌을 씌고 도라오니
> 아마도 강호지락(江湖至樂)은 이 뿐인가 ᄒᆞ노라.[164)

---

163) 주의식(朱義植) [자(字) 도원(道原), 호(號) 남곡(南谷)] 악학습령(樂學拾零) · 384
　　청구영언(진본) 227.
164) 樂學拾零 · 911 靑丘永言(가람本) · 568.

해질 무렵 강과 하늘은 한 빛이다. 갈대숲에 저녁노을이 가득 비치고 작은 고깃배가 그 속에 묻혀 있다. 잡은 쏘가리를 주고 술과 바꾸어 얼큰하게 취한 뒤에 노랫가락을 부르며 돌아온다. 달빛이 짙어 더욱 황홀하다. 자연에서 즐기는 그윽한 풍류이다. 그리하여 호젓하게 인생을 즐긴다. 물고기로 술과 바꾸어 마시는 소박한 서민의 생활상이 역력하게 드러난다.

한편 그렇다면 양반들의 풍류는 어떠했는가? 양반이 과연 이렇게 평범한 여인들을 일일이 견주어 이야기하겠는가? 굳이 한다면 평범한 여인네가 아니라 잘 생긴 기생들을 나열하거나 아니면 소문난 기생 그 누구와 어떤 연을 맺었던 것을 자랑할 것이다. 사실 그것이 또 당시 양반의 유풍이었다. 물론 다음에 거론할 작품은 조선 명종 때의 일화이지만 양반들의 풍류는 아주 잘 생긴 명기와의 일화나 절세가인과의 애틋한 사랑이야기가 자랑거리였다. 그리하여 위항인과는 달랐다. 다음에서 실제 마음이 굳세고 시문이 뛰어났던 소세양(蘇世讓: 1486~1562)의 일화를 살펴보자.

소세양은 젊었을 때 마음이 꿋꿋하다고 자랑하며 항상 말하기를 "여자에게 미혹당하는 사람은 남자가 아니다"고 했다. 송도 기생 황진(黃眞)은 재주며 얼굴이 세상에 가장 뛰어났다는 소문을 듣고 친구들에게 약속하기를 "내가 이 기생과 30일 동안을 같이 있다가 곧장 떠나와 끊고는 다시 털끝만치도 생각하지 않을 것이니 만약 이 기한을 어기고 단 하루라도 더 머물면 자네들은 나를 사람이 아니라고 하라"하고, 송도에 가서 황진을 보니 과연 멋진 기생이었다.

당장 한데 어울려 한 달을 묵색이고 내일 아침에 떠날 것이라고 개성 남문루(南門樓)에 올라 이별 잔치를 벌였다. 그런데 진이는 이별하기를 섭섭히 생각하는 기색이 전연 없고 다만 요청하는 말이 "지금 대감과 작별하는데 어찌 한 마디 말이 없이 헤어질 수 있습니까? 변변치 않은 시이나 한 수 올리려 합니다" 소공이 "그리하여라"하니 즉시 율시 한 수를 써 올렸다.

뜰에 달빛이 환하니 오동잎 다 졌고,
들판에 서리 내리자 국화가 누렇구나.
다락이 높아 하늘이 한 자 쯤 떨어진 듯,
사람이 취하니 술이 천 잔이구나.
흐르는 물은 거문고 소리와 어울려 쓸쓸하고,
매화는 피리소리를 따라 싱그럽다.
내일 아침 작별하고 나면,
그리운 생각 저 물결 따라 끝이 없으리.

月下庭梧盡	월하정오진	霜中野菊黃	상중야국황
樓高天一尺	루고천일척	人醉酒千觴	인취주천상
流水和琴冷	류수화금냉	梅花入笛香	매화입적향
明朝相別後	명조상별후	情意碧波長	정의벽파장

소세양은 한참 읊조려보고 탄식하기를 "옜다! 사람 아니 되어보자" 하고 그대로 눌러 앉고 말았다.[165]

이후 소세양은 두고두고 놀림감이 되었다. 하지만 천하의 명기(名妓) 황진과 푹 사랑에 잠겼으니 이런 놀림에도 별로 기분 나쁘지 않았을 것이다. 이런 것이 양반들이 관심가졌던 여인과의 애틋한 일화이다.

한편 양반의 자제와 위항인의 자제에게도 세상을 읽는 관심사가 달랐다. 먼저 위항인 자제의 경우는 다음과 같다.

요사이 위항인들의 자제 가운데에 손에는 비단 적삼을 한 자나 드리우고 신발코는 뾰족뾰족 하늘을 향한 채 너울너울 거리를 활보하는 자들이 있다. 그네들이 서로 말하는 것을 들어보면, "어느 골목 몇 번째 집에 어느 고을의 기생 아무개가 새로 뽑혀 올라왔다네", "어느 마을 누구의 아들이 투전에 져서 돈을 몇십 냥 빚졌다네" 이런 얘기들이니 그 부형이 근심하고 향당에서는 천시한다.[166]

이쁜 기생에 대한 관심과 투전 등에 관해 이야기 했다. 매우 통속적인 세계관을 보인다. 반면에 양반의 자제는 다음과 같은 데에 관심을 보였다.

사람의 눈치를 잘 살피고, 기운을 삼가고 공손히 대답하며, 필찰에 능하고, 호귀(豪貴)한 자의 집안을 출입하며, 나라의 일에 종사하여 자립하는 자는 부형이 기뻐하고 향당에서는 칭찬한다.

---

165) 홍찬유, 수촌만록「水村謾錄」, 역주 『시화총림』(下), (통문관, 1993), 1123쪽.
166) 김영진, 『눈물이란 무엇인가』(태학사, 2001), 225쪽.

성격이 좀 방탕한 자는 전자로 내달리고, 점잖고 얌전한 자는 후자로 드니 천백 가운데 이 두 경우를 벗어날 자가 거의 없다.[167] 둘 다 매우 통속적인 세속관을 가지고 있었다. 전자가 유흥적인 통속관에 기인한다면 후자는 출세 지향적인 기회주의적 통속관을 갖고 있었다. 물론 이런 것에 대해 비판할 것은 못 된다. 왜냐하면 대체로 젊은이는 기성세대의 가치관을 전제로 하기 때문에 그 정당성을 논의하는 것은 온당치 않다.

그러나 정작 위항인들은 양반처럼 들어 내놓고 놀 수 없었다. 또 아주 콧대 높은 기생들은 놀아주지도 않는다. 개중에 돈 푼이나 잔뜩 갖다 주면 일시적으로 환심이나 살까, 기본적으로 접근방식이 다를 수밖에 없었다. 사람이 다른 것이 아니라 제도가 그렇게 하도록 한 것이니 제도를 뜯어 고치지 않는 한 어쩔 도리가 없지 않는가 말이다. 그리하여 위항인이 이런 생활을 탐닉한 것은 사람에 따라 각 개인의 기질적인 것도 있었겠지만 그들의 태생적 신분적 한계에 대한 불만이 굴절되어 매우 통속적 삶을 즐기고 몰두케 하였다. 그래서 한양 장안의 예쁜 기생들의 명단이 이들의 주머니에서 굴러다니고, 종로바닥의 술값이 이들에 의해 결정되었다. 이런 당대 상황을 『숙종실록』 6권 3년 기미조(己未條) 간원(諫院)의 계사(啓辭)에 구체적으로 드러나고 있다.

한성부의 서리 30명이 1백 금(金)을 각 점포의 점주와 강변의 각 마을과 서울 근교의 사찰에서 거두어 들여 잔치를 열었습니다. 악공

---

167) 김영진, 『눈물이란 무엇인가』 (태학사. 2001). 225쪽.

을 부르고 풍악을 울려 걸죽하게 한 판 놀았습니다. 지금 기근이 혹심한데 감히 백성들의 재물을 긁어모아 종로 큰 길가에 잔치를 벌이고 사철의 명절마다 백성들에게 돈을 뜯어냅니다. 만약 깊이 다스려 강력하게 대처하지 않으면 간사한 습성을 막고 백성의 해를 제거할 수 없을 것입니다.[168]

　살핀 바와 같이 이들의 집단적 유희의 대담성을 알 수 있을 것이다. 한 두 개인이 아니라 통째로 놀이판을 벌렸다는 것은 이런 통속적 현실관에 동조하는 것을 전제한다. 또 일부 이들과 얽힌 탐관들의 묵인도 어느 정도 있었을 것이다. 이런 모습은 역시 김수장의 사설시조에서 더욱 확연하게 드러난다.

> 노래같이 좋고 좋은 것은 벗님네 아돗던가.
> 춘화류(春花柳) 하청풍(夏淸風)과 추명월(秋明月) 동설경(冬雪景)에
> 필운(弼雲), 소격(昭格), 탕춘대(蕩春臺)와
> 한북(漢北) 절승처(絕勝處)에 주효난만(酒肴爛漫)한데
> 좋은 벗 갖은 계적(稽笛) 아름다운 아모가 이 제일명창들이
> 차례로 벌어앉아 엇걸어 부를 적에
> 中 한 닙 삭대엽(數大葉)은 요순우탕문무(堯舜禹湯文武)같고 후정화(後庭花) 낙시조(樂時調)는
> 한당송(漢唐宋)이 되었는데 소용(搔聳)이 편락(編樂)은 전국(戰國)이 되어 있어
> 도창검술(刀槍劍術)이 각자 등양(騰揚)하야 관현성(管絃聲)에 어리었다.

168) 『숙종실록』 6권 3년, 기미조(己未條) 간원(諫院) 계사「啓辭」 참조.

공명(功名)도 부귀(富貴)도 나몰라라.
남아(男兒)의 이 호귀(豪氣)를 나는 좋아하노라.

매우 유흥적이다. 질펀한 놀이에 만족감이 넘친다. 이 시조에 등장
하는 인물은 가객, 명창, 악공 등 유흥적인 풍모가 어우러져 호기(豪
氣)의 분출로 단락을 짓고 있다. 또 당대의 겸인(傔人), 별감(別監) 등
은 한양의 기방을 운영하거나 기생의 오라비가 되어 한양 시전의 유
흥 분위기를 주도하거나 술값을 좌우하기도 하였다. 사실 당대로 보
아서는 이들의 삶이 기괴하고 오늘날 자본주의의 유흥적 소비형태의
일면을 선행하고 있었다. 이런 풍류와 자락의 삶에 김수장 나름대로
의 자부심도 드러난다.

　　팽조(彭祖)는 수일인(壽一人)이요 석숭(石崇)은 부일인(富一人)을
　　군성중(群聖中) 집대성(集大成)은 공부자일인(孔夫子一人)이시라
　　이 중에 풍류광사(風流狂士)는 오일인(吾一人)인가 ᄒᆞ노라.[169]

장수(長壽)의 대명사 팽조(彭祖), 부자의 대명사 석숭(石崇), 동양의
대표적인 성인 공자(孔子)를 열거하고 자신을 풍류의 일인자로 자처하
였으니 그의 호기가 대단했던 것을 알 수 있을 것이다. 이것은 그 만
큼 자신의 풍류적인 삶에 자부심이 컸던 것을 근거한 것이다. 그러나
극히 부분적인 비교이겠지만 양반들의 풍류와 위항인들의 풍류는 분

---

169) 해동가요(海東歌謠) 주씨본(周氏本) 517, 대동풍아(大東風雅) 20.

명한 차이가 있었다. 먼저 이덕형(李德馨: 1561, 명종 16 ~ 1613, 광해
군 5)의 권주가(勸酒歌)를 보자.

> 큰 잔(盞)에 ᄀ득 부어 취하도록 먹으면서
> 만고영웅(萬古英雄)을 손고바 혜여 보니
> 아마도 유령(劉伶) 이백(李白)이 내 벗인가 하노라[170]

양반의 호기를 영웅호걸과 견주어 보고 중국의 시인 유령(劉伶)과
이백(李白)을 끌어 자신의 낭만과 호쾌한 정감도 이들에 필적할 수 있
음을 은근히 과시하고 있다. 그리하여 그들은 중국 시인들의 호방한
정취와 낭만에 자신을 견주는 호기를 보여 주고 있다. 반면에 위항인
김수장의 권주가에서는 위항인 자신들의 처지를 위로하는 모습을 보
인다.

> 먹으나 못 먹으나 주준(酒樽)이란 뷔우지 말고
> 쓰거나 못 쓰거나 절대가인(絶代佳人) 겻히 두고
> 어즈버 역려광음(逆旅光陰)을 위로(慰勞)코져 ᄒ노라[171]

술동을 채우고, 가인을 옆에 두어 한 세상에서 자신을 위로 받고자
한다. 양반의 호기처럼 자신의 문학적 격식을 높이지 않는다. 지극히
서민적인 생활감정이 솔직하게 표현되었다. 그의 사설시조 38수가

---

170) 악학습령(樂學拾零) 107, 청구영언(靑丘永言) 진보(珍本) 100.
171) 해동가요(주씨본) 488, 악학습령 450.

양반을 지향하면서도 서민적 정취를 다분히 담아내고 있다. 매우 인간적이며 김천택과 더불어 쌍벽을 이루는 가인이었다. 그러면 당대의 일반적인 권주가를 비교해 보자.

제 것 두고 못 먹으면 왕장군(王將軍)의 고자(庫子)오니
은잔(銀盞) 놋잔(盞) 다 던지고 사기(砂器)잔에 잡으시오
첫직 잔(盞)은 장수주(長壽酒)요 둘직 잔(盞)은 부귀주(富貴酒)요
셋직 잔(盞)은 생남주(生男酒)니 잡고 연히 잡으시오

고래(古來) 현인(賢人)이 개적막(皆寂寞)후되 유유음자(惟有飲者) 유기명(留其名)후니
잡고 잡고 잡으시오 막석상두고주전(莫惜床頭沽酒錢)후라
천금산진환부래(千金散盡還復來)니 내 잡아 권훈 잔을 사양(辭讓)말고 잡으시오[172]

화려한 술잔 필요 없다. 사기(砂器)잔이면 된다. 권주가는 대체로 장수와 부귀를 축원한다. 그러나 위의 권주가는 인생의 허무감을 술로 채우려 한다. 옛 현인은 모두 사라졌고, 오직 술을 마셨던 자만이 그 이름이 남아 있다든가, 상 위의 술과 돈을 아끼지 말라, 돈도 흩어졌다가 다시 들어온다고 한 점 등은 18세기 상업문화가 활발했던 것을 유추할 수 있다. 그리고 양반들이 구체적으로 성현을 거론하여 학식이나 가치관을 피력했다면 서민들은 장수(長壽), 부귀(富貴), 생남

---

172) 대동풍아 314.

(生男) 등을 소원하였다. 이런 점은 지극히 현실적인 생활윤리를 중시
한 서민의식이 상당히 성장했던 것을 입증하고 있다.

이런 풍류적인 이야기 말고 이들 사이에 미담으로 전하는 '이쁜 아
내' 이야기는 이들의 현실 생활상을 잘 보여 주고 있다.

어느 재상가의 겸인(傔人)이 선혜청(宣惠廳) 서리로 임명되었는데,
자신의 수입을 꼬박꼬박 아내에게 맡겼다. 이처럼 7, 8년을 계속해서
살았으나 살림은 나아지지 않았다. 그러나 선혜청의 다른 서리들은
호의호식하며 화려한 집에 기생과 첩을 두며 날마다 향락을 일삼아도
가세가 날로 부유하여 갔다. 하루는 화가 난 그가 아내를 다그쳐 재
산을 대체 어떻게 했는지를 캐물었다. 그러자 아내가 그간 차근차근
하게 모은 돈을 잘 운영한 수만 냥을 꺼내 보이며 서리직을 그만두게
하였다. 그 돈으로 한양을 떠나 은퇴하면서 먼 곳에서 전답과 농장을
구해 유복하게 살면서 한양에는 다시 발을 붙이지 않았다. 몇 년 뒤
선혜청 서리 10여 명이 공금을 포탈한 사건 때문에 당상관의 연주(筵
奏)로 사형에 처해지고 가산(家産)을 몰수당하였다. 모두 그때 향락을
일삼던 자였다.[173]

아내의 검소한 생활과 안목이 다른 서리들의 집과 달랐기 때문에
재앙을 피할 수 있었다. 대체로 금전과 밀접한 부서의 서리들이 '호의
호식하며 화려한 집에 기생과 첩을 두며 날마다 향락을 일삼은 것'과
는 자못 대조되는 점이다.

---

173) 이우성 · 임형택 역편, 『이조한문단편선』(上) (일조각, 1984), 162~164쪽 참조.

사람은 어려서 배우지 않고 젊어서 훌륭한 스승을 만나지 못하거나 나아가야 할 방향을 잃어버리면 어리석고 우둔해지며 고집스러워져서 대체로 통속적 삶을 살 수밖에 없다. 위항인의 경우 어려서 배우고 성장하여 재주도 인정받았지만 그들을 담아 줄 제도와 욕망 발산의 폭이 좁아서 안타깝게도 일부는 이런 통속적인 '기괴성'으로 일생을 살았다. 인간의 정신은 자꾸 위쪽을 향하여 날아가고자 한다. 그러나 중력(욕망)이 이를 끌어당기려 한다. 이 양자의 역학관계에서 인생이 펼쳐지는 것이다. 18세기 위항인들은 이런 역학관계에서 다양한 변모와 '기괴성'을 보여준 것이다. 그리하여 그들의 문학은 양반과는 다른 관점에서 전개되었다. 양반이 주로 출세 지향적 세계관에 근거하여 세상읽기의 축을 이루었다면 이들은 있는 그대로의 현실을 읽고 거기에 자신을 녹이려 했다. 이런 풍류를 주도한 것이 경아전(京衙前)이었다. 이 경아전들이 한 판 재미있게 노는 모습을 다음에서 살필 수 있다.

꽃 피고 새가 우는 날이거나 국화가 피는 중양절(陽節)는 언제나 일대의 시인, 묵객, 금우(琴友), 가옹(歌翁)이 여기에 모여 거문고를 뜯고 혹은 젓대를 불며 혹은 시를 짓고 글씨를 썼다.[174]

당대로 보아서는 가문이나 당파나 정략관계로 얽혀있던 양반의 입장에서는 엄두를 낼 수 없는 일이었다. 일정한 장소에 모여 시를 짓고, 글씨를 쓰고, 악기를 연주하고 노래를 부르고 그야말로 구김살

---

174) 마성린(馬聖麟), 평생우락총록(平生憂樂總錄), 임술년조(壬戌年條) 참조.

없이 놀아대는 이 기괴한 모습을 어떻게 이해했을까? 내심 부러워했을 것이다. 평민이나 천민들도 이들의 이 기괴한 종합 예술행위를 구경하기 위해 문전을 기웃거렸을 것이다.

이 '기괴성'이 오늘날 서울의 대학로나 예술단체의 공연에서 일상적이며 더욱 분화되어 아름답게 전개되고 있다.

3. 기이한 행적

이들은 양반과 다른 '기사(記事)'를 남겼는데, 당대로 보아서는 역시 기괴한 내용을 주로 담았다. 양반들이 주로 문집을 통해 가문의 영광을 앙망하고 개인적인 정취나 고아함을 담았다면 위항인들의 글은 제도권에서 소외된 사람들의 사소한 담론을 싣고 시정에서 벌어진 기괴한 일들을 채록하였다. 그리하여 글자 그대로 기괴하고 재미있다. 원래 '기사'라는 문체는 다음과 같은 특징을 갖고 있다.

'기사(記事)'는 기(記)·지(志)의 다른 이름으로 야사(野史)의 계통이다. 옛날에 사관(史官)이 시사(時事)를 기록하였으나 이목(耳目)이 미치지 못하는 것은 자주 빠뜨리게 되었다. 이에 문인, 학사들이 견문한 것이 있으면 손이 가는대로 기록하여 혹 사관(史官)의 채록에 대비하기도 하고, 혹 사적(史籍)의 망실(亡失)을 보충하기도 하였다. 비록 명

칭은 같지 않으나 일을 기록한다는 점에서 한 가지이다. 따라서 기사
(紀事)로 개괄한다.175)

　지금까지 '기사(記事)'로 알려진 첫 작품은 갑자사화(甲子士禍)에 희
생된 권달수(權達手)의 피화(被禍)를 그린 이자(李耔: 1480∼1533)의
「기권달수피화사」(記權達手被禍事)이다. 기사는 조선 중기 사화(士禍)
를 통해 분출된 다기한 사건들이 취재되면서 출발한 셈이다. 때문에
실기적(實記的) 요소가 다분하다. 이후 임병양란의 충격을 거치면서
사건위주의 기사가 활발하게 창작되었다.176) 이 기사를 즐겨 쓴 계층
이 바로 위항인이었다. 양반들의 거대담론과 달리 시정의 자질구레한
이야기나 이인(異人), 유협(遊俠), 예인(藝人), 승려, 노비, 갓바치, 도
둑, 기생, 병졸, 서리 등에 관한 내용을 담아냈다. 그리고 주로 정체
(正體)보다는 파체(破體)를 활용하였기에 잡문(雜文)의 성격을 갖는다.
그리하여 다음과 같은 특징을 지닌다. 첫째, '기사(記事)'는 전대와 달
리 인물의 취재범위가 다양해졌다. 전언한 것처럼 중인에서 평민, 노
비, 이인(異人), 악공, 화가, 협객을 넘나든다. 둘째, 구체적인 묘사나
객관적인 서사를 통해 형상화 방법이 좀 더 치밀해졌다. 이것은 근대
화로 이행하는 문학의 진행성을 보여주는 점이라 할 수 있다. 셋째,
허구적 요소가 개입되었다. 단순한 사건의 보고에서 벗어나 논자의
문학적 가능성과 역량을 덧씌움으로써 읽는 재미를 더하고 대중화를
꾀하였다.

---

175) 徐師曾, 「紀事」, 『文體明辯』 권51 참조.
176) 정환국, 「조선후기 인물記事의 전개와 성격」 (한국한문학연구, 29집, 2002), 294쪽.

당대 위항인들이 자신들의 존재를 후세에 남길 수 있는 방법으로 두 가지를 모색하였다. 첫째는 그들의 시문을 모아 작품집을 편찬한 일이 었고, 둘째는 자신들의 행적을 전기(傳記)의 형식으로 세상에 남겨 놓는 일이었다. 이런 일련의 기록이 사대부의 문집에 간헐적으로 행장(行狀) 형식을 빌어 표출되기도 하지만 그들이 중심이 되어 구체화된 것은 조선 후기 헌종(憲宗)·철종(哲宗) 시기에 이르러서였다. 추재(秋齋) 조수삼(趙秀三)의 〈기이〉(奇異)는 이런 것을 구체적으로 보여 준 사례이다. 그는 기인(奇人)들의 행적을 부각하면서 사대부에 못지 않는 위항인의 존재적 의미를 상기시킴으로써 그들의 인격과 재능에 인간으로서의 가치를 부여했다. 이런 것들이 본격적으로 세상에 드러난 것이 『호산외사(壺山外史)』, 『이향견문록(里鄕見聞錄)』, 『희조질사(熙朝軼事)』, 『일사유사(逸士遺事)』등이다.177) 이 외에도 각 개별적인 문집에 산견되어 나타나기도 한다. 먼저 『이향견문록(里鄕見聞錄)』의 수록된 『향인우도(鄕人遇盜)」를 본다.

한 시골 사람이 장차 어버이의 장사(葬事)비용에 쓰려고 시장에서 소 한 마리를 팔았다. 집으로 오는 길에 산골짜기에서 도적을 만났는데, 애걸했으나 듣지 않고 칼로 위협을 거듭하였다. 그때 홀연히 골짜기로 기침을 하며 들어오는 자가 있었다. 자세히 보니 고을에서 도적을 잡는 포교(捕校)였다. 마침 시장에서 순찰을 하고 오는 길이었다. 가까이 와서 그들을 포박하고자 하여 물으니 도적들이 모두 겁내

---

177) 정후수, 『조선 후기 중인문학연구』(깊은샘, 1990), 288~289쪽 참조.

고 위축하여 당황하였다. 그때 시골 사람이 천천히 변명하기를 "저번에 이 두 사람의 빚을 지고 갚지 못했더니 이제 송아지를 팔았는데 마침 서로 만나게 되어 빚을 갚으라고 독촉하는 것이고 다른 까닭은 없습니다"라고 했다. 포교가 석연히 여기고 돌아보며 너무 강박하지 말라고 권하니 여러 사람들이 모두 "예, 그렇게 하겠습니다"라고 하였다. 포교가 간 뒤에 도적들이 크게 감복하여 말하기를 "우리들의 죽을 목숨이 살아났습니다. 맹세코 지금부터는 어진 사람이 되겠습니다"하고 서로 보호하여 숲을 나와서 갔다고 한다. 나의 벗 소은자(素隱子)가 이 이야기를 듣고 말하기를 "사람이 변고를 당하여 위급해지면 비록 지혜로운 사람도 미처 좋은 꾀를 낼 겨를이 없는데 무식한 시골 사람이 이처럼 온화하고 침착한 태도로 덕(德)으로써 원한을 갚았으니 비록 오랑캐의 나라에서라도 살아갈 수 있다고 하는 것이 이런 사람을 가리키는 것이 아니겠는가?"하였다.

평범한 시골 사람의 지략을 담았다. 그리고 덕으로써 원한을 갚는 행적을 통해 시골 사람이라 해서 결코 사대부들의 처신에 뒤떨어지지 않는 것을 보여주고 있다. 이것은 적어도 그가 은근히 사람은 신분에 관계없이 지혜로우며 대등할 수 있다는 것을 전제한 것이다. 이처럼 야담집을 통해 평민의식의 성장 또는 평등사회에 대한 열망을 표출하고 있다. 그리하여 18세기에 서술된 각종 위항인의 문집에는 일상의 소박한 민심이나 독특한 사건을 통해 혹정을 개선하거나 위정자의 각성을 요구하기도 한다.

혹정에 시달린 사람이 새벽에 가솔을 이끌고 도주를 하다가 범을 만났다. 범이 길을 막아서는 바람에 가솔들이 온통 겁에 질려있는데, 가장이 말했다. "동요하지 말라" 그리고는 의관을 꺼내 입고 엎드려 신하로 칭하면서 앞으로 나서며 말하는 것이었다. "저는 불행히도 혹독한 원님을 만나 세금독촉이 열화 같아 살아갈 수가 없습니다. 견디자니 벌을 받아 목숨 보존이 힘들 듯하고, 떠나자니 잡힐까 두려워 감히 낮에 출발하지 못하였습니다. 어찌 밤에 가기를 원했겠습니까? 할 수 없어 그런 것입니다. 지금 호군께서는 심산에 계시면서 숲속에 집을 두고, 곰을 신하로 삼으시고, 사슴과 돼지를 반찬으로 삼아서 잡수시며 누워 쉬고 심심하면 일어나 다니십니다. 숲에서 나와 울면 골짜기가 진동하고 좁은 길에서 소리를 내면 뭇 짐승들이 놀라니 그 위풍은 우레가 치는 듯하고 다니는 모습은 매서운 바람이 엄습하는 듯하니 가이 우뚝하고 당당하다 하겠습니다. 한 가지의 근심거리도 없으실 터인데 어찌 낮을 꺼려 밤에 다니십니까. 호군께서는 심히 영험하시어 빌면 반드시 응함이 있으니 어찌 차마 사람을 거듭 위태로운 지경으로 몰아 괴롭게 하시겠습니까? 부녀자는 무지스럽고 두려워하여 앞으로 나아가지를 못합니다. 비옵건대 위엄을 거두시고 막은 길을 열어 주옵소서. 만약 제 말에 따르지 않으면 또한 도망하라는 뜻으로 알겠습니다"

그러자 범이 노려보다가 앞으로 지나갔다. 이 이야기를 듣고 크게 웃지 않은 사람이 없었고 어리석다고들 여겼다. 아! 정말 어리석다. 그 원님 된 자도 잔혹하다고는 하지만 또한 사람과 동류이다. 그럼에도 오히려 사람에게 빌지 못하고 잔혹한 짐승에게 빌었다. 슬프다! 무

롯 포효하는 범에게 목숨을 빌어 일이 이루어진다는 것은 결코 없는
일이긴 하지만, 이 빈 사람은 빌 곳이 없다고 여겨 그런 것이다. 그러
기에 양자(楊子)가 말했다. "범이여, 범이여, 뿔과 날개를 함께 갖춘
자로다. 백성으로서 범에게서보다 더 큰 해를 입은 것이 어찌 태산의
부인 뿐이리요"[178]

　민초의 무지를 비유적으로 드러내었다. 동시에 그럴 수밖에 없는
가렴주구(苛斂誅求)한 현실을 개탄하고 있다. 따라서 이 소화(小話)는
위의 두 가지를 얻고자 했다. 이런 18세기 소화의 특징에 대하여 황
인덕은 다음과 같이 요약하고 있다. 18세기는 사회 경제적으로 변화
의 기복이 매우 크게 진행된 시기였고 이와 동시에 정치적 안정을 이
룬 시기이기도 했다. 이에 따라 이 시기의 소화(小話)는 삶에 대한 기
록이나 자기 위안적 기능에서 한 발짝 벗어나 지식인의 비판의식을
전달하고 표현하는 수단으로서 깊은 관심이 주어졌고, 따라서 단순한
기록보다는 표현의 가치가 어느 때보다도 높게 실현되었으며 양보다
는 질 쪽에서 소화의 기능이 주로 실현되었다. 이 시대의 지성이었던
이광정과 박지원 같은 인물이 그런 시각에서 소화에 대하여 관심을
보여준 대표적 인물이었다. 이들은 소화를 가공하여 크게 확대하는
데에 큰 관심을 보여주었다. 이 시대는 소화 혹은 소화집임을 표방한
이름을 찾기가 어려운데, 이는 그만큼 소화의 비판적, 교훈적 의미를
강조하여 받아들이고자 했던 당 시대의 지적 풍조를 반영하는 것이

---

178) 황인덕, 『한국기록소화사론』(태학사, 1999), 217~218쪽 재인용.

다. 즉, 긴장된 웃음을 만들고 의미를 찾으려는 데에 관심을 보여준 결과였다.

이런 표면적인 흐름과 함께 문학 관행으로서 필기설화나 잡기, 시화 등의 양식을 빌어 소화가 일정한 위치를 차지하며 기록화되는 추세도 변함없이 지속되었다. 이런 흐름 속에서 필기소화성의 증대·유분화의 지속·망라성의 강화 등 전시대부터 있어온 어느 한 특징이 강조되거나, 혹은 이들 양상이 복합적으로 실현되는 추세를 보여주었다. 이런 다양성 속에서 소화의 기록자나 저자의 개성과 의식을 좀 더 다양하게 수용해 나가게 되었다. 이것이 비록 뚜렷한 것은 아니었다 해도 이 시대 소화의 작은 흐름을 이루면서, 조선후기로 이행하는 과정에서 다기다양해진 소화의 기능과 수용층의 기호에 부응하는 데에 그 나름의 기여를 했다고 할 수 있다.

결과적으로, 강한 비판의식의 실현으로서의 소화의 흐름이 표면적·주도적 흐름을 이루는 한편, 관행적 기록으로서의 소화의 흐름이 이면적인 작은 흐름을 함께 이루면서 웃음의 창조와 감상의 기능을 실현했던 것이 18세기의 기록 소화사였다고 할 수 있다.[179] 그리고 이런 소화집 저술의 담당층이 중인계층으로 확산되어 갔다는 것이다. 초기의 소화는 등과하지 못한 양반군에서 주도했으나 19세기를 거치면서 중인층에게 계승되면서 전대와 다른 양상을 갖는다. 즉 무능한 양반에 대한 조롱이나 부패한 관리에 대한 비판, 모순된 사회제도에 대한 개

---

179) 황인덕, 『한국기록소화사론』 (태학사, 1999), 233~234쪽 참조.

혁 등 다양한 주제로 표출된다. 다음에서 그 일례를 살펴본다.

매사에 둔하기만 한 수령이 오직 거만한 것으로 일을 삼았다. 으레 뒤통수 쪽에서 부채를 부치는 모습이 보는 이들의 눈꼴을 시게 했다. 이 때문에 관아 사람들에게 웃음거리가 되었다. 하루는 한 어린 아전이 말하기를 "내가 뒤통수 쪽에서 부치는 사또의 부채질을 순식간에 턱쪽으로 옮긴다면 그대들은 내게 무엇을 보답하겠는가? … 중략 … 사또가 깜짝 놀라 얼굴이 흙빛이 되더니 쥘부채를 겨우 세네 폭만 펴서 턱밑에 부치며 말하기를 어떤 놈의 어사가 감히 내 고을에 들어오겠느냐?"라고 했다. 그러고는 이내 팔을 높이 들고 부채를 쳐들어 아까처럼 부채질을 느릿느릿 하니, 이를 몰래 보고 있던 사람들이 사또의 어리석음을 크게 비웃었다.[180]

이와 비슷한 이야기는 『성수패설』에도 볼 수 있다.

> 한 사또의 사람됨이 몹시 용렬하였다. 여름에 대청에 앉아서 부채를 뒷머리 쪽에 부치면서 거만하게 헛기침으로 가래를 돋구어 뱉곤 하여 관속들이 모두 미워했다. 한 아전이 그 동료들에게 말하기를 … 중략 … 사또가 먼저 부치던 부채를 뺨 아래로 내리더니 낮은 목소리로 묻기를 … 중략 … 사또가 다시 기가 높아져서 부채를 올려 뒷머리 쪽에서 부치면서 "그럴 것이다. 내 고을에 어찌 암행어사가 올 리가 있겠느냐?" 그 아전이 동헌 밖으로 나와 다시 술 석 잔을 빼앗아 마셨다.[181]

---

180) 『어수신화』, 제53화 참조.
181) 『성수패설』, 제19화.

중인의 입장에서 고약한 사또를 골탕 먹이거나 조롱하고 있다. 그리고 쓸데없는 것으로 권위적인 사또를 기롱하면서 중인의 비판의식을 드러내 었다. 또 양반들의 허식적인 지적 교만을 꼬집는 작품도 있는데, 이는 곧 양반의 권위에 대한 도전으로 볼 수 있다.

장인과 사위가 함께 사는데 사위가 문자 쓰기를 좋아했다. 한 날 밤에 처옹(妻翁)이 범에게 물려가 온 집안이 어찌할 바를 몰라 하는 중에 사위가 문자를 써서 구해달라고 외치기를 "원산호(遠山虎)가 근산래(近山來)하여 오지장인(吾之丈人)을 착거(捉去)라 유병기자(有兵器者)는 지병기이출(持兵器而出)하고 무병기자(無兵器者)는 시장이출(持杖而出)하여 이구오장인(以救吾丈人)하라"(먼 산에 호랑이가 가까운 산에 나타나서 나의 처갓집 어른을 잡아간다. 병기를 가진 자는 나오고 병기가 없는 자는 막대기라도 가지고 나와서 내 처갓집 어른을 구해달라.)라고 했다. 이렇게 몇 번을 외쳤지만 무식한 주민이 어찌 알아들을 수 있겠는가. 한 사람도 나와 보는 자가 없어 결국 구하지 못했다. 다음날 관청에 가 동민들이 사람이 범에게 상해를 입는 것을 보고도 좌시하고 구해주지 않았다는 것으로 고소를 했다. 사또가 여러 사람을 잡아다 구하지 않음을 꾸짖으니 그들이 모두 말했다.

"밤에 호환이 누구네 집에서 있었는지 몰랐습니다"
"원고가 저기 있는데 너희들은 그 무슨 말이냐?"
사람들이 모두 그를 가리키며

"당신 처옹이 어떤 날 밤에 호환을 당했는지 모르겠거니와, 더더욱 어째 우리에게 구해달라는 말을 안 했는가?"

"내가 밤에 이러이러하게 거듭 서너 차례를 불렀지만 당신들이 전혀 나와 보지도 않으니 이게 어느 곳의 인심이란 말인가?"

"당신이 문자로 수백 번 왼들 우리가 어떻게 이해를 한단 말인가?"

사또가 꿇어앉은 사위에게 말했다.

"사람이 범에게 물려 가면 급한 말(속어)로 구하는 것이 옳지, 어찌 문자를 써서 처옹을 구해주지 않았다고 여러 사람을 데려오고 보내게 하느냐? 네 죄는 용서될 수 없다"

이에 곤장 열 대를 때리니, 매를 맞으면서 또 문자를 써서 "애야(哀也: 아프다)라 둔(臀: 엉덩이여)이여 애야(哀也: 아프다)라 둔(臀: 엉덩이여)이여"라고 했다. 사또가 크게 화를 내며 즉시 유배를 보냈는데, 떠날 때에 장인이 전별을 하게 되었다. 장인은 본디 애꾸눈이었다. 강가에서 이별을 하느라 서로 눈물을 흘리면서 사위가 시를 읊었다. "봄날 강가에서, 장인께서 나를 보내네. 두 사람이 마주 보고 우니, 눈물은 세 줄기구나" 대개 이 시는 외눈박이 장인을 놀린 것이다. 장인이 노해서 말했다.

"못된 놈이 문자로써 정배를 가거늘, 또 문자로써 나를 놀리느냐!"[182]

---

182) 기문『奇文』, 제 51화.

현실과 유리된 문자생활을 조롱하고 있다. 즉 과거에는 양반의 유
식성이 인정되어 비록 절대 다수를 이루는 하층민이 모르는 것은 당
연하고 따라서 양반의 전횡성도 통용되었다. 하지만 조선 후기는 다
수의 평민과 성장한 중인들의 의식이 어느 정도 자리했기 때문에 양
반의 전횡성이 통용될 리가 없다. 양반 중심의 집행이나 해석은 위의
내용처럼 비난의 대상이 되었다. 비록 한자를 사용하는 능력이 양반
만큼 친숙하지 않았더라도 그들의 인식능력은 결코 양반에 뒤지지 않
았다. 오히려 변화된 시대상을 읽지 못하고 경직된 양반의 관행을 적
용하는 오류를 호되게 비판하고 있다. 그리고 재미있는 것은 위항인
이 전개하는 '전(傳)' 형식에서 문인을 등장시킬 경우 대체로 입전인
물의 자작시가 삽입되어 있다는 것이다. 이런 삽입시는 위에서도 살
핀 것처럼 입전인물의 시적 재능, 시재의 특징적 국면, 시세계의 특
징적 경향, 의식성향을 보여주는 기능을 수행하고 있다. 아울러 작가
자신의 자작적 삽입을 통해서는 입전인물에 대한 주관적 평가 − 포찬
(褒讚)을 함축적으로 발산하고 있다. 위항인인 작가가 자기계층의 문
인을 입전하면서 삽입시를 적극적으로 활용한 것은, 시가 문인의 형
상을 드러내는 데 가장 적절한 서술방식이라는 점이 우선 고려된 것
으로 보인다. 그리하여 궁극적으로는 이런 뛰어난 자질을 지니고 있
는데도 제대로 쓰이지 못하는 것은, 부당한 신분제약에 대한 불만과
한편으로는 이런 시적 재능을 통해 발산하고자 하는 신분상승욕구가
그 배면에 깔려 있는 것이다. 이것이 바로 위항인의 전 작가들이 삽
입시를 적극적으로 채택한 까닭이 아닌가 한다.[183]

　　다음은 조수삼(趙秀三)의 동리선생전「東里先生傳」에 그려진 자신의
서사적 찬미시(讚美詩)를 살펴본다.

　　높은 남악산

　　그 아래 동리(東里)가 있네.

　　윤기나는 미옥이요

　　빼어난 재목이라네.

　　초연하고 빼어난 사람들

　　이곳에서 태어났네.

　　아비는 고매한 선비이시고

　　선생은 효자라네.

　　상산사호의 많은 나이와

　　방덕공(龐德公)의 아름다운 자(字)를 가졌네.

　　학문에 전념하고

　　낚시와 주살로 맛난 음식 봉양하네.

　　벼슬을 초개처럼 여겼고

　　나뭇잎으로 옷을 입었네.

　　힘써 밭 갈아 먹고

　　책을 묻어 아비의 뜻을 따르네.

　　지금 남쪽으로 유람을 가지만

　　세월은 아득해도 그 사람은 가까운 듯.

　　남긴 행적 눈에 가득

---

183) 정병호, 「중인층의 傳에 나타난 揷入詩의 機能」, 『동방한문학』 21집 (동방한문
　　학회, 2001), 8쪽.

고매한 자취 귀로 쫓네.
옛터 이리저리 거닐며
그 사람 가슴에 품고 제문을 올리네.
아득한 이 혼탁한 세상에
맑은 자취 일어나네.

高哉南岳	고재남악	下有東里	하유동리
石蘊琬琰	석온완염	林珽杞梓	임정기재
矯矯逸人	교교일인	鍾毓于此	종육우차
大父高士	대부고사	先生孝子	선생효자
商顔邵齡	상안소령	鹿門美字	록문미자
誦讀苦工	송독고공	釣弋甘旨	조익감지
草芥簪組	초개잠조	木葉衣被	목엽의피
耦耕食力	우경식력	葬書順志	장서순지
余今南遊	여금남유	歲遠人邈	세원인이
遺光溢目	유광일목	高風聳耳	고풍용이
襃襃故墟	배포고허	敬敷嘉誄	경부가뢰
滔滔濁世	도도탁세	清標能起	청표능기[184]

이 작품은 속리산 기슭에 은거하며 후진을 양성하던 정윤(鄭潤)의 효행을 중심으로 서술된 작품이다. 그는 부친 정희교(鄭希僑)를 극진히 모셨다. 이를테면 살아계실 때는 의식주를 넉넉하게 해드렸고, 장례는 부친의 뜻을 받들어 모시고, 탈상 이후에는 풀뿌리를 씹고 물로

---

184) 조수삼(趙秀三), 「동리선생전(東里先生傳)」, 699~700쪽.

연명하는 그의 행적을 그린 작품이다. 양반 이상으로 유교적 덕목을 실천하는 정윤(鄭潤)을 통해 그의 뛰어난 효행을 강조하였다.

그런 과정에서 정윤의 인물됨을 부각하기 위해 삽입시를 사용했으며 시재에 뛰어나고 효행이 뛰어난 정윤은, 바로 위항인이라는 것을 은연중에 드러내었다. 다음은 최기남의 졸옹전(拙翁傳)에서 자신의 처지를 삽입시로 표현한 것이다.

북망가는 길 돌아보니
소나무에 부는 바람 서늘하고 쓸쓸하네.
떼거리 까마귀는 모였다 흩어지고
거친 들판을 날아다니네.
어둔 샘물은 저절로 졸졸 흐르고
엉킨 산은 부질없이 높기만 하네.
한 웅큼의 무덤
가지 많은 백양나무.
처량하다! 구천아래에
어둡고 아득하여 아침저녁이 따로 없네.
육신이 공허로 돌아가니
비방과 명예가 나에게 무엇하리?
해와 달로 보배를 삼고
하늘과 땅 집으로 삼으리라.
구로가 숨겨져 있는 것을 누가 알리?
아마 초동과 목동이 와서 노래하리라.

아득한 세월 뒤에

쓸쓸한 깊은 산에 의지하겠네.

眷言北邙道　松風寒蕭蕭

群鴉集復散　飛鳴繞荒郊

暗泉自潺湲　亂山空岧嶤

孤塚聚一抔　白楊攢衆條

凄凉九泉下　冥漠無昏朝

四大返空虛　毀譽於我何

日月爲璣璧　天地爲室家

誰知龜老藏　樵牧來登歌

千秋萬歲後　寂寞依山阿[185)]

　　장자적(老莊的)인 세계관이 배어 나온다. 육신이 공허로 돌아가고 비방과 명예를 초탈한 공간에서 노닐기를 바란다. 하지만 세속에 대한 미련이 아직은 조금씩 깔려 있다. 자연의 순리에 따라 죽음을 받아들이고 그 무덤에 초동과 목동이 와서 노래를 부르는 허(虛)의 세계가 쓸쓸한 정조 속에 그려진다. 그런 초라한 모습이 바로 위항인 최기남의 모습이다. 삽입시를 통해 자신의 궁색한 모습을 도가적인 정감으로 읊조렸다. 이처럼 삽입시는 위항인의 '전(傳)'에 매우 빈번하게 사용하는 기법인데, 이를 통해 주인공을 부각하고 작자의 심정을 투사시키고 있다.

---

185) 최기남(崔奇男), 「졸옹전(拙翁傳)」, 『귀곡집(龜谷集)』(이조후기 여항문학총서 1, 여강출판사, 1986), 110쪽.

이처럼 후기에 이르러서는 위항인을 중심으로 민중의 의식이 성장
했음은 다양한 기록에서 찾을 수 있다. 그간 양반 중심의 거대 담론
이 이제 일상의 질박함이나 기이한 경험 또는 재치와 해학을 중심으
로 전개된 것이다. 그리하여 이런 민중 중심의 문학적 이행과 생활상
을 다음과 같이 지적하기도 한다.

19세기는 사회 전반적으로 경제력의 중요성이 높아지는 반면 지배
이념이 약화되고 사회 계층 구조의 변화가 심하게 이루어져 중인의 역
할이 커지는가 하면, 이와 더불어 서민들의 자의식이 높아진 때였다.
그리고 이에 따른 영향이 문학과 예술 등 여러 분야에 걸쳐 앞 시대에
비해 더욱 뚜렷하게 파급되었다. 또한 이러한 영향이 기록 소화 쪽에
도 미쳐 소화집의 저술이 중인 계층 인물로까지 확장되었다. 그리고
계층성의 변화에 따라 기록 소화의 성격과 관찰 관점에서도 변화를 보
여 전 단계에 비하여 일상적 현실성과 구체성을 더 짙게 드러내고 있
다. 한편, 이 시기는 관심도가 높은 소화가 오랜 구전을 지속해 오면
서 더욱 일반적인 유형성과 강한 구전성을 확보해 나가는 추세를 보여
주었는가 하면, 性 소화가 여전히 인기를 끌면서 구전되어 전승층의
다양한 표현 욕구를 충족시켜주고 민담화를 지향하는 양상을 보여주
기도 한다.186) 이처럼 민중 중심의 문학으로 그 중심축이 옮겨가고 있
었다. 따라서 위에서 말한 것처럼 한자층의 지적 표현보다는 다수의
표현방식에 유의할 필요가 있었던 것이다. 이번에는 평민들의 기괴한

---

186) 황인덕, 『한국기록소화사론』(태학사, 1999), 287쪽.

체험을 담은 것들이 있는데 이런 한 일례로 안석경(安錫儆: 1718~
1774)의 「기승취열사(記僧就悅事)」를 살펴본다.

   젊은 수도승 취열(就悅)이 스승 보명과 함께 깊은 계곡에 나무를 하
러 갔다. 어린 나이에 수도의 고행으로 인해 몸이 몹시 쇠약해 있었
다. 그러나 그때 스승이 호랑이이게 물려 끌려가는 상황에 직면했다.
도끼를 갖고 달려들어 호랑이를 내리 쳐서 잠시 물리쳤지만, 문제는
그때부터였다. 취열이 보명을 감싸 안고 막 고갯마루로 올라가려고
하여 겨우 한 걸음을 뗄 때였다. 호랑이가 다시 다가와 눈을 부릅뜨
고 이빨을 번득이며 몸을 도사리면서 덮치려 했다. 취열이 곧장 쌍도
끼를 휘둘러 쫓으니, 호랑이는 다시 물러갔다. 취열이 다시 보명을
안고 앞으로 나아가려고 겨우 한 걸음을 떼자 호랑이가 다시 접근하
였다. 취열이 또 쌍도끼를 휘둘러 호랑이를 쫓았다. 이렇게 밀치고
당기며 50여 걸음을 떼서야 고갯마루로 올라올 수 있었는데, 한 걸음
마다 보명을 안고, 한 걸음 뗄 때마다 도끼를 들고 호랑이를 쫓았던
것이다. 이때가 3월 5일이었다. 눈이 녹아 질퍽거려 걸음마다 미끄럽
고 이따금 엎어졌다.[187)]

   사람 하나 없는 깊은 산중에서 호랑이에게 목이 물려 정신을 잃은
스승을 들쳐업고 호랑이와 사투를 벌이는 생생한 모습을 담아내고 있

---

187) 안석경(安錫儆), 「기승취열사(記僧就悅事)」, 『삽교집(霅橋集)』을집(乙集) 하(下).
    "就悅身抱普明 而將上嶺 纔移一步 虎卽來 怒目毒牙 伏而將奮 就悅卽雙斧 揮以
    逐之 虎又避 就悅又抱普明 而前纔一步 虎又來 就悅又雙斧以逐之 凡五十餘步
    乃上嶺 而每一步抱普明 而行一步拾斧逐虎 時三月五日也 雪融泥滑 步步顚蹶".

다. 그리고 눈이 녹아 질펀한 산길을 헤치며 스승을 살리겠다는 일념
을 드라마틱하게 그려내었다. 비록 조선시대라 할지라도 호랑이가 자
주 출몰한 관계로 호랑이에게 물려 죽었다는 내용을 간간히 담을 뿐
이처럼 처절한 생존기를 담은 내용은 흔치 않다. 이른바 기괴담이다.
이번에는 「서영천박열부사(書榮川朴烈婦事)」를 통해 기이한 원통함을
알아보자.

박열부는 과부였다. 이웃집의 김조술(金祖述)이란 자가 겁탈하려 하
자 곧장 관가로 달려가 고발하였다. 그러나 김조술은 아전들에게 뇌
물을 주고 풀려나왔다. 그리고 박씨가 남의 아이를 밴 음부(淫婦)라는
소문을 내어 동네에서 살기 어렵게 만들었다. 너무 억울한 나머지 다
시 관가로 가서 그 사실을 아뢰었다. 관비(官婢)를 보고 말하기를 "너
는 임신한 모양을 알 것이니 임신한 여자가 이런 모습을 하더냐?"하
고 속옷을 벗어 배를 드러내며 보이더니 다시 젖가슴까지 내보였다.
이를 본 자들이 모두 놀라며 "정말 처녀의 몸이네."라고 하였다. 박
씨는 밖으로 나와 관청의 빈 객사로 가서 새끼줄로 목 감기를 네다섯
번 하더니, 작은 칼을 가지고 그 목을 찔러 죽었다. 그러나 뇌물에 매
수된 수령은 음부(淫婦)가 자결한 것이라 단정해 버렸다.[188]

---

188) 성해응(成海應), 「서영천박열부사(書榮川朴烈婦事)」, 『연경재전집(研經齋全集)』,
  권17. "顧官婢曰 若知懷孕狀 懷孕者若是否 解褌披腹而示之 且按其乳 見者皆歎曰
  眞妻子身也 朴氏出至官廳空舍 以索緊繚其項者四五遍 引小刀 刺其喉".

그녀의 죽음은 그녀가 참을 수 없을 정도로 답답하고 굴욕감을 이기지 못해 선택한 극단적인 방법이었지만 결과적으로 그녀는 억울함을 뒤집어쓰고 죽었다. 비극적 사건이 일단락 된 듯하다. 그런데 이를 지켜보던 노복(奴僕) 만석(萬石)이란 자가 있었다. 원래 이 자는 김조술(金祖述)의 비(婢)와 부부였는데, 어떤 연유에서 그 비(婢)와 헤어지고 박열부의 진상을 필로(蹕路)에 하소연하였다. 그리하여 재수사가 착수되어 박열부의 원통함을 씻을 수 있었으니 참으로 기이한 사건이었다. 조선 후기에는 이런 것에 관심을 두어 기록하였다. 물론 하나의 실제적 사건이지만 당대에 평범치 않은 것, 즉 '기괴성'에 의미를 부여한 것이다. 이런 류의 작품들로는 성해응(成海應)의 「서영천박열부사(書榮川朴烈婦事)」, 홍석주(洪奭周)의 「기연산열부사(記連山烈婦事)」, 강재항(姜再恒)의 「기하인노사(記何人奴事)」, 심락수(沈樂洙)의 「서이여아복수사(書二女兒復讐事)」, 안석경(安錫儆)의 「검녀(劍女)」, 임매(任邁)의 「여협(女俠)」, 강이천(姜彝天)의 「서촌민부사(書村民婦事)」, 김조순(金祖淳)의 「오대검협전(五臺劍俠傳)」, 이광정(李光庭)의 「강상여자가(江上女子歌)」 등으로 대체로 설욕과 복수를 주로 다루었다. 이 중에 당대로 보아서는 완전한 열부(烈婦)로 칭송되는 강이천(姜彝天)의 「서촌민부사(書村民婦事)」를 살펴본다.

한 촌부(村婦)가 남편과 함께 친정으로 가던 중 길에서 도적을 만났다. 남편은 그 자리에서 살해되고, 자신은 겁탈을 당할 위기에 있었다. 섣불리 대적했다가는 자신도 결국 죽을 것이고, 남편의 원한도 갚을 수 없을 것으로 생각했다. 그래서 그 촌부(村婦)는 친정 부모님께 드리려고 정성껏 준비한 고기와 술을 내어 분위기를 잡았다. 그리고 술을 잔뜩 취하게 하여 도적의 욕망을 최대한 지체하도록 하였다. 이 무지하고 단순한 도적이 술에 취해 정신이 없을 때 옆에 놓인 도적의 칼로 도적을 찔러 죽였다. 그리고 돌아와 이 사실을 관청에 알리고 남편의 장례를 치렀다. 장례를 치른 뒤 촌부(村婦)는 곡기를 끊음으로써 죽었다.189)

사실 이런 위기에서 겁탈을 당하거나 또는 죽는 것이 일반적인데, 촌부(村婦)는 매우 침착하게 대처함으로써 모든 위기에서 벗어났다. 그리고 당대에 여성에게 요구되었던 정절과 열녀의 모습을 실천하여 칭송까지 받았다. 여기서 일차적으로 도적은 촌부(村婦)를 겁탈하려고 했다. 그런데 그 과정에서 술과 고기에 팔려 정신을 잃었다. 조선시대는 출가한 여자가 친정을 자주 가는 것이 그리 녹록한 일은 아니었다. 대체로 평민들은 농사철이 끝난 음력 10월경에 친정을 갔다. 간만에 친정을 가게 되면 개고기를 삶아 건져서 먹기 좋게 다지고 추수한 것 중에 가장 잘 여문 과일을 담고 또 시가(媤家)에서 빚은 술을 담아 가는 것이 일반적이다. 그야말로 집집마다 최고의 음식과 술을 준비해서 가는 것이다. 아마 굶주린 도적이 여기에 나가 떨어졌는가 보다. 도적이 포식을 하여 긴장을 늦추고 술에 취해 정신을 잃을 때 촌부가 결행하여 성공할 수 있었던 것이다. 그러나 이 사건에서 촌부

---

189) 강이천(姜彝天), 「서촌민부사(書村民婦事)」, 『중암고(重菴稿)』 이책(利册). "婦故作慼妢眉狀 盜頤下漸昂 婦妢以手中刀 刺其頸戕之 載夫屍 歸旣葬 不食死".

의 복수와 슬픔까지는 납득이 가지만 촌부가 곡기를 끊어 죽는 것을 칭송하는 것은, 시대의 가치와 사람들의 인식에 따라 달라질 수 있다. 그러나 가치 판단도 중요하지만 논지의 핵심은 매우 기괴한 경우라는 점이다. 기괴하였기에 기록된 것이다. 이번에도 역시 신광수(申光洙: 1712~1775)가 주막집에서 만난 '기괴한' 마기사(馬騎士)의 이야기를 살펴보자.

그는 예의도 차리지 않고 곁에 앉더니, 이윽고 주머니에서 돈 백닙을 꺼내서 술집 주인을 불러 돈을 먼저 주면서 술과 돼지머리를 하나 내오라 하였다. 연거푸 몇 사발을 들이키고 나서 차고 있던 칼을 뽑아드는데, 그 빛이 사람을 비추었다. 한 자쯤 되는데, 칼날에 추리(秋鯉)라고 새겨져 있었다. 그 칼로 돼지고기를 썰어 으적으적 씹어 먹는데, 의기(意氣)가 찌를 듯하며 남을 아랑곳하지 않았다.[190]

그런 마기사의 거침없는 행동에 놀랐고, 나중에 그가 고갯마루에서 도적들을 만나 단칼에 이를 모두 해치운 협객임을 알았다. 그런 마기사는 한라산 백록담에 뛰어 올라 크게 소리치며 달리기도 하고 쉬었다가 시를 짓기도 하였다. 그 시를 백록담 속으로 던지기도 하고 휘갈겨 쓴 시구를 돌무더기에 버리기도 했다. 이렇듯 흥이 다하면 배를 돌려 돌아왔다.[191]고 했다. 참 기괴한 사람의 기벽한 행동을 옮겼다. 멋져서인

---

190) 신광수(申光洙), 「서마기사사(書馬騎士事)」, 『석북집(石北集)』 권16. "不施禮 坐其側 已而 囊中出百錢 呼店主人 換酒一彘頭 連倒數椀 訖 拔佩刀光照人 一尺 刻其面曰 '秋鯉' 者 切彘肉唂盡 意氣偉然 傍若無人".

191) 위의 책과 같음. "大叫其上 跳躍狂奔已而 詩成 草書客亂筆 或投潭中 或棄亂石 間 如是者三日不食 興盡 挐舟徑歸".

가? 부러워서인가? 어쨌든 그의 매력은 '기괴성'에 있다. 이번에는 심노숭(沈魯崇: 1762～1837)이 기록한 구제불능아 구팔주(具八柱)의 기괴성을 살펴보자.

팔주는 젊어서부터 방달불기(放達不羈)하여 부친의 임소(任所)를 따라 노닐면서 날마다 주색과 가무를 일삼았다. 급기야 부형도 어쩔 수가 없었다. 부친 문영(文泳)이 여주 목사로 있을 때에 형 택주(宅柱)가 막 급제를 하여 잔치비용이 필요했다. 그래서 팔주에게 5만 전을 보냈는데, 그는 술과 소를 싣고 청심루(淸心樓)를 향해 떠나갔다. 배를 타고 서울로 오는데 팔주는 그냥 서울을 거쳐 바닷길로 나아갔다. ─ 대엿새를 가서 서산, 태안 부근에 닿았다. 곧장 청주 절도영까지 뱃길로 들어가 성안의 기생들과 숙박을 정하고는 날마다 음주와 가무로 지냈다.[192]

여러 달 만에 돈이 떨어지니 기생들에게 포구(浦口)로 뱃놀이를 가자고 속여 강 한복판에 이르자 "오늘 이 길은 국정(國政) 때문이니 어기는 자는 용서받지 못할 것이다"라고 위협하여 배를 한양으로 가도록 했다. 용산(龍山) 읍청루(挹淸樓) 아래에 배를 대고는 함께 타고온 기생들을 풀어주며 말하기를, "내 너희의 덕에 여러 달 동안 수륙으로 노닐면서 아주 흡족하였구나. 너희를 돌려보냄에 줄 돈이 없으나

---

192) 심노숭(沈魯崇), 「서구팔주사(書具八柱事)」, 『효전산고(孝田散稿)』 31책. "八柱 少不羈 從父遊宦 日所爲酒色聲樂 父兄不能止之 文泳爲驪州牧使 宅柱新登第 當 有衣裝費 使八柱領付緡錢五萬 八柱具牛酒載之 縱之淸心樓下 過京口 出海門 ─ 五六日風利 泊瑞山泰安之間 徑趣淸州之節度營 城中館妓舍 日酒食縱樂".

너희들이 지금껏 구경한 것만으로도 그다지 나를 원망하지는 않을 것이다"라고 하였다. 팔주의 나이 20여세 때의 일이었다.[193]

심노숭(沈魯崇)이 왜 이런 황당한 팔주 이야기를 기록했을까? 팔주에 관한 그 이후의 기록을 보면 어느 정도 짐작이 갈 것이다.

그는 뒤에 공부하여 한 고을의 군수가 되었다. 그리고 그 이전의 군수보다도 그 고을을 잘 다스렸다고 한다. 그러나 나중에는 금강산을 유람하고 와서는 모든 인사를 끊어 버리고 거문고에 잠심하여 한 세상을 보냈다.[194]

한 마디로 기인이다. 그리고 세상에 해를 끼치지 않는 기인이다. 꼭 출세지향적인 삶만이 전부가 아니라는 것을 보여주는 자료이다. 오늘날 학창 시절 모범생이 성공할 개연성은 높지만 정작 그들은 기존의 질서에 잘 순응되어 안정된 틀을 고수할 것이다. 따라서 이들을 통해 매우 천천히 전개되는 진보를 기대할 수 있지만 파격적인 변혁을 요구하는 것은 무리이다. 어떤 측면에서 기괴한 열등생이, 또는 기괴한 우등생이, 역사 발전의 주도자가 되거나 희생양이 될 수 있는 가능성은 더욱 크다.

팔주의 기괴한 행동은 당대 신분적 윤리로 보아서는 거의 패륜 수준이었고, 관료가 되지 못해 안달인 세상에 관직을 접고 거문고로 인생을 자락하는 것 그 자체가 기괴스러웠기에 그의 사건을 기록했을

---

193) 김영진, 『눈물이란 무엇인가』 (태학사, 2001). 95쪽.
194) 심노숭(沈魯崇), 「서구팔주사(書具八柱事)」, 『효전산고(孝田散稿)』 31책. "自山歸 不復爲進取計 斷候謁 家居蓄短琴 學爲詩 手弄口吟以爲樂".

것이다. 바꾸어 말하면 '기괴'에 대해 다시 한 번 생각해 볼 필요도
있다는 것이다. 모두들 관료 지향적 세계관이 전부인 시대에 거문고
로 인생을 마감할 수 있다는 그 자체가 파격이었다. 이 기괴에 꼭 필
요한 것이 유람과 불기(不羈: 얽매이지 않음)이다. 좁은 세계관에 벗어
나 틀에서 자유롭고자 했을 때에는 이것이 필연적이다. 그렇지 않은
다수에게는 당연히 기괴하고 "무엇인가 잘못되었다"고 생각했을 것
이다. 오늘날 선진국에서는 여행을 많이 한 것을 인생의 한 보람으로
삼는다고 한다. 발전은 불기(不羈)의 상태 즉, 얽매이지 않을 때 가능
한 것이다. 그렇다면 이것은 '기괴'가 아니라 역사 발전과정의 필연적
요건이다. 따라서 '기괴'에 대하여 관용적일 필요가 있다. 절대 다수
와 또는 보편성과 다르다고 하여 이를 배척하거나 비난하는 사회는
발전 가능성이 낮을 수 밖에 없다. 18세기 기괴성의 열림과 수용으로
한국의 근대화의 이행이 좀 더 자유로울 수 있었다.

이 외에도 이방익(李邦翼: 1756, 영조 32년~?)은 1796년 9월 제주
앞바다에서 뱃놀이를 즐기다가 풍랑을 만나 표류하여 중국의 푸젠성
팽호도(澎湖島)에 도착했다가 대만, 샤먼(廈門), 저장(浙江), 강남, 산
동, 북경, 랴오양(遼陽), 의주를 거쳐 이듬해 윤 6월 20일에 서울에
도착했다. 곧 정조를 뵙고 표해가(漂海歌)를 지었다. 실로 놀라운 기
행이었다. 박지원은 이에 관심을 갖고 많은 지면을 할애하여 그의 기
적적인 생환과 과정을 기술하였다(박지원(朴趾源), 「서이방익사(書李邦
翼事)」). 그러나 표해(漂海)에 관한 기록으로는 조선 성종 때 최부(崔溥:

1454~1504)가 쓴『표해록(漂海錄)』은 한 조선 문인의 입체적인 생존 체험기로서 중국 남방의 이국적인 정취와 험난한 여정을 생생하게 담고 있다. 특히 43인이 동행한 과정에서 갖은 난관에 봉착하고 1400년대 중국 남방의 모습을 살필 수 있는 훌륭한 자료이다. 이는 마치 하멜의 표류기처럼 최부를 통해 전개된 중국의 이국적 정취가 소개되고 입체적인 내용 전개로 많은 이들에게 사랑을 받아 읽혀져 왔다.195) 하지만 박지원(朴趾源)에 의해 소개된 「서이방익사(書李邦翼事)」는 분명 그 경로가 대만, 중국 강남, 강북, 북경, 한양(약 9개월간 이동)으로 최부가 상해, 항주, 경항운하를 거쳐 북경 한양(약 6개월간 이동)에 도착한 것보다 훨씬 범위가 크고 기간도 길다. 그러나 매우 자세하고 기행문으로서의 감흥이나 견문이 부족하여 널리 소개되지 못한 것이 안타깝다. 당대로 보아서는 매우 기괴한 체험인데 반해 충분히 전달되지 못한 이유는 최부의 경우는 성종의 어명으로 최부가 직접 집필하여 받친 것이고, 이방익(李邦翼)의 경우는 그 체험을 박지원이 듣고 기록했기 때문에 차이가 있는 듯하다.

---

195) 안영길,『문화콘텐츠로서의 고전읽기』(아세아문화사, 2006), 참조.

Ⅲ. 맺는말

위항인은 신분적 한계를 풍류를 통해 풀어냈다. 그리고 그 풍류는 매우 통속적이며 기괴하였다. 그들 중 일부가 이런 기괴한 풍류를 탐닉한 이유는 모순된 제도에 대한 기롱과 당대의 고관대작이 일생의 목표였던 양반과 달리 인생의 의미를 다른 곳에서 찾으려 했기 때문이다. 그리하여 보편성과 달랐기에 그들은 독특한 문학을 그려냈다. 그들이 풍류를 향유할 수 있었던 것은 경제적 윤택성에 근거한다. 물론 이 경제적 윤택성을 획득하는 방법의 정당성에 대해서는 비난받을 수 있으나 그들이 위험을 감수하고 그런 풍유를 감행한 그 이면에는 모순된 사회적 구조에 대해서도 공정하게 평가해 볼 필요가 있다. 그들이 즐겨 선택한 사설시조는 형식이 자유롭고 다양한 내용을 구김살 없이 담는 데에 적합하였기에 이를 많이 애용하였다. 파격이 형식이고 엮는 것이 내용이었으며 그 가운데 빚어진 풍류 중심에는 여인들이 있었다. 그리고 여성에 대한 새로운 이해를 시도했다. 즉 대등하거나 인간적인 사랑을 전제로 그들을 읽고 함께 하고자 했다.

한편 위항인들은 기괴한 담론이나 사소한 일상의 사건도 문학으로 담아냈다. 양반 중심의 거대담론이나 추상적 논의에서 소담론을 중심으로 기인(奇人)의 이적(異蹟)을 기록하고 일상의 소박한 서민의 정취를 형상화했다. 이런 것은 문학의 대중화를 시도한 일종의 이행기에 해당된다. 그들은 최기남처럼 삽입시를 통해 자신의 불우한 처지를 작품 중에 투사하기도 하였으며, 야담집에서 덕으로써 원한을 갚는 행적을 통해 평범한 시골 사람이라 해서 결코 사대부들의 처신에 뒤떨어지지 않는 것을 보여주기도 했다. 이런 작품에서 위항인의 탁월한 능력이 쓰이지 않는 현실에 대한 비분과 사람은 신분에 관계없이 지혜로우며 대등할 수 있다는 평등의식을 피력하였다. 이것은 곧 평민의식이 성장한 것을 입증한 것이며 동시에 평등사회에 대한 열망을 표출하고 있다.

이들의 풍류는 근대 대중문화의 전단계로서 불기(不羈: 얽매이지 않음)를 갈망하던 자유의지의 표출이었으며 더 넓은 세계를 갈망하던 모순된 제도에 대한 역설적 놀이이기도 했다.

제 2 장 고독하면 글을 써라

I. 여는말

학문은 어떤 방향을 지향할까? 논자에 따라 다양하게 그 추이를 설명하겠지만 대체로 세 가지로 압축할 수 있다. 첫째, 이성화를 추구한다. 인간은 동물적 존재이지만 동시에 이성을 구현한다. 따라서 학문을 한다는 것은 이성적인 활동을 구현한다는 것이다. 둘째, 합리화를 추구한다. 시대마다 그 지향가치가 다르겠지만 그 목적에 가장 적합한 방안을 구현시키려 했다. 그러므로 학문은 결국 현실에서의 합리화를 지향한다. 셋째, 인문화이다. 종교의 빛깔이 다르고 정책의 이념이 달라도 종국적인 것은, 인간에 대한 이해와 사랑을 전제로 한다. 그리하여 학문 활동은 인문화를 실천하는 것이다.

이런 학문 활동의 집결적 결과물이 저술이다. 즉 인간이 다른 생명체와 구별되는 가장 대표적인 특징 중에 하나가 바로 저술활동이다. 저술은 인간의 내면의 모습을 구체적으로 형상화하여 경험과 지식 및 감정을 특정한 어휘나 사유체계를 통해 드러내는 고도의 지적행위이다. 그렇다면 누구나 저술이 가능한가? 아니다. 저술할 수 있는 경험과 감정이 충만하더라도 일정한 지적체계를 갖추지 않으면 불가능하다. 이런 점에서 조선 후기 위항인들은 저술을 할 만한 일정 수준의

지적 능력을 갖추었다. 물론 모든 위항인을 지칭한 것은 아니지만 그
들 중 일부는 일정한 지적 기반을 갖추었다. 즉 집필의 능력을 구비
했고, 위항인이었지만 그것을 실현시킬 수 있는 사회적 여건도 형성
되었던 것이다. 그리하여 위항인의 저술활동이 가능했다. 그러나 위
항인의 저술활동은 양반과 달랐다.

대체로 양반은 가문의 영광을 잇고, 개인적인 학문의 성취를 전제
로 저술활동을 했다. 반면에 위항인은 저술활동이 그리 녹록하지 않
았기에 그들은 시사(詩社)를 중심으로 저술활동을 펼쳤다. 왜 그들은
그 어려운 여건에서도 저술활동을 하려고 했을까? 따라서 양반과 구
분되는 위항인의 저술연구 자체가 흥미로운 것이다. 그것이 어떤 의
미를 가졌기에 그토록 집단적으로 참여했으며, 어떤 형태로 흘러 무
엇에 귀착하였으며, 그 의미는 무엇인지를 살피는 것이 본 연구의 목
적이다. 그리하여 먼저 당대의 저술활동의 배경과 성향을 알아보고
이런 특징을 파악하려 한다.

1. 저술활동의 배경

18세기를 조선 문학에서의 르네상스로 일컫는다. 그리고 그 중심에 실학문학과 여항문학이 있었다. 생기발랄하고 창조성 높은 작품들이 산출되고 18세기 중반에는 읽혀졌던 소설이 천편이나 수 백편을 이룬다고 하니 당대의 대중문화가 양적으로 풍성한 것을 알 수 있다. 그리하여 이때에는 훈고가(訓詁家)와 전기가(傳奇家)가 서로의 입장을 달리하여 당대의 문풍을 평하기도 하였다. 즉, 훈고가가 말하기를, "저것은 아첨과 가벼움뿐이니 군자의 말이 아니다"라 하고 전기가가 말하기를, "저것은 지루하고 늘어져 꼭 서리 아전배들의 보고서 같다"라 하며 서로 꾸짖고 비방하여 논술이 그치지 않아 마치 예송(禮訟)을 벌이는 것과 같다.196)고 하여 당대 유행하는 문풍의 특징을 지적하기도 했다.

종로 거리의 전기수(傳奇叟)는 소설책 읽기로 벌이를 삼는가 하면 이야기를 전문으로 구연하는 강담사(講談師)도 존재했다. 박지원 소설의 주인공 송욱·예덕선생·김신선·광문 등은 여항에서 놀던 특이한 인물들이며, 야담(野談)·한문단편의 배경 또한 여항이었다. 전과 달리 이때는 여항에서, 여항의 부류들이 주도하였다. 문화예술의 부문에서 상품경제의 원리가 아직은 유치한 상태이지만 출현하였다. 방각본(坊刻本) 출판은 그 대표적 사례이다.197) 즉, 상품화폐경제가 발달

---

196) 김영진, 『눈물이란 무엇인가』 (태학사, 2001), 187쪽.
197) 임형택, 「18, 19세기 예술사의 성격」, 『한국문학사의 논리와 체계』 (창작과 비평사, 2002), 242쪽.

하면서 도시의 성장은 위항인들에게 활기를 넣어 주었다. 도시 중하위 인간 군상들에 대한 이해와 이들의 삶을 중심으로 다양한 이야기거리가 야담으로 발전되었다. 그리하여 당대의 대표적인 성령론자(性靈論者) 중에 한 명인 이언진(李彦瑱)은 "앞 성인이 가던 길을 걷지 말아야 바야흐로 진짜 성인이 될 수 있다"(不行前聖行處 方做後來眞聖)라고 까지 한 것을 보면 당대 위항인의 일부가 얼마나 독창성을 강조했는지를 알 수 있을 것이다.

또 한편으로 1823년 9,996명의 서얼들이 대규모의 상소를 올려 1851년에는 결국 서얼들도 벼슬에 등용하는 조치가 내려진 것에 자극을 받았다. 그해 5월 2일 통례원·관상감·사역원·전의감·혜민서·율학·산학(算學)·도화서·내의원·사자청(寫字廳)·검루청(檢漏廳)의 대표들이 도화서에 모여 장지완을 대표로 뽑고 현일(玄鎰)·정지윤과 함께 제술유사로 선발했다. 그리하여 이들 1,670명의 기술직 관료들은 234냥의 거사자금을 만들고 윤 8월 18일 철종의 행차길에 1,872명의 이름으로 합동상소를 올려 통청운동(通淸運動)을 펼쳤다. 그러나 서얼들의 통청운동은 성공했지만 위항인들의 통청운동은 묵살되어 실패하고 말았다.[198]

이런 시대 상황에서 위항인들은 시사(詩社)를 중심으로 그들의 문예활동을 공유하였으며 신분 상승의 제한성을 저술활동을 통해 해소하고자 했다. 적어도 문학에서 만큼은 평등할 수 있으며 자유를 향유하고자 하는 욕망을 분출한 것이다.

---

198) 허경진, 『조선위항문학사』(태학사, 1997), 392~393쪽 참조.

2. 저술활동의 성향

18세기의 역동적인 창작성도 19세기를 거치면서 퇴행적인 통속성으로 흐르게 되었다. 그 이유는 상품화 원리가 문학에 적용되면서 통속성을 요구했고, 대중성은 통속적 유희를 탐닉했기 때문이다. 초기의 개방성, 다양성은 창조적 문화를 추구했으나 대중성과 상품논리와 맞물려 '잡스러움' 또는 '통속성'으로 치닫게 되었다. 그리하여 당대 예술의 비속성(卑俗性)을 박효관은 다음과 같이 지적하고 있다.

근래 녹록한 무리들이 부지런히 서로 쫓아 훈연히 비루한 습속에 동화하고 있다. 혹은 한가한 틈을 타서 놀이를 즐기는 자는 뿌리 없는 잡요(雜謠)와 해괴한 짓거리를 귀천에 관계없이 전두를 주고 배우고 숭상한다. 어찌 옛 현인군자로서 정음(正音)의 여파를 하는 자가 있겠는가?199)

이런 지적은 당대 문화의 정곡을 찔러 지적한 것이다. 사실 문학이든 음악이든 예술이 발전하려면 향유자의 안목도 높아져야 한다. 18세기 해금 연주로 유명한 류우춘(柳遇春)은 "모든 소리는 밥을 구하는 데 있다"고 하면서도 "기술이 더욱 높아질수록 세상 사람들은 더욱 알아보지 못한다"200)라고 하여 당대 관객의 수준을 한탄하기도 했

---

199) 박효관, 「가곡원류(歌曲源流)」 발(拔), 가곡원류 국악원 본, 『한국음악학 자료총서』 5, (국립국악원, 1981). "挽近俗末碌碌謀利之輩 牧牧相趨 薰然共化於鄙吝之習 或偸閑爲戲者 以無根之雜謠謔浪之骸擧 貴賤爭與纏頭習尙 奚有古者賢人君子爲正音之餘派者".
200) 유득공, 「류우춘전(柳遇春傳)」.

다. 따라서 대중성을 고려하여 예술의 진취성보다는 퇴영적 통속성으로 흐를 수밖에 없었다. 게다가 19세기는 국왕 정조의 죽음과 함께 신유옥사로 출발한다. 신유옥사는 당시 불온한 것으로 본 종교를 박멸한다는 명분에서 취해진 조치이지만 내부로는 사상적 질곡으로, 외부로는 세계에 대한 자폐(自閉)로 부작용을 일으켰다. 즉, 정치적인 측면에서 세도정치라는 독과점적 권력구조가 형성되어 한동안 유지되다가 대원군 집정으로 넘어갔다. 세도정치의 경직된 체제가 실학 등 진보적 학술사상의 모색에는 직접적으로 제약을 가했으며, 여항의 문화적 활동에 대해서도 역시 직 · 간접으로 영향을 적잖게 끼쳤다.201) 그리하여 그 역동적인 창조성이 19세기에 퇴행성을 면치 못하게 되었다.

---

201) 임형택, 「문화사적 현상으로 본 19세기」, 『한국문학사의 논리와 체계』 (창작과 비평사, 2002), 287쪽.

II. 저술활동의 양상

위항인에게 저술활동은 집단적 또는 개인적 필생의 사업이었다. 이들이 저술활동에 집착한 것은 신분상승의 한계를 절감하고 시문으로 그들의 만감을 해소하려고 하였기 때문이다. 즉, 비록 신분적으로는 양반의 다음 단계였지만 문학 활동에서는 양반과 대등할 수 있다는 것을 전제한 의식적인 표출이었다. 그리하여 각종 시사(詩社)활동에서 그 결과물로 책이 엮어지고, 개인적인 지적활동의 성과물로 저술활동이 활발하였다. 그들은 시사(詩社)를 중심으로 전집을 엮거나 개별적으로 '기사(記事)'형식을 빌어 각양의 내용을 담았다. 이들이 담은 내용은 매우 사소한 내용에서 기벽스러운 것까지 포함하여서 사대부 시문과는 다른 독특한 양상을 갖고 있다. 시나 시조를 선별할 때도 양반보다는 위항인의 작품을 상당한 분량까지 할애함으로써 나름대로 문학적 자긍심이 컸던 것을 유추할 수 있다. 이것은 비록 당대의 현실이 그들을 옥죄어 신분적인 상하관계로 나누었지만 정신적인 면에서는 양반과 대등할 수 있다는 염원을 반증한 것이다. 그리고 그들이 세상을 읽는 시각은 양반과 달리 소외된 계층이나 위항인을 중심으로 하였기에 내용 역시 사대부 문집과 차이를 보인다.

초기에는 양반의 문화를 선망하였지만 시간이 흐를수록 그들의 빛깔로 작품을 엮어나갔다. 즉 야담집을 중심으로 소외된 계층에 대한 이야기를 쓰고 시정잡사와 기괴담을 담아냈다. 또 역대의 명시를 뽑되 그 중심에 사대부와 비견되게 위항인을 배치한 점도 그러하다. 그들은 저술활동을 통해 자신들의 존재적 의미를 부여하였고 그들대로의 사승관계를 계승하였으며 문학의 대중화에 기여한 것이다.

1. 시사(詩社) 중심의 저술

위항문학의 본격적인 출발은 임진란에서 비롯한다. 예의바르고 심지가 굳어 사대부들에게 사랑을 받았던 유희경, 그리고 위항인 것을 부끄럽게 여기지 않고 호방하게 살았던 백대붕, 시를 잘 지어 선조(宣祖)로부터 인정을 받아 벼슬에 오른 의원 정치(鄭致), 위항인이라는 신분적 제한 때문에 진사에 그친 시인 문계박(文繼朴) 등이 이른바 풍월향도(風月香徒)였다. 이들은 초기 위항인으로서 위항인이라는 운명적인 삶에서 조심스럽게 살아야 했다. 즉, 목소리마저 제대로 드러낼 수 없었다. 그러다가 유희경의 제자 최기남(1586~1669)에 이르러서 본격적으로 시사(詩社)가 결성되어 표면적으로 조금씩 이들의 활동을 드러내었다. 특히, 초기 시사(詩社)였던 삼청시사(三淸詩社)는 의원과 역관으로 구성되어 경제적으로 넉넉하여 양반 못지않게 풍류를 즐겼다. 그리하여 이들이 함께 읊은 261편을 엮은 『육가잡영(六家雜詠)』이 1658년에 탄생한다. 이후 개화기까지 줄기차게 위항인의 저술활동이 이어진다.

이 위항인들의 저술에 대하여 심노숭은 비판적인 입장으로 다음과 같이 지적하고 있다.

위항인의 시집은 약간의 재기는 있으나 아첨과 애절함이 대부분이니 그 본색이 그러하다. 그 예로 이봉환의 시를 지적하여

산에는 고려 주변의 기세가 남아있고
매화는 관리의 적막한 수심을 위로하네.
하략

山餘勝國周遭勢 산여승국주조세   梅慰分司寂寞愁 매위분사적막수

홍신유의 시를 가리켜

신하의 다름은 흥망을 겪었고
눈비 흩뿌리니 계절이 차웁다.
하략

山河之異興亡閱 산하지이흥망열 **雨雪其霏節序寒** 우설기비절서한

등을 거론하면서 대체로 속되고 얕고 아첨하고 꾸몄으니 시정소민(市
井小民)의 '弼雲臺調(필운대조: 필운대는 인왕산에 있는 바위로 이 아래에
경아전(京衙前)들의 주유 거주지였던 이른바 '우대'의 서쪽이다)'라고 하였
다. 여기에는 위항인들의 유상(遊賞)과 시회(詩會)가 늘 있던 곳이었다
고 했다. 그리고 이런 시풍은 김창흡(金昌翕) · 홍세태(洪世泰)가 당(唐)
의 피일휴(皮日休) · 육구몽(陸九蒙), 명(明)의 하경명(何景明) · 이반룡
(李攀龍)의 시풍을 잡다하게 써서 처음 그런 시풍을 열었고, 이천보(李
天甫) · 조관빈(趙觀彬)이 그것을 따랐으며, 이봉환에 이르러 드디어
하나의 시파를 이루게 되어 일시 수재들의 시를 거의 다 바꾸어 놓았
다. 근년에 이덕무(李德懋) · 박제가(朴齊家) 등의 무리가 그 법을 이어
받았으니 사대부 자제로 재주와 식견이 모자라는 이들이 점점 거기에
물들게 되었다.

우리 선왕께서 이것을 걱정하시어 유기(劉幾)의 험괴한 시를 내쫓
아 가우(嘉祐)의 교화를 이끈 것[202]과, 경박한 것을 순후(淳厚)한 데로

---

183) 유기는 송나라의 문인으로 글에 난해한 어휘 쓰기를 좋아하여 구양수가 그를 매
우 싫어하였다. 구양수가 시험을 주관하다가 유기의 글을 보고는 큰 붓으로 붉게
시험지를 칠해버렸다. 유기는 가우(嘉祐) 연간에 이름을 휘(輝)로 바꾸어 다시 응
시했는데 구양수는 그 답안을 진사 1등으로 뽑았다가 그 자가 유기라는 사실을

되돌리는 것을 문체를 바꾸는 데에서 시작하였다. 이는 천년에 한 번 날 만한 좋은 기회로써 거의 열에 여덟, 아홉의 성취를 얻었는데 정호(鼎湖)의 용은 머무르지 않고, 운문(雲門)의 춤추는 짐승은 자취가 없어졌으니 아 이를 어찌 차마 말하리오![203]라고 하여 위항시를 비판하였다. 그러나 대세를 막을 수는 없었다.

위항인 최기남은 두 아들인 최승태·최승주에게 공부를 많이 시켰는데, 이 두 아들이 낙사(洛社)의 활동에 참가할 때 비로소 위항시사가 본격적으로 부상하게 된다. 이처럼 무언가가 제대로 부각되기까지는 많은 이들의 희생적인 노력과 보이지 않은 튼실한 밑거름을 전제로 한다. 신분적 제약이 많았던 위항인에게서는 더욱 많은 희생과 시간이 필요했다. 그리하여 그들이 일구어 낸 것이 무엇이냐? 그것은 그들의 이런 활동들이 훗날 대중교육을 여는 데 기여했다는 점이다. 물론 당시는 그들의 재능을 펴고, 한편으로는 호구지책을 위해 양반 자제는 물론이지만 평민의 자식까지도 받아 가르친 이들의 대중교육은 근대 국민교육을 여는 토대가 되었다. 또 그들 중 일부는 누대로부터 역관에 종사한 탓에 누구보다도 세계의 흐름을 잘 알았다. 이때문에 그들은 개화에 실질적인 업무를 주도했다. 이런 과정에서 이들의 저작활동은 눈부시게 발전하였고, 양적인 면에서도 성장하고 있었다. 먼저 시사(詩社)를 중심으로 한 저술활동을 본다.

알고 크게 놀랐다고 한다.
203) 김영진, 『눈물이란 무엇인가』 (태학사, 2001), 152~154쪽 참조.

詩社名	주요 구성원	특징	저술물
三淸詩社	崔奇男 · 鄭枏壽 · 南應琛 · 鄭禮男 · 金孝一 · 崔大立 등	역관과 의원이 중심.경제적으로 윤택함.	六家雜詠
洛社	石希璞 · 崔承太 · 鄭希僑 · 庾纘洪 · 林俊元 · 李得元 · 姜就周 · 金富賢 · 洪世泰 ·	민중지향적인 성향이 강함. 현실의 모순을 고발하고 개선을 선망.	海東遺珠 昭代風謠
玉溪社	張混 · 崔昌圭 · 李陽秘 · 金洛瑞 · 千壽慶 · 張淪 · 金瀬文 · 白履相 · 林得明 · 李仁煒 · 趙匡蘭 · 金泰漢 · 愼度欽 · 盧允迪 · 朴允默	인왕산에서 경복궁으로 흐르는 玉溪에서 명명함. 일명 松石園이라 함. 순수한 詩社.	風謠續選 松石園山史 玉溪雅集帖 玉溪詩史
錦西社	鄭守赫 · 韓應範 · 張旭 · 魏完圭 · 崔東益 · 金瀬 · 金聲寛 · 孫壽洪 · 鄭宇赫 · 鄭守赫	금교의 서쪽에서 시사를 결성한 순수한 동호인 집단. 玉溪社의 후배 중에 비교적 소외된 사람들이 결성.	錦西社甲乙選 小隱詩稿 錦西社甲乙選
斐然詩社	張之琬 · 장효무 · 高晉遠 · 林元瑜 · 柳기 · 朴士有 · 韓伯瞻	장지완과 마음이 맞는 여섯 명이 주축이 되어 결성하고 그의 호를 따서 비연시사라 함. 성령을 중심으로 문학을 펼침.	枕雨堂集 사포시초
西園詩社	김희령 · 지석관 · 박기열 · 조경식	玉溪社의 후배들이 주축을 이룸. 七松亭詩社와 구별짓기 위해 서원시사로 지칭. 조선후기 평민문학을 향유함.	
稷下詩社	崔景欽 · 朴膺模 · 趙熙龍 · 劉在建 · 李慶民	위항 선배들의 생애와 업적을 체계적으로 정리함. 배움과 우정을 중심으로 결성됨.	風謠三選 壺山外史 里鄕見聞錄 熙朝軼事

詩社名	주요 구성원	특징	저술물
七松 亭詩社	趙基完 · 張佑根 · 張信永 · 金鍾大 · 金圭源 · 吳宖默 · 劉熙復 · 朴鳳儀	대원군의 후원으로 성장 하였기에 대원군의 몰락 과 함께 소멸됨. 정치적 으로 이용되었음.	苗園詩抄
六橋詩社	姜瑋 · 金得錬 · 池錫永 · 池運永 · 朴永善 · 金景遂 · 高永周 · 高永善 · 高永喆 · 李琦 · 李琠 邊煒 · 邊炡 · 邊燧 · 白春培 · 金奭準 · 玄隉 · 李源兢 · 裵琠 · 李鳴善	개화에 적극 가담한 역 관이 주류를 이룸. 고 관에 임명됨.	擬三政捄弊策 環璆唫艸 惜字如意寶錄 公報抄略 通文館志 大東詩選 朝野詩選 紅藥樓詩初集 續懷人詩錄 希庵詩略 皎亭詩集 中人來歷의略考

　위의 표에 살피듯이 위항인들의 저술활동은 주로 시사(詩社)를 중
심으로 이루어졌다. 초기의 순수한 시회(詩會) 중심의 활동이 후대로
갈수록 정치적 활동과 맞물려 종국에는 개화의 실무를 맡는 역할을
하게 된다. 위항인이 위항작품을 많이 상재한 것은 사대부나 양반에
대한 부정적인 인식을 전제한 것이다. 남들이 알아주지 않는 그들의
재능을 그들 스스로가 동병상련함으로써 지위와 신분상승을 열망했
기 때문이다. 그리하여 양반의 글에서 맛볼 수 없는 독특한 서민적
정감이나 일상에 대한 세심한 관찰이 나타난다. 이들 중에 장혼
(1759~1828)의 작품 「술빈시(述貧詩)」를 보면 독특한 인생관을 읽을
수 있다.

우러러 하늘을 원망하지 않으리라
원망하면 하늘도 날 꾸짖을 터이니.
구부려 남을 탓하지 않으리라
탓하면 남도 날 원망할 터이니.
하늘도 사람도 허물할 것이 없으니
어찌 가벼이 욕하고 더럽힐 것인가?

仰亦不怨天 앙역불원천   怨天天譴督 원천천견독
俯亦不尤人 부역불우인   尤人人怨讟 우인인원독
天人無所咎 천인무소구   何況輕嫚嫚 하황경만만

대체로 위항인의 경우 태생에 대한 울분이 가득 차 있는데, 장혼(張混)의 경우 이런 것을 뛰어넘었다. 그는 어려서부터 너무 영리해서 그의 부친이 글을 배우지 못하게 했다고 한다. 그러나 타고난 자질은 어쩔 수 없어 어려서 문선『文選』을 읽고 10세에 시(詩)를 배웠다고 한다.204) 그는 정조 경술년(1790) 감인소(監印所)의 사준(司準)이 되어 책을 교정하고 만드는 일을 시작했는데 후일 규장각에 근무하면서『풍요속선(風謠續選)』의 편집에 적극 참여하였다. 그가 교정한 서적은『오경백편(五經百篇)』,『좌전(左傳)』,『사기영선(史記英選)』,『팔자백선(八字百選)』,『주서백선(朱書百選)』,『사부수권(四部手圈)』,『두릉분운(杜陵分韻)』,『오륜행실(五倫行實)』,『규장전운(奎章全韻)』,『규장명선(奎章名選)』,『태학은배시집(太學銀杯詩集)』과 같은『술정제서(述定諸書)』

---

204) 장혼(張混),『이이엄집(而已广集)』, 권14(卷十四), 사(私)「초랑설(艸囊說)」.

가 있었고, 『율곡전서(栗谷全書)』, 『도암집(陶菴集)』, 『낙천집(樂泉集)』, 『정암집(貞菴集)』, 『충무공전집(忠武公全集)』, 『수산집(修山集)』, 『문공연보(文公年譜)』, 『근재집(近齋集)』 등을 인행(印行)하였다. 규장각 서리로 일하면서 실로 엄청난 양의 서적을 간행한 것이다. 현전하지는 않지만 자작 시문집 『비은집(菲殷集)』 22권이 있다고 한다.205) 훗날 그는 '이이엄(而已广)'이라는 木活字를 만들어 많은 서적을 찍었고, 특히 장혼이 저술한 아동용 교과서는 조선 말기까지 읽혔으며 『계몽편(啓蒙篇)』은 1913년 신구서림(新舊書林)의 간본(刊本)을 시작으로 완주(完州) 양책방(梁冊房) 간본(刊本)까지 10차례나 간행되어 근대 대중교육에 지대한 공헌을 했다. 다음 그의 「첩운제원벽(疊韻題園壁)」을 읽으면 서민적 정취가 모락모락 피어난다.

맑은 복은 지금보다 더할 게 없다
열 칸짜리 집 한 채를 개울가에 지었네.
담장 동쪽에 대나무를 자주 보살피고
울타리 아래에 국화를 기르네.
고매한 선비사는 곳은 어디나 즐거운 땅
벗들의 시구로 명가(名家)를 이루었네.

산속에 살기에 세속과 인연 끊었지만
아침저녁 이 경치를 누구에게 자랑할까!

---

205) 서옥계시사(書玉溪詩社), 수계첩후(修稧帖後).

清福于今莫爾加	청복우금막이가	十間方宅潤之涯	십간방택윤지애
墻東頻訊平安竹	장동빈신평안죽	籬下多栽隱逸花	리하다재은일화
高士攸居皆樂地	고사유거개락지	故人詩句自名家	고인시구자명가
山中久斷紅塵想	산중구단홍진상	日夕風光誰與誇	일석풍광수여과

도연명의 은일의 즐거움과 소박한 서민적 자긍심이 깔려 있다. 사회
신분적으로는 중인이었지만 문화적으로는 사대부와 다를 바가 없다.
몰락한 사대부의 경우 가문의 부흥을 위해 고심하기 때문에 이와 같이
호적한 시문을 짓기란 쉽지 않다. 그래서 위항인의 시는 청초하다.

위항인들은 장혼처럼 더 이상 신분상승을 일생의 목표로 삼지 않기
때문에 저술활동 역시 매우 전문적인 견지에서 전개하였다. 그리하여
그들에게 저술활동은 남다른 의미 있는 일이었다.

2. 기사(記事)형식을 활용한 저술

이런 시사활동 이외에도 각자의 문학 활동이 활발하게 전개되어 서
민 중심의 삶을 포착하고 기이한 행적을 담은 야담집이 발달하였다.
즉, 기사의 형식을 빌어 재미나는 읽을거리를 기록하였다. 이 기사에
대한 분석은 정환국이 분류를 잘 정리했는데206) 이를 참조한다.

---

206) 정환국, 「조선후기 인물기사(記事)의 전개와 성격」 (한국한문학연구, 29집 2002),
    296쪽.

인물유형	주요작품(작자)	비고
효 · 덕행	『記果川李孝子事』(李義秉) · 『書姜孝子事』 · 『書閔孝子事』(柳疇睦) · 『記李生夢鯉事』 · 『書金盆春事』(朴胤源) · 『記淸州孝女事』(俞晩柱) · 『記康泰雍事』(李忠翊)	
열녀	『朴烈女記事』 · 『裵烈女記事』(權相一) · 『記江陵女事』(俞晩柱) · 『書榮川朴烈婦事』 · 『書淸安張氏處女獄事』(成海應) · 『記趙烈女事』(李家煥) · 『書村民婦事』(姜彛天) · 『記連山烈婦事』(洪奭周)	『記江陵女事』와 『書村民婦事』는 같은 소재임.
중인 · 서리	『書朴生事』(蔡濟恭) · 『記朴譯事』(吳載純) · 『記訓局卒事』(李家煥) · 『記木川縣吏金漢采事』(成海應) · 『書長水吏事』(洪奭周) · 『書金秉周事』(李建昌)	『記朴譯事』의 경우 柳疇睦의 문집에도 똑같은 작품이 실려 있음.
하층민	『記何人奴事』(姜再恒) · 『記僧就悅事』(安錫敬) · 『記礪山店翁事』 · 『記皮工事』(俞晩柱) · 『記柳氏婢事』(李勉伯) · 『書田男子事』(洪敬謨) · 『書朴氏老婢事』(李馨溥) · 『記三婢事』(李南珪)	
유협	『書金重憲事』(蔡濟恭) · 『記二劍姬事』(俞晩柱) · 『書二女兒復讐事』(沈樂洙) · 『書具八柱事』(沈魯崇) · 『書金壯士打虎事』(洪祐健)	『記二劍姬事』와 『書二女兒復讐事』는 같은 소재임.
異人	『書馬騎士事』(申光洙) · 『記西海釣魚人』(李虹) · 『書船人盧貴贊事』(朴準源) · 『書白永叔東脩事』(成海應) · 『記滄海翁遊山事』(姜彛天) · 『記金籑笠事』(申錫愚)	
藝人	『記樂工金聖基事』(李英裕) · 『書洪琴師事』(成大中) · 『記承翁琴』(洪錫謨)	
기타	『書李邦翼事』(朴趾源) · 『記古今島張氏女子事』(丁若鏞) · 『書西平君事』(李馨溥) · 『記文可尙事』(趙秀三)	

위항인들의 관심이 시사(詩社)에만 집중되지 않고 다양하게 분산되어 전개되었던 것을 알 수 있다. 위의 것은 주로 단편적인 한 개인의 행적을 중심으로 서술하였다. 그리고 그 중심에는 '의협(義俠)'이 있었다. 일반적으로 '협(俠)'이란 힘을 써서 옳은 일을 행할 때 붙이는 명칭이며, '의(義)'란 힘과 물질을 써서 옳은 일을 할 때 붙이는 명칭이다. 위항인의 '기사(記事)'에는 이런 '의협(義俠)'을 중심으로 사건이나 인물을 담고 그것의 행위가 독특하게 그려지기 때문에 '기괴성'이라는 특징을 갖는다. 그리고 이 보다 좀 더 포괄적인 내용을 담은 것이 바로 야사집(野史集)이었다.

그 중 대표적인 야담집으로 조희룡(趙熙龍: 1789~1866)이 1984년에 쓴 『호산외사(壺山外史)』가 있다. 그는 추사 김정희의 제자로 매화 그림과 매화시로 유명하다. 그러나 신분이 미천하여 오위장(五衛將)의 무계(武階)에 머물렀지만 사마천의 『사기(史記)』의 형식을 빌어 39명의 기이한 인물을 연대순으로 기록하였다. 그 인물들은 시서화(詩書畵)에 능하거나 가객(歌客), 효자, 열녀, 신선, 중 등으로 의협적이거나 이재(利財)에 밝아서 후대에 모범이 될 만하다고 하여 미래 지향적 시민의식을 보여주고 있다. 그러면서도 당대 양반 중심의 모순된 사회에 대해 비판적 의식을 갖고 저술하였다. 그의 호는 '호산(壺山)'이라고 했지만 만년에는 수도인(壽道人)이라고 했다. 그가 이렇게 하는 데는 다음과 같은 일화가 있다.

내가 어렸을 때에는 키만 훌쩍 크고 야위어, 옷을 입기에도 힘들만
큼 약했다. 그래서 내 스스로 수상(壽相)이 아닌 줄 알았으니, 하물며
다른 사람들이야 말해서 무엇하랴. 13세 때에 어떤 집안과 혼담이 있
었는데, 그 집에서는 내가 반드시 일찍 죽을 것이라고 하여 혼인을
물리고 다른 집안과 혼인을 하였다. 그런 지 몇 년이 되지 않아 그 여
인은 과부가 되었다. 내가 이제 70여세가 되었으며 아들 딸에다 손자
며 증손자까지 많으니, 지금부터는 노인이라고 큰 소리를 칠 만하다.
이 때문에 스스로 수도인(壽道人)이라고 호를 지었다.207)

아마도 건강에 자신이 없었던 것을 알 수 있다. 또 장수하게 되어
너무 기쁘다는 만족감도 담고 있다. 그는 특이하게도 글을 잘 쓸 뿐
만이 아니라 그림도 잘 그렸다. 어느 날은 하루 종일 30폭을 그릴만
큼 그림에 몰입하였고, 그 중에서도 난초를 잘 그려 청탁을 많이 받
기도 했다. 그는 추사 김정희에게 많은 가르침을 받았는데, 추사의
해박한 지식과 넓은 안목으로 인해 그의 학문을 확장할 수 있었다.
이런 연유로 그가 63세 되던 해(1851, 철종 2)에 예송(禮訟)이 일어나
추사는 북청으로 귀양가게 되었다. 이때 스승의 구명운동을 하다가
임자도로 귀양을 가게 되었다. 그때 쓴 「풍설중함호고좌적유촌동포
야압래수이십전역지내방지(風雪中緘戶孤坐適有邨童捕野鴨來售以十錢易
之乃放之)」 시에서 위항인의 비분강개한 심회가 유로되고 있다.

---

207) 『석우망년록(石友忘年錄)』, 31~32쪽.

눈이 쌓여 대문은 더욱 깊어져

깊은 외로움을 달랠 사람조차 없네.

「방한편」을 잡아

기쁘게 한 번 읽을 뿐이네.

촌아이가 비단오리를 갖고 와

돈 열 푼에 사라고 하네.

비단 깃털은 아직도 축축해서

온 몸이 바로 구름과 연기로다.

강과 바다에 사는 게 본성인데 잡혀와

초췌한 모습이 불쌍하구나.

품에 안고 대숲으로 가서

하늘을 향해 두 손으로 던졌네.

처음엔 푸드덕거리며 맴돌다가

아득한 푸른 하늘가로 날아가 보이지 않네.

積雪堂戶邃	적설당호수	無人慰幽獨	무인위유독
偶拈放鷗篇	우념방한편	欣然爲一讀	흔연위일독
邨兒縛繡鴨	촌아박수압	來博十文錢	래박십문전
錦毛摩猶濕	금모마유습	渾身是雲烟	혼신시운연
惟以江海性	유이강해성	憔悴極堪憐	초췌극감련
抱至竹樹傍	포지죽수방	雙手向空擲	쌍수향공척
拍拍初徘徊	박박초배회	遙沒海天碧	요몰해천벽

들오리는 곧 구속된 자신의 모습이다. 연좌와 연루된 유배생활은 더욱 그러하다. 이 때문에 그는 아이에게 산 들오리를 풀어준다. 즉, 자

신의 신분적 해방을 갈망하고 있다. 사회가 얽은 제도로 인해서 얼마
나 구속된 삶을 살았기에 위항인에게는 해방욕망이 이토록 강했던가?

인류 역사에서 지금껏 완전한 제도는 없었으며 앞으로도 없을 것이
다. 다만 그 시대마다 그것이 흡족하지는 않지만 최선일 수 있다는
신념으로 살 뿐이다. 따라서 이런 신념이 사회의 안정을 가져올 수
있지만 역사적으로는 퇴보를 재촉할 수도 있다. 통일신라 천년의 역
사가 화려하게 꽃 피웠지만 결과적으로 신분적 각질화는 신분갈등과
몰락을 가져왔다.

조선의 경직된 신분제도는 서양이나 일본에게 굴욕을 당하게 했다.
따라서 제도와 가능성에 대하여 매우 유연해야 한다. 왜냐하면 인간은
모순에서 시작하여 모순을 풀기위한 과정으로 인생을 메우기 때문이
다. 조선 시대에서 이런 개선욕구는 아마도 후기 위항인에 의해 극에
달하였을 것이다. 그러기에 그들은 일본을 통해 근대화를 촉진하는데
앞장을 섰고, 소수 양반 중심의 세상읽기에서 민중 중심의 평등 사회
를 건설하는 데에 전력하였다. 그의 그러한 의식은『호산외사(壺山外
史)』를 비롯하여『해외란묵(海外讕墨)』,『석우망년록(石友忘年錄)』,『일
석산방소고(一石山房小稿)』,『한와헌제화잡존(漢瓦軒題畵雜存)』,『수경
재해외적독(壽鏡齋海外赤牘)』,『우해악암고(又海岳庵稿)』등 실로 많은
편저서를 남겼다.

『이향견문록(里鄕見聞錄)』은 유재건(劉在建: 1793~1880)이 1862년
에 편찬한 야담집으로『호산외사(壺山外史)』보다는 18년 뒤에 나왔
다. 248항의 308명의 인물을 열거하고 기존의 문적을 인용하여 그

자료를 모았으며 전거(典據)를 명시했다. 『호산외사(壺山外史)』에 비해 매우 세련된 체제를 갖고 있는데, 이것은 그가 오랫동안 규장각에 근무한 것에 기인한다. 그 체제를 보면 다음과 같다.

『里鄕見聞錄』
서문　　　　: 趙熙龍
의례　　　　: 劉在建
목차

引用書目
卷 一 : 學行과 經術의 선비
卷 二 : 효자와 충신
卷 三 : 智謀가 뛰어난 호걸
卷 四 : 烈女 · 현모양처
卷 五－七　　: 문학
卷 八　　　　: 書畵
卷 九 : 醫學 · 棋奕 · 音樂 · 卜筮 · 觀相 · 風水
卷 十 : 僧侶 · 道統 · 異蹟者

　　대상에 따라 항목을 나누고 간결한 필체로 핵심을 잘 요약하여 전달하고 있다. 그리고 다양한 계층을 망라하여 수록함으로써 시민사회를 향한 근대화의 이행기를 보여주고 있다. 그런 그는 특히 열성어제(列聖御製)를 편찬하여 고종(高宗)으로부터 상호군(上護軍)이란 벼슬에 임명되기도 하였다. 특히 『고금영물근체시(古今詠物近體詩)』는 32권

17책으로 분량면에서 방대하고 당(唐)·송(宋)·금(金)·원(元)·명(明) 과 우리나라 시인들의 근체시 중에 해·달·새·꽃 등을 중심으로 한 영물시(詠物詩)集이다. 이곳에 등재된 시인은 대략 2000여명으로 작품 수는 7000여 수 이다. 그런데 조선의 시인 613명을 뽑으면서 그 중에 절반이상인 370명을 위항시인으로 채웠으니 그가 위항인에 대한 배려와 식견이 대단했던 것을 짐작케 한다. 그렇다면 그가 시를 읽는 기준이 바로 거대담론보다는 소담론 중심의 진솔한 표현과 잘 짜여진 구조에 좀 더 높은 의미를 두었다는 것이다.

이런 당대의 평민 중심의 일화나 기괴담을 수록한 것이 바로『희조 질사(熙朝軼事)』이다. 이 책의 저자는 김정희의 제자였던 이경민(李慶 民: 1814 순조 14년 ~ 1883 고종 20)으로 1866년에 출간했다. 상(上)· 하권(下卷) 2책(冊)으로 상권에는 40명, 하권에는 45명의 전기(傳記) 를 수록했다. 그 체제를 보면 다음과 같다.

『熙朝軼事』
서문 : 南秉吉
목록
抄撮群書目錄
본문
後識 : 尹定鉉

이 책 역시 세상에 묻혀 있는 고사(高士)나 일민(逸民)의 재능이나 일화를 채집하여 인멸되지 않게 하는 것을 목적으로 했다. 그리하여 다양한 분야의 독특한 경험이나 괴담을 간결하게 담고 있다. 그는 누대에 걸친 역관집안 출신으로 자기의 서재를 갖고 집필과 접대를 할 정도로 경제적으로 윤택하였다. 후일 그는 능력을 인정받아 동지중추부사에 이르렀다.

이상의 『호산외사』, 『이향견문록』, 『희조질사』는 모두 직하시사(稷下詩社)[208]의 동문이 엮은 것이다. 그리고 이런 야담류는 19세기 중엽의 것으로 추정되는 『청구야담(靑邱野談)』에서 완성도를 더해 간다. 그 내용이 풍부하고 세태묘사가 뛰어난 점 등은 『동야휘집(東野彙輯)』과 유사성을 갖는다. 또 『계서야담(溪西野談)』과는 80여 편이 공통된 자료를 수록하고 있다. 특히 이 『계서야담(溪西野談)』은 하층민이 겪는 사회적 갈등을 잘 포착하고 세태묘사에 충실하여 소설에 가깝다. 이처럼 야담집이 성행했다는 것은 식자층이 확대되었고, 그 내용에서도 평민이나 하층민을 주된 소재로 삼았다는 점은 민중의식의

---

208) 직하시사(稷下詩社)는 1853년(철종 4) 봄 최경흠(崔景欽), 유재건(劉在建)이 중심이 되어 결성한 위항인의 시사(詩社)이다. 임진왜란 이후 유희경에서부터 시작된 위항인의 대두는 이때에 이르러 약 200년에 이르러 그 세력이 절정에 이른다. 그리하여 선배 위항인들이 정사년(丁巳年)마다 간행하는 전통을 이어받아 최경흠(崔景欽), 유재건(劉在建)이 1857년(丁巳年, 철종8)에 『풍요삼선(風謠三選)』을 간행하였다. 또 그때 120년에 발간하여 희귀본이 되어버린 선배 위항인들의 문집인 『소대풍요(昭代風謠)』도 중간한다. 그런 집단 중에 박응모(朴膺模), 조희룡(趙熙龍), 이경민(李慶民) 등이 있었다. 이들은 이런 전통을 이어받아 위항인 및 일민(逸民) 등의 독특한 사적이나 민담을 채록하여 기록했다.

성장을 의미한다. 이후에도 그와 같은 유풍을 이어받아 1922년 국한문 혼용으로 이런 종류의 책이 나왔으니 바로 장지연(張之淵)이 엮은 『일사유사(逸士遺事)』이다. 『일사유사(逸士遺事)』의 서문을 보면 왜 이런 류의 글을 써야하는지를 선명하게 밝히고 있다.

위진(魏晉) 이래로 벌열(閥閱)을 숭상하는 풍습이 성해져, 인재가 드디어 아래로 떨어졌다. 이조(李朝)는 고려말의 폐단을 이어받아 인재를 등용하는 길이 매우 좁았다. 대대로 벼슬하던 집안의 자손은 비록 모자란다 하더라도 좋은 벼슬을 물려받았고, 낮고 초라한 선비는 영재·준걸이라 하더라도 모두 묻혀 버리거나 낮은 벼슬에 떠돌았다. 게다가 신분상으로 중인·서얼·상민(常民)·천인을 구별하여 청직(淸職)에 오르지 못하게 하고, 지역상으로는 서북 양도(함경·평안도)를 구분하여 앞길을 막았다. 슬프다! 원기(寃氣)가 화기(和氣)를 범하고, 민중들의 원한이 하늘에 사무쳤다. 이와 같이 하기를 400 여년이나 되었으니, 드디어 나라가 망하고 만 것이다.

내가 서쪽 마을에 살게 된 이듬해부터 마을 인사들과 많이 사귀며 노닐었는데, 그들이 내게 서촌(西村)의 옛이야기를 해주곤 하였다. 내게 책을 한 권 쓰라고 요청하면서, "잊혀진 선비들이 매몰되는 것을 면하고 세상에 전하게 해주면, 어둠 속에 있는 그 혼백들이 황천 아래에서도 감격해 올 것이다"라고 하였다. 그래서 『희조질사(熙朝軼事)』, 『침우담초(枕雨談草)』, 『추재기이(秋齋記異)』, 『위항쇄문(委巷瑣聞)』, 『어우야담(於于野談)』, 『진조속기(震朝續記)』, 『호산외사

(壺山外史)』, 『앙엽기(盎葉記)』, 『겸산필기(兼山筆記)』, 『숭양지(崧
陽誌)』를 수집해 채록하고, 그밖의 여러 선배들의 문집에서 (이름 없
이 잊혀진 여러 선비들의 이야기) 근거를 살펴가며 초록하였다. 몇 년
에 걸쳐서 6권을 엮어내고는, 『일사유사(逸士遺事)』라고 이름하였
다. 겸산(兼山) 홍희(洪憙)에게 서(序)를 지어달라 부탁하고, 나도 그
아래에 써서 기록한다.209)

이 책은 주로 양반과 대비되는 중인의 활약상을 엮은 것이다. 주로
기인(奇人) · 재녀(才女) · 화가(畵家) · 문인(文人) 등 다양한 인물을 무작
위로 서술하였다. 이 책은 양반 중심의 서술관에서 벗어나 다양한 인
물을 담았다는 점에서 긍정적인 평가를 받을 수 있겠지만 야사(野史)
의 성격상 지나치게 과장되거나 왜곡될 가능성도 있다는 점을 유의할
필요가 있다.

이처럼 위항인은 당대의 기괴한 일을 채록하여 문학으로 생산하였
다. 그리하여 다음과 같이 기괴에 대하여 언급했다.

우리나라는 비록 좁지만 산택이나 초야에 숨어 세상에 나오지 않는
재주 있고 영걸한 사람이 어찌 유독 마기사(馬騎士) 한 사람에 그치겠
는가? 저들 중에는 어부나 나무꾼, 장사치, 시정잡배, 하인, 중, 거
지, 술장수, 백정, 짚신이나 자리 짜는 이들로 그 진면목을 감추고 자
취를 숨겨 끝내 늙어 죽고 만다. 그 덧없이 스러져 감이 초목과 다를
것이 없어 세상에서는 다시 이런 사람이 있는 줄 알지 못하니, 어찌
슬픈 일이 아니겠는가?210)

---

209) 장지연, 『일사유사(逸士遺事)』 「서문」.

'기괴성'이 수용되지 않는 사회에 대해 통탄했다. 그 만큼 조선 후기는 기괴에 대하여 본격적이고 진지하게 논의한 시기였다. 그래서 가능성을 열려고 한 시기였다. 상공업의 발달에 따라 생활의 질도 향상되었고 서민의식도 향상되었다. 과거 양반 중심의 획일적인 세상읽기에서 조금씩 서민이나 하층민까지도 위항인을 통해 담아내려 했다. 즉 근대화의 준비가 벌써 진행되는 시기였으며 대중교육이 시작되던 시기였다. 그래서 이 시기의 문학은 '감칠맛이 난다', '다채롭다', '재미있다', '비교적 형상화에 충실하려 했다' 등으로 요약할 수 있다.

3. 기타의 저술

다수의 위항인이 저술활동을 한 것은 아니다. 그 이유는 역관, 산관, 복관, 의관에서 서리, 포졸, 악공, 화공 등과 같이 위항인의 범위가 매우 넓으며 절대 다수가 경제적으로 열악했기 때문이다. 그래서 일부 위항인의 문집은 동료나 지인 또는 제자들에 의해 간행되었다. 이를테면 매우 가난하게 살았던 홍세태(1653~1725)의 경우 그의 사후 6년 뒤 사위 조창회(趙昌會)와 제자 김정우(金鼎禹)가 돈을 모아 14권을 펴냈다. 가난했던 이득원(李得元: 1639~1682)도 사후 16년 뒤 사위 고시언(高時彦: 1671~ 1734)이 유고를 얻어 홍세태에게 감수를 받

---

210) 신광수(申光洙), 「서마기사사(書馬騎士事)」, 『석북집(石北集)』 권16.

아 1730년 여름에 간행하였다. 정래교(鄭來僑: 1681~1757)도 그의 사후 제자 학사 홍낙명(洪樂命)이 시문을 가려 뽑고 판서를 지낸 홍봉한(洪鳳漢)이 재물을 내어 간행하였다.

이처럼 위항인들의 저술물 간행이 쉽지 않았다. 이외에도 특이한 기록이 있다. 구한말 한일합방의 대가로 자작(子爵)의 작위와 은사금(恩賜金) 5만원을 받은 친일파로 알려진 김윤식(金允植)은, 그의 『운양집(雲養集)』에서 기생들을 관리하던 별감을 지낸 「금사이원영전(琴師李元永傳)」을 싣고 있다. 이원영은 10대조 이래로 거문고를 배운 집안으로 금사(琴師)로서 명성을 떨치던 위항인이었다. 그러던 그가 기방을 관리하는 별감이 되어 온갖 환락에 빠져 패가망신한 과정을 이원영의 회고담을 빌어 그의 문집에 끼어 넣었다. 실로 특이한 위항인의 행적을 담은 기록이다.

이처럼 위항인 스스로 개인적인 문집을 낼 형편은 극히 드물었다. 다만 공감한 위항인에 의해 또는 양반들의 호기심을 채워줄 한 모퉁이의 글감으로 선택될 뿐이었다. 그리하여 선택된 글들은 분명 그 무엇인가가 독특한 매력을 가진 것이다. 위항인 중에서도 역관, 의관, 계사, 천문학관, 율관, 화원, 사자관(寫字官) 등은 전문성을 고려하여 세습이 가능했다. 그 중에서도 역관은 중국과 일본을 사이에 두고 일부가 중개무역을 통해 경제적으로 부유했다. 또 의관은 약재판매와 시술활동으로 역시 윤택하였다. 그 외 나머지는 대체로 가난했다. 따라서 저술이 출간되기가 역시 어려웠다. 특히, 위항인을 크게 대별해 보면 기술직 종사자, 경아전 하급관리, 시전상인, 군교 등인데 그 중

에서 비교적 저술활동이 가능했던 계층은 기술직 종사자들이었다. 그
중에서도 오랜 문학 활동을 통해 집필을 할 수 있었던 위항인은 사실
그 숫자가 그리 많지 않았다.

Ⅲ. 맺는말

위항인이 적극적으로 저술활동을 한 것에는 두 가지 측면에서 그 이유를 찾을 수 있다. 첫째, 문학 활동을 통해 양반과 대등할 수 있다는 의식을 근거한 것이다. 비록 그들이 신분적으로는 예속적 관계에 있지만 문화적 정신적으로는 대등하거나 자유로울 수 있다는 의지를 표출한 것이다. 그리하여 시사(詩社)를 통해 집단적으로 발현되었다. 둘째, 나름대로의 상당한 지적 기반을 갖춘 일부 위항인들은 자연스럽게 저술활동으로 연결되었다. 비록 그들이 경제적으로 열악하여 책을 간행할 수 없을 때에는 동조하는 위항인들에 의해 간행된 점을 고려할 때 일정한 지적 기반을 갖춘 상당수의 위항인이 존재했다는 것을 입증한다. 그리고 그들이 대체로 전문직에 종사했기 때문에 일정한 지적 수준을 갖출 수 있었고 또 세습을 위해 서적의 간행은 필연적이었다. 결과적으로 그들이 시사(詩社)나 사승관계를 중심으로 전개한 문학 활동은 근대 대중교육을 여는 단초가 되었다. 신분에 관계없이 누구나 배울 수 있다는 그들의 주장은 매우 진보적인 것으로 근대화를 앞당길 수 있었다.

이런 맥락에서 전개된 저술활동은 초기의 시문집에서 출발하여 기사형태의 대중지나 야담집과 초급 교육용 도서로 발전하였다. 그리고 이런 저술활동이 지속적으로 연결될 수 있었던 것은 지식군의 위항인이 상당한 수준으로 포진된 것을 의미한다. 또 문화와 교육은 더 이상 소수 양반의 전유물이 아니라 다수가 향유해야 할 시대적 이행성에도 그 원인을 찾을 수 있다. 또 그 중심에 위항인이 있었고 그들에 의해 저술활동은 왕성하게 펼쳐졌다. 그리고 그 내용면에서도 서민적 정취의 대중적인 취향을 반영하였다. 또 조선의 건국 이래 관직을 일생의 목표로 삼는 집단적 중독가치에서 벗어나 제법 분화된 다양한 가능성에서 인생의 의미를 찾을 수 있게 했다. 이런 측면에서 소박하고 소외된 것에 대한 의미회복은 그 나름대로의 문학사적 건강성에 기여한 점도 크다고 할 수 있다.

참고문헌

[자료]

김창협(金昌協), 『농암집(農巖集)』

박효관(朴孝寬), 『가곡원류(歌曲源流)』.

서사증(徐師曾), 『문체명전(文體明辯)』

신 흠(申 欽), 『상촌고(象村稿)』

신광수(申光洙), 『석북집(石北集)』

이규상(李奎象), 『한산세고(韓山世稿)』

장 혼(張 混), 『이엄집(已广集)』.

장지연(張志淵), 『일사유사(逸士遺事)』

정래교(鄭來僑), 『완암집(浣巖集)』

조희룡(趙熙龍), 『호산외기(壺山外記)』

최기남(崔奇男), 『귀곡집(龜谷集)』

홍세태(洪世泰), 『유하집(柳下集)』

황택후(黃宅厚), 『화곡집(華谷集)』

『낙학습영(樂學拾零)』

『이조후기 여항문학총서』

『청구영언(靑丘永言)』(珍本)

『해동가요(海東歌謠)』(周氏本)

[논저류]

강명관, 『조선의 뒷골목 풍경』, (푸른역사 2004).

게오르그 짐멜 선집 3, 『예술가들이 주조한 근대화 현대』, (도서출판 길 2007).

김여주, 「金雲楚論」, 『조선후기한문학작가론』, (集文堂, 1994).

김영진, 『눈물이란 무엇인가』, (태학사, 2001).

김주백, 「상촌 신흠의 시문학 연구」, (단국대 박사논문, 1997).

김창룡, 『한국의 가전문학』, (태학사, 1999).

김혜숙, 「한국한시론에 있어서 천기에 대한 고찰(1)」, 『한국한시연구2』, (태학사, 1994).

딕 파운틴 · 데이비드 로빈스, 『세대를 가로지르는 반역의 정신 Cool』, (사람과 책, 2003).

민병수, 「조선 후기 한시사(漢詩史)의 흐름에 대하여」, 『조선후기한시작가 론 I』, (이화문학사, 1998).

＿＿＿, 『한국한시사(韓國漢詩史)』, (태학사, 1997).

박천규, 「촌은 유희경의 시세계」, 『한문학논집 제 6집』, (단군한문학회, 1988).

손병국, 「완암 정래교론」, 『조선후기 한시 작가론 1』, (이회, 1998).

안영길, 『문화콘텐츠로서의 고전읽기』, (아세아문화사, 2006).

＿＿＿, 『조선 변혁기의 문학 연구』, (이화출판문화사 2002).

＿＿＿, 『조선 변혁기의 문학연구』, (이화출판문화사, 2005).

＿＿＿, 『조선 중인의 향기와 멋』, (성균관, 2002).

윤재민, 『조선 후기 중인층 한문학의 연구』, (고려대 민족문화연구원 1999).

이우성 · 임형택 역편, 『이조한문단편선』(上), (일조각, 1984).

임형택, 『한국문학사의 논리와 체계』, (창작과 비평사, 2002).

_____, 「여항문학(閭巷文學)과 서민문학(庶民文學)」, 『한국학연구입문』, (지식산업사, 1982).

정병호, 「중인층의 傳에 나타난 揷入詩의 機能」, 『동방한문학』21집, (동방한문학회, 2001).

정옥자, 「조선후기의 문풍과 위항문학」, 『한국사론(韓國史論) 4집』, (서울대 국사학과, 1987).

정환국, 「조선후기 인물記事의 전개와 성격」, (한국한문학연구 29집, 2002).

정후수, 『조선 후기 중인문학연구』, (깊은샘, 1990).

허경진, 『조선 위항문학사』, (태학사, 1997).

홍찬유, 「水村謾錄」, 역주 『시화총림』(下), (통문관, 1993).

황인덕, 『한국기록소화사론』, (태학사, 1999).

찾아보기

ㅎ

[저자약력]

안 영 길
성결대학교 인문대학 교수
(전)유교사상연구소 책임연구원

그는 집필과 강연을 업으로 한다.
평소 사색과 여행을 통해 해맑은 언어와 명상으로
독자로 부터 많은 사랑과 주목을 받고 있다.

조선변혁기의 문학연구(이화출판문화사)
조선고전문학논고, 문화콘텐츠로서의 고전읽기(아세아출판사)
대학생을 위한 논문작성법(예하미디어)
명심보감(한국방송출판) 등의 저서와 수 십편의 논문이 있다.

조선 위항인의 문학과 풍류

2008년 11월 20일 초판 인쇄
2008년 11월 25일 초판 발행

지은이 • 안영길
펴낸이 • 이찬규
펴낸곳 • 북코리아
등록번호 • 제03-01157호
주소 • 121-801 서울시 마포구 공덕동 115-13번지 2층
전화 • (02) 704-7840
팩스 • (02) 704-7848
이메일 • sunhaksa@korea.com
홈페이지 • www.sunhaksa.com

ISBN 978-89-6324-001-5 (93810)

값 14,000 원